U0164887

香港報刊與大眾傳播

周佳榮 著

目錄

出版序

　　歷史的改變，常在大家不知不覺之間，從前如是，今天亦然。父輩經歷的香港，和今天已大不相同，回首前塵，可能驚歎時間飛逝。再回看更久遠的歷史事件，在時日累積之下竟成翻天覆地的巨變。生於緬因茲 (Mainz) 的古騰堡 (Johannes Gutenberg, 1400-1468) 在 1440 至 1450 年間逐步完善活版印刷術，並在他的作坊開展印刷事業。他個人未能受惠於此，經歷了連番人事糾紛和訴訟，於 1468 年死於貧病。他亦未能親身見證印刷術帶來的各種進步。簡單說，不斷改良的印刷術和從此衍生的文化，徹底改變了人類吸收知識的途徑和方法。之後的半世紀，成千的出版社湧現歐洲各地，以十萬計的新書本到處流通。書本之外，更定期和快速地傳達訊息的報章亦應運而生。報章也許未如傳統書本般，能展示深湛學問和豐富論述，但在廣傳資訊、反映時代面貌、集結和塑造民意各方面卻甚或過之。從 16 世紀開始，報章在歐洲的重大事件之中，例如宗教改革、英國內戰和法國大革命等，都發揮關鍵作用。現代的西方思想家，如安達臣 (Benedict Anderson) 強調現代報章在建構國民身份的重要性，德國哲學大師哈巴馬斯 (Jürgen Habermas) 亦將報章聯繫到與現代生活息息相關的「公共空間」(Public Sphere)。總而言之，報章已

成現代生活、文化和政治的重要成分。

　　不過今天我們走在路上，會發現手執紙本報章的人已經大為減少，取而代之的是智能電話和平板電腦。可以說，紙本報章所傳遞的時事、體育、文化和廣告資訊，現在已有新的載體，並更加深入我們生活的每個環節。歷史讓人鑒古識今，卻不能完滿的預計未來，報業的走向，還待我們細看。

　　中國報業的歷史論者已多，報章對近代中國的各種影響，亦早得專家學者詳細研究，成果豐碩。香港處於中國南方一隅，卻得天獨厚，既保存中國傳統一面，亦緊貼西方現代生活，兩者在香港自由的土壤上混成獨特的文化。香港的報業亦因此別樹一幟，和其他華文地區的同業相比，無論在文化內涵和營運模式方面都大有不同。在香港報業的歷史中，我們能看到香港社會和文化的特質。之前研究香港報業的前輩，成就有目共睹。佳榮兄更有魄力，要將香港報業，從傳統的紙本印刷走向多媒體的一段歷史道來。對他的深厚學術基礎和雄健筆力，我當然有極大信心，所以以當代中國研究所的經費，贊助其研究。他的多年心力，匯聚此書，教人大開眼界，亦為報業研究和香港歷史添上重要一章。

麥勁生
2017 年 10 月 20 日
九龍塘

序

　　自大學時代以來，研究報刊一直是我最專注的課題，由中國報刊、海外華文報刊以至香港、澳門兩地出版的圖書報刊，一環緊扣一環。我是本地報刊的忠實讀者，最熱衷的時候，每天翻閱十種八種報紙，也試過在一天之內盡量買齊全港出版的報紙；現時每日至少也買一兩份，加上兩三種免費報紙，通常在晨早上班之前迅速翻閱，算是精神食糧的快餐。

　　向學生週報、月刊以及日報的學生版投稿，始自中學二三年級，成功刊出的機會大約只有一半，至大學時止，曾經在二十多種報刊「登陸」，而意猶未盡。其後也曾為日報和晚報的副刊寫稿，當時還沒有傳真機和電郵，提早寫起的話就到郵政局寄出，而以發稿當天親自趕到報館交稿的時候居多。學校、書店、報館和出版社，成為居所以外常到的地方，因此，對於香港報刊，我既是讀者、作者，曾經是報紙副刊專版的特約編輯，不純然是一個旁觀的研究者，是帶有體驗和感情成份的。

　　要全面探討香港報刊史以至報刊文化，如果沒有長年累月的研究，談何容易，所以遲遲不敢下筆。直至最近兩三年，由於撰寫香港華人商會、教會和大學的歷史，又基於指導研

究生、本科生的需要，手頭累積下來的文獻材料越來越多，甚至到了不能不清理的地步；加上幾年來講授「近代中國報刊史」、「香港報業與近代中國」等科目，撰寫了一些講義，於是趁着去年暑期的餘暇，傾力編寫而成本書。

現時呈現在讀者面前的這份文稿，只能算是一個提綱式的簡本，未臻完善和深入，有待查證考究的地方很多。鑑於坊間近年來幾乎沒有概論香港報刊的書籍，圖書館中所見的往往太舊或太專，於是不諱疏漏，刻意填補這方面的空隙，以供有志趣者參考，或者可以起到拋磚引玉的作用。不少具體的細節，需要假以時日，等待將來有機會再版時予以補充。

香港最早的報刊，出現於 1841 年，時至今日，已有一百多年歷史；其間出現的大小報刊，相信不下數百種，逐一加以研究，並非個人或少數人可以做到的。但報刊材料流失快而且多，可說到了十分嚴峻的地步，若干報刊只見於零碎的文字記載，有時連找一個報紙報頭或影版都做不到，很多雜誌連一個封面都沒有留下來；舉例來說，關於《循環晚報》，學界所知甚少，有位同事知道我對舊報紙有興趣，發現家中有一張數十年前的《循環晚報》，於是贈送給我，真是如獲至寶，我遍查諸書，連影版都沒有，相信這可能是世上唯一殘存的原件了。此外，還有日佔時期的《華僑日報》等，以前人們習慣用報紙包裹貴重物品，因而得以保存下來；反而我早年收藏的一些報刊，由於多次搬遷，無處收藏，至今所餘無幾了。

為香港圖書報刊多留一些記錄，盡量保存些文獻材料，是我近年的一個心願，但物色收藏之所實在煞費思量。去年由於調動研究室，我已把收藏了多年的兩三千本期刊送出去；今年退休在即，即將又有幾千本書要割愛。及早翻查一下手頭上的圖書報刊，尤其是大量影印文獻材料，整理編撰成文，也就是我寫本書的原因之一。

　　此前關於香港報業的著作，多講報紙而少涉期刊；此書提到不少期刊，希望保留較多關於香港各種大小刊物的記載。名為《香港報刊與大眾傳播》，是想藉着報刊出版反映香港的文化現象，實際上只能算是一冊「香港報刊史稿」，仍有待增補。未盡妥善之處實夥，惟望日後加倍努力，專家學者深諳個中困難，廣大讀者祈為諒察。

周佳榮 <small>謹識</small>

2017 年 10 月 28 日

第一章
關於香港報刊的幾個問題

香港是世界上報業最發達的地區之一，百多年來中文報刊的發展尤有可觀，不但在中國以至全球華文出版史上擔當着重要角色，於中西文化交流和資訊傳播方面亦貢獻良多。報刊、新聞報道是一種事業，甚至可以發展成為企業；報刊屬於出版印刷文化的範圍，是大眾閱讀的媒體，可以作為社會生活和政治文化的反映，毫無疑問也是人類文明進步的組成部份和促進力量。

報刊的功能，主要是報道時局大事和記錄社會上的各種消息，以及發表相關評論、文章等，報刊本身亦是歷史發展

的一個環節。換句話說，世人可以藉着報刊的記載去追尋大小事件發生的情形、社會變遷的面貌，所以報刊是追溯歷史的重要文獻材料。報刊本身出版的過程，由於與政治、社會、經濟、文化等多方面都息息相關，不同報刊此起彼伏的現象，報刊言論內容的變化和趨向，往往亦能反映一個時代的風氣，足以成為一個時代的見證。所以，報刊在出版當時以至後世都是歷史發展的一個重要組成部份。

我們重視報刊——從以前的報刊到現時的報刊，理由便在於此。不過，研究報刊並不是一件容易的事，甚至可以說

是十分吃力的工作，需要花費很多時間和精力。試想想，報刊日積月累地出版，數年、數十年甚至逾百年，若能完整保存，固然是可珍貴的，但怎樣閱讀和檢索就是一個大問題。例如《香港華字日報》和《華僑日報》保存得較好，為香港歷史以至中國內地、世界各地的大事留下了記錄，不同領域的專家學者時加引用，但數量之多，連圖書館都收藏不了，只能製成縮微膠卷，粗略翻看一遍往往也要三數個月時間。《循環日報》備受重視，但刊行數十年，得以保存下來的報紙，連一年的份量都不到，而且散佈世界各地，大家都為此而深感惋惜。多數報刊都隨着時代過去而消失了，在報史著作上偶爾留一個影版，已足以令人驚喜，有的甚至連報刊名稱和創辦日期都弄不清楚，刊行多久、甚麼時候停刊，就更加難以查考了。

一部香港報刊史，其實我們知道的比不知道的少得多，如果不及早加以整理、探討、記錄和研究，報刊的歷史就以更快的速度為人所忽略和遺忘。要認識香港百多年來的報刊，需先了解香港歷史的特色和重要性，同時着眼於香港報刊史的分期方法和不同時代的情況，進而對現存文獻材料和相關研究論著有通盤的掌握。

第一節　香港歷史的特色和重要性

論述香港報刊首先要釐清的一個問題，是香港歷史分

期。根據政治形態和社會變遷，香港可以概略劃分為古代、近代、現代三個歷史時期：（1）古代香港——包括遠古時期，而列入行政區分，則始自秦代，直至清朝後期，鴉片戰爭後清政府與英國簽訂《南京條約》前為止；（2）近代香港——自 1842 年《南京條約》簽訂後至 1997 年 6 月 30 日英國結束在香港的管治為止，又可細分為英治前期、日佔時期、英治後期三個階段；（3）現代香港——1997 年 7 月 1 日香港回歸祖國，中華人民共和國香港特別行政區成立開始，直至現在，亦已有二十年了。

以社會生活情況而言，「古代香港」基本上是傳統的農村社會和沿海漁港，在近代前夕是廣東省的一個組成部份，在嶺南文化薰陶下逐漸發展。「近代香港」是華洋雜處的工商業社會，薈萃中西文化，居民九成以上是華人，所以與中國內地有密切往來和千絲萬縷的關係。「現代香港」正處於全球化與本土化雙向互動發展的經濟轉型階段，作為亞洲太平洋地區的國際都會，在「一國兩制」的前提下，成為一個具有中國特色的多元化先進社會。[1]

今日香港由三個部份組成：一是香港島，二是九龍半島，三是新界地區。1842 年《南京條約》簽訂後，英國管治的範圍限於香港島；1860 年《北京條約》（又稱《中英續增條約九款》），英國管治的範圍擴大到九龍半島界限街以南；

---

1   周佳榮〈導論——香港歷史發展概述〉，周佳榮、侯勵英、陳月媚主編《閱讀香港——新時代的文化穿梭》（香港：香港教育圖書公司，2007 年），頁 2。

1898 年簽訂的《展拓香港界址專條》，規定英國「租借」新界九十九年，至此香港全境由英國管治，至 1997 年 6 月 30 日屆滿。近代香港報業的發展，與香港轄境範圍的擴大是息息相關的。

香港位於中國南方沿海，是出入中國的南大門。史家指出，香港島、九龍半島和新界地區之所以被世人重視，乃因「扼海上交通要衝，而有適宜之地理環境與人文偉蹟故也。」[2] 香港島的發展較遲，九龍半島和新界地區自唐代（618-907 年）、宋代（960-1279 年）以降，已為中外交通動脈所在，其中如新界青山的屯門灣，在唐宋時代為廣州的外港，中外海舶多經行或下碇該處。「蓋以其接連廣州海港，而前有大嶼山為其屏障，宜於避風。香港島則在其東南，亦儼然為海門拱衛。」[3]

到了明代（1368-1644 年），葡萄牙人東來貿易，欲經營屯門作為活動基地，其後佔據澳門，屯門附近又常有海盜出入，香港在交通上的重要性始告減低。清代（1644-1912 年）後期，西方列強勢力大舉來華，香港「割讓」給英國後，中外貿易日趨頻繁，遂成為華洋人士薈萃、中西文化交匯的商業城市。太平洋戰爭期間，香港陷入日軍手中，社會頓挫，民生困厄。戰後復員，海內外華人商旅的活動更趨頻繁，香

2　羅香林等著《1842 年以前之香港及其對外交通》（香港：中國學社，1959 年），頁 1。

3　羅香林著《香港與中西文化交流》（香港：中國學社，1961 年），頁 3-4。

港經濟迅速發展，有「東方之珠」的美譽，與韓國、新加坡、台灣地區並稱「亞洲四小龍」。[4] 香港報刊的歷程，大致上與百多年來本地、中國以至世界的社會變遷是同步的。

第二節　香港報刊史的分期方法

　　「報刊」一詞的定義，需要說明一下。「報」指報紙、報章，也有人稱之為新聞紙；「刊」指刊物、期刊，通常叫做雜誌。一般來說，報紙是將印刷後的紙張摺疊發行，刊物則將印刷後的紙張裝訂成冊；報紙以報道新聞為主，雜誌則刊登文章及揭載評論；至於材料的選擇，報紙是一般性的，雜誌是比較特殊的。[5] 不過，中國近代初期的報紙和雜誌，無論內容、形式以及社會的作用，都有許多相似之處，兩者沒有明確的區分，所以統稱為「報」或「報刊」。至於「政論報刊」的特點，顧名思義，是以議論政治為主，因此「論說」一欄最受重視，而新聞報道反而居於次要的地位，這與商業性質的報紙和以後進入企業化時代的報紙，是頗不相同的。[6] 早期報紙上的「論說」，相當於現時的「社論」。在政論報刊出現之前，主要是宗教報刊和商業報刊。至於「雜誌」這一稱呼，是 1904 年上海商務印書館創辦《東方雜誌》後才逐

4　周佳榮、鍾寶賢、黃文江著《香港中華總商會百年史》（香港：香港中華總商會，2002 年），頁 1。

5　戈公振著《中國報學史》（上海：商務印書館，1927 年；香港：太平書局，1964 年重印本），頁 5。

6　曾虛白主編《中國新聞史》上冊（台北：國立政治大學新聞研究所，1966 年），頁 191-193。

漸普及起來的。

必須指出,《南京條約》簽訂前兩年,英國已經佔領了香港島,香港報刊史是從 1840 年開始的。記述報刊史的著作,有人稱為報學史、報業史,也有人稱為新聞史,內容大同小異;近年有人將報業納入大眾傳播(或稱大眾傳媒)領域之中,實則一部大眾傳播史,還要包括電台、電視廣播等,範圍就更為廣泛了。近代中國報刊史、新聞史的分期,一般按照政權更替劃分為晚清時期(1840-1911 年)、民國時期(1912-1949 年)和中華人民共和國時期(1949 年至今)。香港報刊的發展與內地密切相關,而又不盡相同,一般而言,可有三種分期方法(表 1):

表 1　香港報業史分期法一覽

(一)年代時段	(二)報業進程	(三)報業主流
1. 19 世紀中後期 (1840-1900);報業初創時期	1. 初創時期 (1840-1898)	1. 精英報業時期 (1841-1873)
2. 20 世紀前期 (1901-1949);報業發展時期	2. 發展時期 (1898-1941)	2. 黨派報業時期 (1874-1924)
	3. 日佔時期 (1941-1945)	3. 社經報業時期 (1925-1995)
3. 20 世紀後期 (1950-2000);報業興盛時期	4. 興盛時期 (1945-1997)	
4. 21 世紀 (2001 年至今);報業轉型時期	5. 特區時期 (1997 年至今)	4. 大眾報業時期 (1995 年至今)

第一種分類方法是按年代時段，分為四個時期，依次是：（1）19 世紀中後期（1840-1900 年）——報業初創時期；（2）20 世紀前期（1901-1949 年）——報業發展時期；（3）20 世紀後期（1950-2000 年）——報業興盛時期；（4）21 世紀（2001 年至今）——報業轉型時期。按：關於世紀斷限的年份，中外並不一致，歐美以 2000 年作為 21 世紀的開始，中國則以 2001 年作為 21 世紀的開始。此處按照中國的說法。

第二種分類方法是按香港報業進程，劃分為以下五個時期：

1、初創時期（1840-1898 年）—— 鴉片戰爭爆發，英軍進駐香港島並開展其管治；中經英法聯軍之役，港府的管治範圍擴大至九龍半島。初時是英文報刊的天下，其後漸多中文報刊出現。《遐邇貫珍》是中文期刊的濫觴，《香港中外新報》、《香港華字日報》、《循環日報》並稱戰前三大中文報紙。

2、發展時期（1898-1941 年）—— 港府管治擴大至新界地區，即現時香港特別行政區全境；隨着華人社會初興，中文報刊亦得以發展。在香港淪陷之前，《華僑日報》、《工商日報》、《星島日報》三大中文報紙先後創刊並初步奠定其地位。

3、日佔時期（1941-1945 年）—— 日本發動太平洋戰爭，香港旋告淪陷，在「三年零八個月」艱苦歲月中，社會狀況

和人民生活都非常困難，報業亦大受打擊，僅有幾種報刊支撐局面。這是香港新聞史上最黑暗的時期。相當於「官方報紙」的《香港日報》，是香港報業史上僅見的中、英、日文三語報紙。

4、興盛時期（1945-1997 年）—— 第二次世界大戰結束後，香港社會漸次恢復，報業迅速興起，至 1970 年代更呈現蓬勃生機；1980 年代至 1990 年代中，由於香港前途問題的困擾，加上傳媒本身的競爭趨於激烈，相繼有報紙停刊，報刊種類回落，多元化的特色亦減。

5、特區時期（1997 年至現在）—— 1997 年 7 月 1 日香港回歸中國，香港特別行政區成立；香港社會經濟大致上保持繁榮穩定，但亦受到亞洲金融風暴、疫症流行等事件影響。二十年來，免費報紙增多，銷售報紙種類減少，報業面臨轉型和挑戰。

第三種分期方法，是將香港報業史分為「精英報業」時期（1841-1873 年）、「黨派報業」時期（1874-1924 年）和「社經報業」時期（1925 年以後），[7] 旨在突顯不同時期報業的主流趨勢。應予指出，「黨派報業」時期的報紙，特點之一是以言論作為主導，《循環日報》的創辦是其開端，也可以稱為「政論報業」時期；維新變法、革命排滿兩派壁壘分

7　李少南〈香港的中西報業〉，王賡武主編《香港史新編》下冊（香港：三聯書店，1997 年），頁 513。

明，主要是從 1895 年開始，下開民國初年派系林立的局面，所以 1895 年至 1924 年才是真正意義的「黨派報業」時期。「精英報業」和「黨派報業」應以 1895 年作為分界線。

論者指出，1925 年創刊的《華僑日報》，是商業企業報紙出現的標誌，可以視為「社經報業」時期的代表性報紙，而且該報一辦就是七十年，戰前、戰時、戰後持續出版，至 1995 年 1 月停刊。同年 6 月創刊的《蘋果日報》，以完全市場導向的姿態加入競爭，衝擊整個報業市場，從而躍居為香港三大暢銷報紙之一。所以不妨認為，以商營企業報紙為標誌的「社經報業」時期，是由 1925 年至 1995 年；1996 年以後，香港報業已踏入以完全市場導向為特色的「大眾報業」時期，銷量最多的報紙，依次是《東方日報》、《太陽報》和《蘋果日報》。[8]

香港早期的報刊都是外國人創辦的，中文報紙最先都是英文報紙的附刊，或者是從英文報館分出來，而由華人獨立經營。華人自己辦理的報刊，其出現顯然比內地的報業中心上海還早。論者已予指出，1894 年中日甲午戰爭爆發前，中國報界幾乎是「外報」的天下，「外報」是指外國人在華所辦的報刊，先是西文報刊，也有用中文出版的；後來這些中文報紙或由中國人獨立經營，中國人自辦的報紙亦逐漸抬頭，在戊戌變法時期取代了外報的部份勢力，下開「民報」勃興

8　丁潔著《〈華僑日報〉與香港華人社會（1925-1995）》（香港：三聯書店，2014 年），頁 4。

現象。[9] 香港報業的進展情況大致與中國內地相同,不過人們習慣稱「外報」為「西報」;在本地也沒有「民報」的概念,因為「民報」是相對於「官報」(邸報)而言的,中國自古已有「官報」,晚清時期也有「官報」,當時香港報界習稱這類報刊為「京報」,香港政府發行的《香港政府公報》,通常叫做「憲報」。

香港在中國新聞事業發展史上,擁有幾個特殊地位:第一,香港是中國近代報業的發祥地;第二,香港曾經是中國內地各種政治力量共同的輿論基地;第三,香港是中國大眾化商業報紙起步較早、發展也較為充份的地區;第四,不少香港報紙都是同時立足香港而又面向內地和海外,其影響並不僅僅限於香港一隅之地。[10] 澳門報刊在中國報刊史上有先驅的地位,香港則後來居上,論者每將港澳報刊相提並論,指出「港澳大眾傳播事業,尤其是香港當代大眾傳播事業,是當代中國傳播事業不可或缺的重要部份,兩者分別佔踞着搖籃與報業中心地位。」[11]

2004年,香港報業公會金禧紀念之際,出版了一本特刊,李祖澤在〈序〉中說:

9　戈公振著《中國報學史》,頁17。
10　方漢奇為陳昌鳳著《香港報業縱橫》(北京:法律出版社,2003年)所寫的〈序〉,《方漢奇文集》(汕頭:汕頭大學出版社,2003年),頁651-652。
11　〈前言〉,柯達群著《港澳當代大眾傳播簡史》(香港:香港中國新聞出版社,2009年),卷首。

香港報業既見證了香港由一個小城市發展成為國際化
現代化的大都會，尤其見證了由 70 年代開始的香港經
濟大飛躍，亦通過文字和圖片記錄了香港的發展歷程，
反映了香港社會的歷史變遷。文字傳媒誠屬香港歷史
軌跡的一部份，原應好好保存，奈何這方面的資料，
香港一向並無專人蒐集整理，以至一些珍貴史料零落
四散，只怕隨時而逝，他日欲追而不得。是故，香港
報業公會同仁常為之耿耿於懷，感激不已。[12]

　　這段文字既指出香港報業的重要性，亦以有關資料未能
得到妥善保存和整理為言。香港社會變化日新月異，報業發
展同樣令人驚嘆，及時為報刊出版活動作記錄和研究，是報
界中人和學界人士都不能掉以輕心的職責。即將於 2018 年開
幕的香港新聞博覽館，相信可以發揮一些積極的作用。

第三節　香港報刊文獻著作述評

一、早期香港報刊尋蹤

　　1842 年起，西方人士在香港相繼出版了一些英文報刊。
中文報刊的發展則始於 1853 年，首先出現的是《遐邇貫珍》
月刊，在華人社會中，這也是鴉片戰爭後第一種中文報刊。
每期印三千冊，還在廣州、廈門、福州、寧波、上海等地銷

12　李祖澤〈序〉，《香港報業五十載印記──香港報業公會金禧紀念特刊》（香
　　港：香港報業公會，2004 年），卷首。

售和贈閱。內容多為專題論說，包括天文、歷史、科學、醫學、宗教、商務等；並設有「近事雜報」欄，記載香港和中外大事。定期為中國人提供世界新知和國際消息，在當時的香港以至全中國是十分難能可貴的。松浦章、內田慶市、沈國威編著《遐邇貫珍之研究》[13]，除了以日文撰寫的專論外，還附有原刊影印及索引。

1857 年創刊的《孖剌西報》（*Daily Press*）是香港第一家英文日報，翌年該報印行一種名為《香港船頭貨價紙》的中文雙日刊，逢星期二、四、六發行，內容以船期、貨物價格和商業行情為主。1861 年，日本人翻印該報，改名《香港新聞》，又譯成日文《香港新聞紙》。《香港船頭貨價紙》後來改組成為《香港中外新報》（日刊），20 世紀前期曾一度易名《香港華商總會報》；1925 年改成《華僑日報》繼續出版，在日軍侵佔香港「三年零八個月」期間亦不曾中斷，至 1995 年停刊，前後達七十年之久。如果從 1858 年算起，則有一百三十八年。

《德臣西報》（*The China Mail*）於 1871 年起逢週六附有中文版，名為《中外新聞七日報》；1872 年改成《香港華字日報》（雙日刊），1873 年再改為日刊。1919 年起自立門戶，成為重要的中文日報；1941 年底日軍佔領香港，《香港

---

13 松浦章、內田慶市、沈國威編著《遐邇貫珍の研究》（吹田：関西大學出版社，2004 年）。此書中文版題為《遐邇貫珍——附解題‧索引》（上海：上海辭書出版社，2005 年）。

華字日報》自動停刊。前後七十七年，是香港歷史最悠久的中文報紙之一。

1874 年王韜及黃勝創辦《循環日報》，開近代中國政論報紙的先河。1878 年起提早在前一晚派送報紙，可說是最早的中文晚刊。1904 年將報紙分成莊諧兩部，字句加圈點。日佔時期曾合併為《東亞晚報》，戰後一度以原名復刊。《循環日報》在中國近代史上備受重視，該報在香港本地亦很有影響力。卓南生著《中國近代報業發展史：1815-1874》增訂版（北京：中國社會科學出版社，2002 年）對《香港中外新報》等幾種報刊作了考證和分析，在中國報業史研究上貢獻甚大。

另一份主張維新變法的報刊，是 1879 年創辦的《維新日報》，以報道中法越南戰爭消息而揚名，至 20 世紀初改稱《國民新報》。維新派的報紙，還有《香港通報》、《嶺海報》、《商報》等。1900 年出現的《中國日報》，是興中會在香港創辦的第一份革命刊物，該報與主張保皇、立憲的維新派報刊展開筆戰，雙方爭持激烈。20 世紀初年的革命派報刊，還有《世界公益報》、《廣東日報》、《有所謂報》、《香港少年報》等。這些報刊雖普遍為中國報業史以至思想文化史研究者所注意，深入的探討仍付闕如。

二、香港報刊盛況留痕

1903 年創辦的《南華早報》（*South China Morning Post*），刊行至今已逾百年，成為香港最具歷史和影響力的

英文報紙，備受重視。[14] 20 世紀初，《南華日報》與《德臣西報》、《孖剌西報》、《香港電訊報》（*Hongkong Telegraph*）並稱香港四大報，是本地西報的鼎盛時期。1949 年《英文虎報》（*Hong Kong Standard*）創刊，是戰後香港另一主要的英文報紙；近年改變版式，成為現時本地唯一的英文免費報紙。

1921 年出版的《香江晚報》，是香港第一份正式的晚報。《華僑日報》亦聯營過晚刊《南中報》，至 1945 年而有《華僑晚報》。1925 年創辦的《工商日報》，在 1930 年另出《工商晚報》。後來《工商日報》、《工商晚報》和該社社長另出的《天光報》，日銷合共十五萬份，當時香港人口只八十餘萬，可見其風行程度。1938 年《星島日報》創辦後，又出《星島晚報》。戰後各種晚報相繼復刊，並有《新晚報》等加入競爭；1997 年《星島晚報》和《新晚報》停辦，至此結束了香港的晚報時代。近年《新晚報》一度以免費報紙形式復刊。

1941 年 12 月至 1945 年 8 月，香港被日軍佔領，所有報刊都被監管，經歷了三年零八個月的黑暗時期。第二次世界大戰結束後，多種報刊相繼恢復，計有《華商報》、《大公報》、《文匯報》、《星島日報》、《工商日報》等，連同《華僑日報》，大致可以分為右派報紙、左派報紙和非黨派報紙

---

14 關於《南華早報》的歷史，可參：Robin Hutcheon, *SCMP The First Eighty Years*（Hong Kong: South China Morning Post, 1983）。彭健欽、胡嘉豐著《我在南華日報的日子》（香港：高霖國際出版有限公司，2011 年），亦可作為參考。

三類。1959 年創刊的《明報》，較受知識人士注意；1969 年創辦的《東方日報》，則走大眾化路線。《信報》和《經濟日報》，都以報道財經新聞為主。1995 年《蘋果日報》創刊，在報界帶來了巨大衝擊，接着有一些報紙停刊，另一些則重組版面。其後由於經濟低迷，大小報刊的競爭更加激烈。

關於個別報紙的記述，戰前出版的紀念刊，有《華字日報七十一週年紀念刊》（1934 年）、《循環日報六十週年紀念特刊》（1934 年）等。《華商報》頗受注意，計有《白首記者話華商——香港〈華商報〉創刊四十五週年紀念文集（1941-1986）》（廣州：廣東人民出版社，1987 年）、《華商報史話》（廣州：廣東人民出版社，1991 年），及由南方報業傳媒集團、廣東《華商報》史學會合編的《歡歌猶自唱華商——〈華商報〉創刊六十五週年紀念特刊》（2006 年）。

1902 年，《大公報》創於天津，以敢言著稱，抗日戰爭期間六易其館，輾轉於津、滬、漢、桂、渝、港，戰後只有香港《大公報》復刊並持續出版至今。《大公報在港復刊卅週年紀念文集》上、下卷（香港：大公報，1978 年）收載學術論文，《大公報在港復刊四十週年紀念冊》（香港：大公報，1988 年）較多報史材料，其後有《大公報創刊九十五週年暨在香港復刊四十九週年紀念冊》（香港：大公報，1997 年）、《與時並進——慶祝大公報創刊九十八週年暨「大公網」創建五週年系列活動紀實》（香港：大公報，2000 年）和《大公報創刊一百週年紀念冊》（香港：大公報，2002 年），以

及一百週年報慶時出版的一套叢書，包括《大公報一百年》、《大公報一百年新聞案例選》、《大公報一百年頭條新聞選》、《大公報一百年社評選》、《大公報一百年副刊文粹》、《大公報歷史人物》、《我與大公報》、《大公報寰球特寫選》、《大公報特約專家文選》、《大公報小故事》十冊，從中折射出中國知識分子文章報國的理想及情懷。

《華僑日報》的史事，該報編印的《香港年鑑》第一至四十五回（1948-1992年）多所記錄；另有《華僑日報六十週年紀慶專刊》（香港：華僑日報有限公司，1985年）及《香港飛躍七十年：華僑日報歷史見證》（香港：香港南華早報出版有限公司，1995年），都保留了不少報史材料。胡嘉豐著《我在華僑日報的日子》（香港：高霖國際出版有限公司，2013年），記載了1980年代作者在該報任職的情況。華僑日報社的一些出版物，亦具參考價值。[15]

至於《工商日報》，有《香港工商日報創刊五十週年紀念》（香港：工商日報，1975年）和黃祥光著《工商日報往事回憶》（香港：科華圖書出版公司，2008年）。《工商日報》停刊多年，可惜至今未有專題研究。星島日報方面，有《星島日報創刊廿五週年紀念論文集》（香港：星島日報，1963年）、《香港報業五十年：星島日報金禧報慶特刊》（香港：星島日報，1988年）、《星島日報創刊六十週年紀念特刊》

---

15 例如何建章、歐陽百川、吳灝陵、岑才生著《報紙》（香港：香港華僑日報有限公司，1955年），詳細介紹了報紙的編印和發行過程。

（香港：星島日報，1998 年）等。《成報》方面，有《成報四十週年紀念》（香港：成報，1979 年）、《成報五十週年》（香港：成報，1989 年）、田炳信主編《成報傳奇》（香港：成報出版社，2013 年）和田炳信、陳進著《香港成報實驗室》（香港：成報出版社，2013 年）。《星島日報》和《成報》都有逾七十五年的歷史，兩報的發展歷程都是很值得重視的。

《文匯報》方面，有《香港文匯報創刊三十週年紀念集》（1978 年）、《香港文匯報四十年》（1988 年）、《香港文匯報創刊五十週年（1948-1998）》（1998 年）等。《商報》方面，有《香港商報創刊五十週年紀念冊》（2002 年）。《明報》方面，有《明報走過四十年：邁向新世紀》（香港：明報報業有限公司，1999 年）。《公教報》方面，有《融合雅言——公教報八十週年特刊》（2008 年）。至於雜誌方面，如《明報週刊三十五週年紀念特刊》（2003 年）、《紫荊雜誌創刊二十週年紀念特刊（1990-2010）》（2010 年）等等，為數眾多，不勝枚舉。此外，《香港報業五十載印記：香港報業公會金禧紀念特刊》（香港：明報報業有限公司，2004 年），簡明扼要，是研究香港報刊必備的參考文獻。

百多年來在香港出版的報刊數量甚夥，本港各大專院校的圖書館都有不少收藏，香港大學馮平山圖書館歷史最久，收藏較豐；香港中文大學和香港浸會大學等校的收藏，可起互補作用。但總的來說，仍然不夠全面和完整，到外地的機構搜求，往往有意外收穫。近年香港中央圖書館在這方面較

為留意，編有一冊《香港報刊及文獻縮微資料介紹》供讀者取閱，從中可以得悉館藏情況，此外還有專門介紹《華僑日報》、《華商報》等的小冊子，頗便參考。不過一般圖書館都集中於收藏較重要的主流報刊，種類大同小異，缺漏的情況十分嚴重，令人惋惜。

回顧 19 世紀以來華人社會的報業發展，香港報業可謂別樹一幟，在第二次世界大戰後更是盛極一時，幾份大報都先後發行海外版，讀者遍及世界各地。然而，香港報刊在海外各地的傳播及其影響，還有主要報刊的海外版發行情況，至今仍缺乏系統而深入的研究。

三、香港報業研究概況

香港報業史研究的先驅著作，是林友蘭著《香港報業發展史》（台北：世界書局，1977 年），此書包括〈香港報業發展史略〉、〈近代中文報業先驅黃勝〉、〈一份百年前的華字日報〉、〈成舍我先生與香港報業〉、〈香港標題戰〉、〈香港的出版法與新聞自由〉、〈香港中文報業的現況及展望〉七篇及附錄〈近五年來香港新聞與傳播事業〉一文。其後李家園著《香港報業雜談》（香港：三聯書店，1989 年），收錄有關香港報壇舊事見聞的文章二十六篇，並複印了若干報紙原件，保留了不少珍貴材料。林友蘭和李家園的著作，奠下香港報業史研究的基礎。此外，鍾紫主編《香港報業春秋》（廣州：廣東人民出版社，1991 年）及陳昌鳳著《香港

報業縱橫》（北京：法律出版社，1997 年）等亦可供參考。

李谷城著《香港報業百年滄桑》（香港：明報出版社，2000 年），內容從香港報業史研究的基本概念說起，主要記敍香港早期的中、英文刊物，洪仁玕、王韜、康有為、孫中山等中國名人與香港報業，抗戰時期香港報業的狀況，戰後香港報刊創辦情形和報刊政治評論的回顧；此外還論述了香港媒介在兩岸關係中的橋樑作用，及展望香港媒介如何面向 21 世紀的挑戰等。李谷城的另一著作《香港中文報業發展史》（上海：上海古籍出版社，2005 年）則概述 1950 年代以前香港的中文報業，分十章介紹香港報業史的分期及演變，並交代了抗戰勝利後國共兩黨在香港的新聞宣傳活動和本地中間派報刊的政治分化情形。

陳鳴著《香港報業史稿》（香港：華光報業有限公司，2005 年）較詳細地論述了晚清時期（1841-1911 年）香港報業的發展情況，此書共分六章，依次探討：一、中國近代報業的源頭；二、香港報業史分期；三、清末香港英文報刊；四、清末香港葡文、日文報刊；五、清末香港中文報刊；六、香港新聞出版法概要。附錄〈關於馬禮遜、梁發的歷史評說問題〉、〈孫中山與《鏡海叢報》〉等。此書對早期香港報業有詳細的記述，有關英文報刊的說明尤為值得重視。

施清彬著《香港報業現狀研究》（香港：香港中國通訊社，2006 年），從五個方面探討近年香港報業的發展動向：一、

報業發展與結構調整；二、新辦報紙與市場競爭；三、市場
導向與新聞運作；四、傳媒問題與道德淪落；五、新聞自由
與外部制約。作者強調香港有獨特的報業環境，在當今世界
經濟一體化的趨勢下是一個可供參考和借鏡的案例。

　　楊國雄著《香港戰前報業》（香港：三聯書店，2013 年）
分史料篇、報人篇、報紙篇三部份，並重點介紹了《香港晨
報》、《香港新聞報》、《香港小日報》、《超然報》、《東
方日報》、《中興報》等戰前刊行的報紙。楊國雄另著有《香
港身世：文字本拼圖》（香港：香港各界文化促進會，2009
年），其新版改題《舊書刊中的香港身世》（香港：三聯書店，
2014 年），書中介紹了戰前香港的婦女雜誌、鄉族刊物、工
會刊物、學校刊物和文藝期刊，亦有記述戰前香港的報紙包
括《華字日報》、《循環日報》、《有所謂報》和《香江晚報》
等。連民安編著《創刊號（1940's - 1980's）》（香港：明報
週刊，2012 年）介紹了六十幾種香港期刊，頗具參考價值。

　　其他相關著作，還有：（1）張圭陽著《香港中文報紙組
織運作內容》（香港：廣角鏡，1988 年）；（2）施清彬著《香
港報紙商業戰》（香港：太平洋世紀出版社，1994 年）；（3）
李少南、梁偉賢編《香港傳播研究》（香港：香港中文大學新
聞與傳播學系，1994 年）；（4）鄭貞銘編著《香港大眾傳播
的過去、現在與未來：兼論香港新聞自由》（台北：中華港澳
之友協會，1999 年）；（5）馬松柏著《香港報壇回憶錄》（香港：
商務印書館，2001 年）；（6）楊正彥著《香港辦報札記》（北

京：九州出版社，2005 年）；（7）莊玉惜著《街邊有檔報紙檔》
（香港：三聯書店，2010 年）；（8）張鼎光著《縱橫報壇半
世紀》（香港：博藝集團有限公司，2014 年）等。報紙中保
存了大量史料，可供不同方面研究之用，黃少儀著《廣告 ·
文化 · 生活：香港報紙廣告 1945-1970》（香港：樂文書店，
1999 年），便是具體的例子。

　　香港高等院校近年開展一些以本地報刊為對象的研究計
劃，或以香港主要報刊為碩士、博士論文題目，作專深的論
述，都是可喜的現象，假以時日，必有可觀的成績。探討個
別報刊的著作，可舉的有以下幾種：其一是李谷城著《香港
〈中國旬報〉研究》（台北：文史哲出版社，2010 年），作
者採錄了《中國旬報》由創刊號至第三十七期相當完備的材
料；其二是梁科慶著《大時代裏的小雜誌——〈新兒童〉半
月刊（1941-1949）研究》（香港：匯智出版有限公司，2010
年），當中包括該兒童刊物主編黃慶雲的「口述歷史」資料；
其三是丁潔著《〈華僑日報〉與香港華人社會變遷（1925-
1995）》（香港：三聯書店、香港浸會大學當代中國研究所，
2014 年），書中記述了《華僑日報》刊行七十年的經過；其
四是梁科慶著《低調的吶喊——〈突破〉雜誌研究，1974-
1999》（香港：突破出版社，2016 年），論述一本以青少年
為對象的基督教刊物。這方面的專著相當缺乏，有待學界注
意和努力。可以肯定地說，香港很多報紙都有專題研究的價
值。例如從《香港中外新報》可以看到香港早期中文報紙的

版面和特色[16]，《香港華字日報》刊登的廣告是探索香港文化發展的寶庫[17]，《循環日報》現時所餘無幾，研究論文卻與日俱增，諸如此類可舉的課題很多。

港澳或港澳台報業共冶於一爐的著作，較早的有幾種：（1）方積根、王光明編著《港澳新聞事業概觀》（北京：新華出版社，1992年）；（2）鍾大年主編《香港內地傳媒比較》（北京：北京廣播學院出版社，2002年）；（3）章新新主編《港澳台海外華文傳媒名錄》（香港：香港中國新聞出版社，2005年）。近期出版的有兩種：（4）柯達群著《港澳當代大眾傳播簡史》（香港：香港中國新聞出版社，2009年），此書的香港部份依次論述出版事業、廣告事業、電影事業、廣播電視事業和報刊事業；（5）陳致中、陳娟、楊洸著《港澳台報業》（廣州：暨南大學出版社，2014年），此書關於香港報業部份共有六章，依次為〈香港報業生存環境〉、〈香港報業生態〉、〈香港大眾報業文化——「蘋果化」現象〉、〈香港報刊事業的行業治理〉、〈香港報業巨頭〉及〈香港報刊事業發展態勢〉。

總的來説，直至現時為止，關於香港報刊、報業新聞、傳播媒介的著作，仍然未能得到新聞業界的適當重視。早期編著的多是概述性質的書籍，近年出版的則較多屬於專著。

---

16 丁潔〈香港早期中文報紙的版面和特色——以《香港中外新報》為例〉，《香港中國近代史學會會刊》第 12 期（2014 年 7 月），頁 24-37。
17 周佳榮〈早期商務印書館在香港經營述要——以《香港華字日報》為線索的考察〉，《香港中國近代史學會會刊》第 14 期（2014 年 10 月），頁 2-8。

大抵 20 世紀出版的書刊，保留了不少珍貴的文獻資料，其中一些是業界人士的回憶，填補了報業史的空白，可惜至今仍未有人作系統的整理。21 世紀以來，或着眼於大眾傳媒的整體論述，或集中於個別報刊的專深探討，都是值得肯定的研究方向。李少南編《香港傳媒新世紀》（香港：中文大學出版社，2003 年）是具代表性的著作之一。[18] 彭淑敏在《香港文化導論》中所寫的〈報業文化〉一章，對香港報業發展史略、早期的中英文報刊，以及香港報業的影響，有概括的論述。[19] 現時更需要的，是新編綜合性的通史著作，承先啟後，為香港報刊事業、新聞傳播以至大眾傳媒的研究開拓新視野。

---

18 此書於 2015 年出第二版，附梁麗娟〈香港回歸前後新聞事業大事記（1994-2014）〉，方便參考。
19 王國華主編《香港文化導論》（香港：中華書局，2014 年），頁 150-176。

第二章
香港早期的中英文報刊

香港是中英關係爭持與政治形勢變化下的產物。1840 年 6 月，中英鴉片戰爭（又稱第一次鴉片戰爭）爆發；翌年 1 月 26 日，英軍強佔香港島。幾個月後，便有第一種以「香港」作為名稱的英文報刊面世。1842 年 8 月 29 日，中、英兩國簽訂《南京條約》，清朝政府將香港島「割讓」給英國，歐洲各國商人相率來華。在香港創辦，或由澳門、廣州遷來的英文報刊便逐漸增加了。由香港「開埠」時起，直至 1860 年英法聯軍之役（又稱第二次鴉片戰爭）結束為止，從澳門遷到香港的，有《香港公報》、《中國叢報》；《香港紀錄

報》則先由廣州遷至澳門，再由澳門遷至香港。在香港創辦的英文報刊，主要有《德臣西報》、《香港政府公報》、《孖剌西報》等。

中文報刊方面，《遐邇貫珍》是傳教士所辦，《香港船頭貨價紙》由《孖剌西報》報館印刷發行，《香港中外新報》是《孖剌西報》增出的中文晚刊。洋人主導中文報刊的情況，遲至 1970 年代仍然存在。當時外國商人看準香港的船務事業，致力出版與航運、航訊有關的報紙，不但為本地社會所需，同時亦為海內外所重視。在報界這個發展過程中，華人

逐漸冒起，1874 年王韜創辦《循環日報》是一個劃時代的開始，該報且與此前已刊行的《香港中外新報》、《華字日報》並稱香港早期三大中文報刊。香港居民以華人佔大多數，中文報刊在華人社會中流傳較廣，但論其地位，仍然未能與英文報刊相提並論。大抵要到 1925 年《華僑日報》創刊後，才開始可以與西報一爭雄長。

第一節　19 世紀香港的英文報刊

一、1840 年代的英文報刊

香港早期出版的報刊均為英文報刊，第一家是 1841 年 5 月 1 日創刊的《香港公報》（*Hongkong Gazette*），又譯《香港鈔報》，是馬儒翰（John Robert Morrison，1814-1843）在英軍支持下創辦的英文雙週刊，在澳門印行。英軍已於這一年的 1 月 26 日佔領香港，但中國清朝政府與英國簽訂《南京條約》，將香港島「割讓」給英國，是在一年半之後，即 1842 年 8 月 29 日。馬儒翰是最早來華的基督教（新教）傳教士馬禮遜（Robert Morrison，1782-1834）的兒子，又有「小馬禮遜」之稱，擔任英國駐華商務監督的漢文正使兼翻譯，其名字也有譯作約翰‧馬禮遜的。

1842 年 3 月 17 日，有一種叫做《中國之友》（*The Friend of China*）的英文週刊在澳門創刊，旋即遷到香港，與《香港公報》合併，由 3 月 24 日出版的第二期起，改名《中國之友

與香港公報》（*Friend of China and Hongkong Gazette*）。該刊的主辦人，是叔未士牧師（Rev. John L. Shuck）和傑姆士‧懷特（James White）。1844 年後恢復用《中國之友》的名稱，1858 年曾停版幾個月，出版至 1860 年遷到廣州，1863 年遷到上海，後於 1869 年停刊。《中國之友》或譯作《華友西報》，擔任主筆的還有卡爾（John Carr）、塔蘭特（William Tarrant）等。

　　1843 年 6 月，香港有一家英文週刊《東方地球報》（*Eastern Globe*）創刊。同年還有一家《香港紀錄報》（*The Hongkong Register*）出版，該刊原本叫做《廣州紀錄報》（*The Canton Register*），1827 年 11 月 8 日由美國商人威廉‧伍德（William Wightman Wood，1804-?）和英國商人詹姆斯‧馬地臣（James Matheson，1796-1878）聯合創於廣州，其初由伍德兼任採訪、編輯和排字工作，不久他在辦報方針上與馬地臣有分歧，於數月後離去，該刊遂由馬地臣一人經營。最初是雙週刊，後來改為週刊，1828 年 9 月至 1829 年 4 月又改為雙週刊，1934 年後再改為週刊。內容以中國官方公佈的各種公告及商業方面的行情為主，曾出版《廣州行情週報》（*Canton General Price Current*）。1839 年因中英關係緊張，遷至澳門出版，稱為《澳門雜錄》，1843 年遷至香港，改名《香港紀錄報》，由怡和洋行發行。1845 年增出附刊《大陸紀聞與行情》（*The Overland Register and Price Current*）。1849 年，該報產權轉賣給史屈前，經營十年，於 1859 年將產權售予菲利浦；次年史屈前又收回，

至 1861 年因離開香港,由李威買下該報財產,出版至 1863 年
停刊。[20]《香港紀錄報》記載了鴉片戰爭期間的中英關係及商
務活動,前後三十多年。

1844 年 10 月,《中國叢報》（*Chinese Repository*）亦
自澳門遷至香港出版。《中國叢報》又譯《中國文庫》,
1832 年 5 月 31 日創於廣州,首任主編是美國第一位來華的傳
教士裨治文（Elijah Coleman Bridgman,1801-1861）。初為
月刊,後改季刊。每期約五十頁,銷數最多時在一千份以上,
內容廣泛,資料豐富。1839 年,迫於清朝政府的禁煙形勢,
該報遷至澳門,出版幾期後又遷回廣州。鴉片戰爭結束後數
年,於 1844 年遷到香港。

《中國叢報》的主旨,是向西方人士提供「有關中國及
其毗鄰國家最可靠、最有價值的消息。」鴉片戰爭前,《中
國叢報》每期設有「宗教新聞」、「文化情報」和「時聞」
等欄目;鴉片戰爭後,取消前兩欄。該刊的內容涉及地理、
中國政府與政治、財經、商業、船運、鴉片、中國對外關係、
軍事、中英戰爭等,也有關於香港、日本、韓國、南洋群島
和其他亞洲國家的記載,亦刊載修改聖經、傳教活動等宗教
消息。特別重視的是報道中國的政情時事,譯載清朝上諭、
大臣奏摺,以及英、美商人對這些文件的評價,並且為西方
侵華活動出謀獻策。因此,《中國叢報》在當時西方人士中

20　周佳榮〈從廣州、澳門到香港──《廣州紀錄報》和《中國叢報》述略〉,《澳
　　門學誌》第 2 期（2014 年 5 月）,頁 33-34。

頗獲好評。該刊的主要撰稿人，除裨治文外，衛三畏、郭士立、馬禮遜、馬儒翰、麥都思、林賽、奧利芬、斯蒂文思、巴駕等，多是知名教士；中國作者梁進德等，也曾為該刊撰稿。其後《中國叢報》重返廣州出版，至 1851 年 12 月停刊。共出版二十卷，每卷五六百頁，終刊號有總索引，其史料價值迄今仍為中外學界所重視。[21]

　　1845 年 2 月 20 日，有一家重要的英文報在香港創刊，名為《德臣西報》，或稱《德臣報》，按原名翻譯是《中國郵報》（*The China Mail*）。創辦之初原為週刊，1862 年 2 月 1 日起改為日報。該報於報頭特別標榜，它是唯一刊登政府法令的報刊，以半官方喉舌的姿態出現，與港府官員的關係較為融洽。日出對開三張，銷行二千四百份。創辦人兼首任主筆，是英國出版商蕭德銳（Andrew Shortrede）；英商德臣（Andrew Scott Dixson）參與創辦，並任主筆。後來《中國郵報》歸德臣所有，故亦稱作《德臣西報》。一說該報為威爾遜（D. C. Wilson）所有，編輯是白納脫（G. C. Burnett）。1847 年，《德臣西報》資助容閎（純甫）、黃勝（平甫）、黃寬三名學生赴美國留學。其後黃勝因病退學，返回香港，在該報擔任印刷、管理等工作。《德臣西報》出版至 1974 年 8 月 17 日停刊，歷時一百二十九年。在香港新聞史上，這是最悠久的報紙之一。

---

21 周佳榮〈從廣州、澳門到香港——《廣州紀錄報》和《中國叢報》述略〉，《澳門學誌》第 2 期（2014 年 5 月），頁 34-35。

在 1840 年代後期，香港還有兩種英文報刊出現：其一，是 1845 年 8 月 30 日創刊的《中國之外友》（*The Overland Friend of China*）；其二，是 1848 年創刊的英國系雜誌《德臣報海外版》（*Overland China Mail*），銷行一千份。

二、1850 年代的英文報刊

1850 年 6 月 17 日，《香港德臣雜項紀錄》（*Dixson's Hongkong Recorder*）創刊，簡稱《香港紀事報》（*The Hongkong Recorder*）。香港「開埠」初期報界的狀況，林友蘭有以下的描述：

> 那時，在香港辦報是不受任何限制的。辦報的人，不是傳教士就是商人（洋商）或與商人有密切關係的人（如怡和洋行的大股東馬德生（James Matheson）也就是《香港紀錄報》的股東）。因此，報紙大半代表商人說話，對政府不顧商人利益的措施，肆意批評。甚至港督，也不時受到他們的抨擊。那些洋商掌握了當日香港的命運，自視甚高，潛力亦大，英倫派來的官員，即使不完全仰他們的鼻息，也得對他們禮讓三分。[22]

1850 年，譚潤特（William Tarrant）收購了《中國之友與香港公報》，對政府官員展開空前猛烈的指責。他曾任港

---

22 林友蘭著《香港報業發展史》（台北：世界書店，1977 年），頁 6。

府公務員，因故被撤職，所以對當時的官員倍加反感，着意揭露他們的不是。譚潤特與當時的首席裁判官克恩（或譯作「堅」；Caine）尤其過不去，曾為文痛斥克恩勾結敲詐成性的買辦階層，營私舞弊；又抨擊代理輔政司和人口總登記官與海盜朋比為奸，政府對他亦無可奈何。他洋洋自得，又翻克恩舊賬，繼續向他開火，那時克恩已升任代理總督，但譚潤特仍不停追擊，終於以此獲罪，被判入獄一年，罰款五十英鎊。出獄後把報刊遷往廣州出版，再遷上海，已沒有當年的敢言了，1869 年把報刊出售，翌年返回英國，1872 年病逝。《中國之友》在轉手後不久便停刊了。

1857 年，《孖剌西報》（*Daily Press*）在香港創刊 [23]，是香港第一家英文日報，也是中國境內最早出現的日報。《德臣西報》受了它的影響，不久也跟着改為按日出紙了。《孖剌西報》的首任主編為美國人賴登（George M. Ryden），繼任主筆為孖剌（York J. Murrow, 1817-1884），成為該報最主要的決策人物，他並且於 1858 年收購了該報的全部股份，因稱《孖剌西報》，或作《孖剌報》。孖剌去世後，《孖剌西報》仍為其家屬所有，由他的兒子茂羅（H. L. Murrow）繼承，1861 年後，改名為 *The Hong Kong Daily Press*。林友蘭說：「那時，香港仍是一塊消息不靈通的地方。唯一傳遞消息的工具，就是往來歐美與香港間的快船（Clipper）。香港和倫

---

23 《1948 香港年鑑》（香港：華僑日報，1948 年）第七編「教育文化」有〈新聞事業〉一篇，說《孖剌報》創於 1847 年（頁 12），不確。

敦互通消息，需時半載以上。香港官民間的歧見，往往不能及時解決。政府官員因此亦流於專斷。洋商不滿政府官員的情緒，紛紛透過報紙發洩出來，於是更加深了輿論界和官員的交惡。」又說：

> 《孖剌西報》主筆孖剌也是個喜歡挖政府官員瘡疤的人，他對人口總登記官（Register General，現改稱為「華民政務司」）的指責，比譚潤特更為厲害。他指人口總登記官是「不法多端的華人買辦階層的工具並且與海盜勾結」，使人口總登記官幾乎做不下去。他又抨擊港督鮑令貪污瀆職，而在公共合約上偏袒怡和洋行。這些話使他不得不吃官司，坐牢半年。倫敦方面慢慢的也知道香港輿論和官員不睦的事情，乃於 1859 年（按：原文誤作 1589 年）選派羅便臣爵士為港督，從事疏導工作。[24]

羅便臣來港履新時，香港有關報紙的法律，只有 1844 年第二號法例一種，那只不過是為辦報手續訂立若干項規定而已。羅便臣於是提出新法例，規定每一報紙發行人必須繳納保證金二百五十元；他又為誹謗案的起訴，制訂了一個新程序。以往每個提出訴訟的人，必須向裁判官申請一張傳票，如果他能夠提出有力證據的話，被告人即被傳到最高法院，由總檢察官進行起訴。這種做法容易使人誤會，以為政府對

---

24 林友蘭著《香港報業發展史》，頁 8。

報紙主筆的起訴，完全是為了本身的利益而提出的。羅便臣所提的修正案，即 1860 年第十二號法令，規定一個認為受到別人誹謗的人，須提出起訴而要求賠償損失；訴訟過程中的一切費用，應由被告人負擔。羅便臣的新措施，總算將當時英文報紙隨意發表誹謗文字的風氣暫時壓下去，但香港報業亦因此而受到若干新限制。順帶一提，到了 1886 年，報紙發行人的保證金增至一千二百元，比原先提高了好幾倍。

在 1850 年代《孖剌西報》創刊前後，香港另有幾種英文報刊誕生：其一，是 1853 年 9 月 24 日創刊的《香港政府公報》（*The Hongkong Government Gazette*），俗稱《憲報》或《香港憲報》，週刊，由香港政府編輯出版；其二，是 1855 年 8 月 1 日創刊的《香港航運錄》（*Hongkong Shipping List*），1858 年停刊；其三，是 1857 年創刊的《香港週報》（*Hong Kong Weekly Mail*），為孖剌西報社所有。總計 1841 年至 1860 年間，至鴉片戰爭後至英法聯軍結束時止，在香港出版的英文報刊共有十三種，其間出版的中文報刊只有三種而已。不過，此後中文報刊大增，英文報刊反見減少。

關於《德臣西報》，有兩項記載仍待進一步查證：其一，是說該報於 1861 年 8 月 10 日增出中文副刊《香港新聞》，出版八卷後即停刊；其二，是謂該報於 1867 年增出英文週刊《香港週報及大陸商報匯報》，每星期五出版，每期約三十頁，專載商業及船舶消息。

三、1860 年代及以後創刊的英文報刊

1860 年代至 19 世紀結束的四十年間,在香港新辦的英文報刊,數目已落後於中文報刊了,計有以下數種:

1、《香港晚郵報及船期錄》(*Hongkong Evening Mail and Shipping List*),1864 年創刊,日報,後來與《德臣西報》合併。

2、《中國雜誌》(*The Chinese Magazine*),又譯《華人雜誌》,1868 年 3 月 7 日創刊。

3、《每日廣告報》(*The Daily Advertiser*),又名《香港廣告報》,1869 年 11 月 1 日創刊,日報;1873 年 5 月 1 日易名《香港時報》(*The Hong Kong Times*)繼續出版,1876 年停刊。

4、《中國笨拙》(*China Punch*),又譯《中國滑稽報》,1872 年 8 月 2 日創刊,內容以刊登諷刺漫畫為主。作為「笨拙」系列,這在亞洲是最早的,其後才有《上海笨拙》(Shanghai Punch)和《日本笨拙》(Japan Punch)相繼創刊。

5、《遠東》(*The Far East*),1876 年 7 月創刊,月刊,發行處包括香港、上海、東京,編輯為布萊克(J. R. Black,1826-1880)。據謂該刊有圖畫極多,1877 年停刊。

6、《香港天主教紀錄報》(*The Hongkong Catholic Register*),1877 年創刊,半月刊,是天主教教會組織在中國出版

的最早刊物。或謂創於 1878 年，出版至 1880 年停刊。

7、《香港電訊報》（*Hongkong Telegraph*），俗稱《士蔑報》或《士蔑西報》，1881 年 6 月 15 日創刊，晚報，星期日休刊。創辦人為美國人約瑟夫・諾貝爾（Joseph Nobel），主編為士蔑（R. F. Smith）；其後繼任主編的，有英國人雷克斯（或譯亞爾腓列德・希克司，Alfred Hicks）等。1900 年改由鄧肯（Chesney Duncan）與法蘭西斯接辦，組成有限公司。

總的來說，19 世紀在香港創辦的英文報刊，連同外地遷來繼續出版的，總共有二十種。（表 2）進入 20 世紀之初，即有《南華早報》（*South China Morning Post*）於 1903 年創辦。創辦人為克寧漢（A. Cunningham）。該報在創刊當時，與《德臣西報》、《孖剌西報》、《香港電訊報》合稱香港四大報。20 世紀前期，英文報刊在香港報界仍然佔主導地位。《南華早報》在日佔時期停刊，第二次世界大戰後繼續出版，時至今日，是香港最重要的英文報紙。

表 2　19 世紀香港出版的英文報刊

名稱	創辦日期	停辦日期	説明
Hongkong Gazette（香港公報 / 香港鈔報）	1841.5.1	1842 年併入《中國之友》	雙週刊，主編為小馬禮遜
The Friend of China（中國之友 / 華友西報）	1842.3.17	1860 年遷至廣州出版	每週出版兩次，一度改稱 *Friend of China and Hongkong Gazette*（中國之友與香港公報）

Hong Kong Register (香港紀錄報)	1843.6	1863 年	原名 Canton Register (廣州紀錄報)， 1827 年創於廣州， 1839 年遷至澳門， 1843 年遷來香港， 週報
Chinese Repository (中國叢報)	1844.10（由 澳門遷至香 港出版）	1851.12 在廣 州停刊	1832 年創於廣州， 1839 年遷至澳門
The China Mail (中國郵報 / 德臣報 / 德 臣西報)	1845.2.20	1874.8.17	初為週刊，1867.2.1 改為日報
The Overland Friend of China (中國之外友)	1845.8.30	1859	初為月刊，後為半 月刊
Overland China Mail (德臣報海外版)	1848	1909	初為月刊，後改為 每星期出版一次， 再改為週刊
Dixson's Hongkong Record- er，簡稱 The Hongkong Recorder (香港德臣雜項紀錄， 簡稱香港紀事報)	1850.6.17	1859	創辦時稱為 Dixson's Hongkong Gazette (德臣香港公報)， 旋改名
The Hongkong Government Gazette (香港政府公報，俗稱 《憲報》或《香港憲報》)	1853.9.24		香港政府編印出版 的刊物，每週一冊
Hongkong Shipping List (香港航運錄)	1855.8.1	1858	
Daily Press (孖剌報 / 孖剌西報)	1857.10.1		1961 年後，改名為 The Hong Kong Daily Press
Hong Kong Weekly Mail (香港週報)	1857		該報為孖剌西報社 所有

Hongkong Evening Mail and Shipping List （香港晚郵報及船期錄）	1864	後來與《德臣報》合併	
The Chinese Magazine （中國雜誌 / 華人雜誌）	1868.3.7		
The Daily Advertiser （每日廣告報 / 香港廣告報）	1869.11.1	1876	日報，1873.5.1 易名 *The Hong Kong Times*（香港時報）
China Punch （中國笨拙 / 中國滑稽報）	1872.8.2		內容以刊登諷刺漫畫為主
The Far East （遠東）	1876.7		月刊
The Hongkong Catholic Register （香港天主教紀錄報）	1877 / 1878？	1880	半月刊
Hongkong Telegraph （香港電訊報，俗稱《士蔑報》或《士蔑西報》）	1881.6.15	1911	晚報

第二節　香港中文報刊的誕生

一、香港第一種中文雜誌《遐邇貫珍》

香港中文報刊的誕生，比英文報刊遲了十幾年，而且是由外國人創辦，或者其初是外報的附紙。最早出現的是一種名為《遐邇貫珍》（*Chinese Serial*）的中文雜誌，1853 年 9 月 3 日創刊，每月出十六開本一冊，每冊約十二至二十四頁不等，竹紙單面鉛印，形式與一般線裝書籍相若。因每期均附有英文目錄，以致有些報刊史著作誤認這是一種英文雜誌

或中英文合刊。[25] 在中國報刊史上，這是鴉片戰爭後中文雜誌的濫觴，亦是最早用鉛字排印的中文雜誌。

《遐邇貫珍》由香港英華書院主辦，倫敦會印刷局負責排印。每期印三千冊，每冊售十五文。除在香港發行外，還於廣州、廈門、寧波、上海、福州等地銷售和贈閱。內容有論說、新聞、廣告等，1855年增出附刊《佈告篇》，隨報發行，每期四頁，載商情及船期，開創中文報刊專紙登錄物價、船期的先河。還值得注意的是，《佈告篇》刊登各類廣告，初次每五十字收費銀半元；五十字以上，每字加一先令；再次刊登同一廣告，收費減半。這是中文報刊出現收費廣告之始。

《遐邇貫珍》的主筆初共有三人：創刊時的主筆為麥都思（Walter Henry Medhurst，1796-1856），其後（一說同年，一說翌年）由前香港法院首席法官奚禮儀（Charles Batten Hillier）接任；至1856年，改由理雅各（James Legge）任主筆，但同年5月，理雅各以「事務過繁，無法兼顧」為由，宣佈停辦該刊，計共出版了三十三期。相信這與當時局勢緊張有關，因為英法聯軍之役（亦稱第二次鴉片戰爭）爆發，戰事使香港與中國內地的關係大受影響，至1860年始結束，《遐邇貫珍》不能發行到中國內地，銷量必然銳減。每期三千本

---

25 《1948香港年鑑》第七編「教育文化」〈新聞事業〉說：「《遐邇貫珍》是英華書院中人發行的一種華文和英文合璧的月報，每期篇幅有十多頁，賣銅錢十五文，內容以宣傳耶穌教義為主，報道時事不過是附帶形式」。（頁12）事實是《遐邇貫珍》既非「華文和英文合璧」，雖以宣傳宗教為目的，但多刊知識性文章，主要內容並非宣傳耶穌教義，附帶報道時事則為實況。

大概只能在本地賣出數百本，財政日益支絀也就不在話下了，以廣告收入作為營運經費，在當時顯然未成氣候。

頗可注意的一事，是《遐邇貫珍》與近代日本「開國」有相當密切的關係。1853 年 7 月，日本從荷蘭船上知道太平軍佔領南京的消息；同年 12 月，到琉球出差的鹿兒島藩士從美國艦上得到兩冊《遐邇貫珍》，裏面有太平軍佔領南京和香港總督兼英國全權公使文翰（港譯般含；Sir Samuel George Bonham，1803-1863）訪問南京的報道。翌年 1 月，藩士們即把《遐邇貫珍》連同打聽到的關於太平軍的情報（如信奉基督教）一起送往幕府。自此之後，該刊即受到日本外交官和有識之士的器重，例如著名思想家吉田松陰（1830-1859 年）讀了第一號上所載的〈伊娑菩喻言〉（即伊索寓言），便曾寫過一篇跋。[26] 吉田松陰是明治維新的先驅者，高杉晉作、木戶孝允、山縣有朋、井上馨、伊藤博文等傑出人物都是他的學生。

在這前後，發生了一件轟動日本的大事。1853 年 7 月，美國海軍提督培理（Matthew C. Perry，1794-1858）率領艦隊於 1853 年 7 月抵達江戶灣的浦賀，要求日本開國，聲稱明年再訪，隨後艦隊駛到香港駐泊。培理艦隊再度起程赴日本時，還帶同香港一個叫做羅森（向喬，1821?-1899 年）的廣東人充當漢文翻譯。羅森目睹美日談判及簽約的經過，並遊覽了橫濱、下田、箱館等地，成為近代第一個踏足九州長崎

---

26 參閱增田涉《西學東漸と中國事情》（東京：岩波書店，1979 年），頁 28。

以外日本國土的中國人（當時日本只准中國人在長崎進行貿易），第一個「香港人」到日本「自由行」非他莫屬。當年 8 月，羅森返回香港後，把他的見聞寫成《日本日記》，分三次刊登在《遐邇貫珍》上。[27]《日本日記》是記載日本開國史事的重要著作，其後在日本有輯印本出版；《遐邇貫珍》除了原刊外，在日本還有寫本流傳。1860 年代初日本遣美使節團出發和回程時，曾在香港逗留，到英華書院訪書，並與羅森見面。據說後來明治天皇登基後，邀請羅森為顧問。[28]

二、香港第一種中文報紙《香港船頭貨價紙》

香港第一張中文報紙，是 1857 年 11 月 3 日創刊的《香港船頭貨價紙》，由英文《孖剌報》（*Daily Press*）報館印刷發行，是該報利用印製《英華字典》的中文活字出版的。每週出版三次，逢星期二、四、六發行，單張兩面印刷，大約可容納四千多字的內容，一版為新聞（只有三四百字）及廣告、通告等，一版為船期物價。在中國報業史上，這亦是中文報紙的濫觴，即最早以單頁報紙形式兩面印刷的中文報紙，亦是第一份經濟類報紙。其創辦人認為「香港作為一個以『船』和商業為中心的港口城市」，商業情報會日益受到重視。當時亞洲缺乏這類資訊，因此頗受重視，日本於 1861 年起翻印《香港船頭貨價紙》，改名《香港新聞》，除刊載船期、

---

27 羅森的《日本日記》在《遐邇貫珍》1854 年第 11 號、12 號及 1855 年第 1 號連載。
28 周佳榮〈日本人與近代香港報業〉，《香港中國近代史學會會刊》第 12 期（2014 年 7 月），頁 39-40。

貨價、新聞外，亦有日文的註解。翻印本匯編為八卷。

《香港船頭貨價紙》的意義還不只如此，該報後來改組成為《香港中外新報》（或作《中外新報》），至 20 世紀前期一度易名為《香港華商總會報》，後來又改成《華僑日報》，出版至 1995 年停刊，綿延一百三十八年，見證了香港社會個多世紀的發展和變遷，報紙刊載的內容以至報紙本身的歷史都彌足珍貴。但因早期資料多已散失，說法不很一致，幸而近年經學界人士整理和考證，已漸見清晰了。

三、其他中文報刊

1860 年代創辦的中文報刊有兩種：其一，是香港政府於 1860 年發行的《香港政府公報》（*The Hongkong Government Gazette*）中文版，週刊，登載政府行政措施及法庭案件，並有世界新聞摘要。《香港政府公報》的英文版創於 1853 年 9 月 24 日，比中文版早了幾年。其二，是 1864 年西方傳教士在香港出版的中文日報《近事編錄》，開始時由陸驥純承辦，王韜任主編。1883 年該報將產權賣給華人，每年訂費由五元減至四元，但因銷路不佳，不久即停刊。

王韜（1828-1897 年），早年活動於上海，1849 年進入英國傳教士麥都思所辦的墨海書館，參加編校工作，達十三年之久。1862 年間，因化名黃畹上書太平天國，遭清政府通緝，避地香港，協助香港英華書院院長理雅各翻譯中國經書。他曾遊歷英、法、俄等歐洲國家，1871 年歐洲爆發普法戰爭，戰

爭結束後不久，王韜即編撰成《普法戰紀》十四卷，敍述及分析戰爭的原因、經過和結果，並對戰後國際形勢的變化作了預測。此書出版後，王韜聲名大增，《普法戰紀》傳到日本，引起很大的反響。[29]1874年王韜創辦《循環日報》，那是後話。

第三節　香港早期主要的中文報紙

19世紀下半葉，香港有三大中文報紙：其一，是由《香港船頭貨價紙》改組而成的《香港中外新報》；其二，是由《中外新聞七日紙》改組而成的《香港華字日報》；其三，是王韜創辦的《循環日報》。這三種報紙不但在本地有重要性，在近代中國報業史上也是不能不提的，其影響和傳播甚至及於東亞地區的日本，及東南亞地區的星馬和越南等（表3）。

表3　戰前香港三大中文報紙

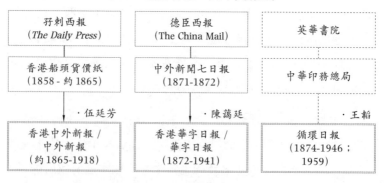

29　參閱王曉秋《近代中日文化交流史》（北京：中華書局，1992年），頁215-216；忻平《王韜評傳》（上海：華東師範大學出版社，1990年），頁172-173。

一、《香港中外新報》/《中外新報》

關於《香港中外新報》，至今還有不少疑點。第一個問題是它的前身，一說該報是由《孖剌西報》（*Daily Press*）創辦的中文報紙《香港船頭貨價紙》改名而成，另一說則認為該報是《孖剌西報》增出的中文晚刊。如前者屬實，則《香港中外新報》出現後就不再刊行《香港船頭貨價紙》；如後者屬實，則《香港中外新報》出現後，《香港船頭貨價紙》仍有可能繼續出版一段時期才停刊（後來改為《香港中外新報》的「行情紙」，詳下）。這關聯到第二個問題，即《香港中外新報》究於何時出現。一說該報創於 1858 年，另一說認為大約在 1865 年改名為《香港中外新報》，還有一說認為是遲至 1870 年代才改為《香港中外新報》的。第三個問題是報紙名稱，該報全名應是《香港中外新報》抑或是《中外新報》？有關記載在報名「中外新報」前面所加「香港」二字，是否只用來表示其出版地？

筆者綜合各方文獻材料，認為該報由《孖剌西報》創辦殆無疑問，其誕生確與《香港船頭貨價紙》有關，該報是在 1858 年創刊的；初為兩日刊，不久即改為日刊。白報紙鉛印，每日一張，容四號字一萬五千字左右，篇幅狹小，除告白外，新聞佔三分之一。另外，仍每晨派送用南山貝紙（土紙）印的船期、行期表一張。約在 1865 年改名為《香港中外新報》，其後銷路遠至香港境外，因而於 1870 年代將報頭「香港」二字取消，《中外新報》遂成為該報的定稱。該報對商業資訊

比其他新聞更加重視，反映出作為商業報紙的特點。1948 年
《華僑日報》出版的《香港年鑑》有以下一段記載：

> 到了 1858 年，才有一份真正的華文日報出版，這份華
> 文日報叫做《中外新報》，紙面和內容，都是今天的
> 日報一樣，每兩天出版一小張，後來纔改為每天一張，
> 並且隨報派送一張用土紙印刷載有貨價船期的「行情
> 紙」一份，每年衹收三元，因為當時旅港僑商極少看
> 報，看的都是行情紙，所以主持者特地附送行情紙，
> 用以引起讀者的興趣。

該《香港年鑑》接着說：

> 這個報出版的動機極其偶然，因為倫敦傳道會牧師英
> 國人羅傳（傳）列，寫了一本漢英字典，叫《孖剌西報》
> 替他排印出版，《孖剌》做了這宗生意之後，剩下來
> 的是一副華文活字，放着沒有用處，不知怎樣？引起
> 了大狀師伍才的注意，伍才就是我國外交家伍廷芳，
> 據說他當時是《孖剌西報》職員，他見到這副華文活
> 字沒有出息，便跟《孖剌》主事者商議，出版一份華
> 文日報，《孖剌》主事人馬上接納他的建議，全交給
> 他辦理，因為當時沒有華文報紙，怎麼樣辦？非叫中
> 國人去經營不可，所以，名義上是《孖剌》的華文版，
> 實際上是中國人主持，一切營業權利，都歸中國人，

《孖剌》只每年享受若干報酬。[30]

上文所述大致可信，關鍵之處有二：一是華英字典，二是伍廷芳；而必須推定的，是《中外新報》的創刊年份。羅傳列或作羅傳德、羅布存德（William Lobscheid，1822-1893），是德國傳教士，1856 年來港，就香港政府之聘，任皇家書館監督，1864 年曾出版一本《漢語語法》幫助外籍學生寫漢語。[31] 1866 年開始出版《英華字典》（*An English and Chinese Dictionary*），至 1869 年出齊四分冊，是一部逾二千頁的巨型工具書。他還編有一冊《漢英字典》（*A Chinese and English Dictionary*），於 1871 年出版。照此説來，《孖剌西報》用這副華字來創《中外新報》，不可能是在 1858 年，應該是在 1970 年代初，最早也是在 1860 年代中，即於排印字典期間同時印行中文報紙。

至於發起創辦《中外新報》的伍廷芳，他當時的年紀也應注意。伍廷芳（1844-1922 年），原籍廣東新會，生於新加坡，曾就讀於香港的聖保羅書院、中央書院，後赴英國留學，畢業於林肯法律學院，獲大律師資格；返港任律師，旋任香港政府法官兼立法局議員，是香港第一位太平紳士、第一位華人立法局議員。1882 年受李鴻章聘請，北上協辦洋務和外交。如果説，《中外新報》創於 1858 年，當時伍廷芳只是個十四、十五歲的少年，應該是不可能的；如果説，《中外新

---

30 《1948 香港年鑑》第七編「教育文化」〈新聞事業〉，頁 12-13。
31 霍啟昌著《香港與近代中國》（香港：商務印書館，1992 年），頁 54-55。

報》創辦於 1865 年，伍廷芳已二十一、二歲，才比較合理和可信。綜合以上兩項事實，《中外新報》應該創於 1865 年或遲至 1870 年左右。

至於 1858 年《孖剌西報》所創的中文報紙，應該是《香港船頭貨價紙》，這年香港有一份《香港航運錄》停刊，孖剌收購了《孖剌西報》的全部股份，所以創辦《香港船頭貨價紙》，一則擴展業務，二則因應社會需求，該刊主要刊登船期貨價，所需的中文字較少；其後於 1860 年代中製造了一副完整的中文字，於是用來印行《中外新報》，物盡其用，一舉兩得。當時繼續出版「行情紙」仍然是有需求的，但沒有再使用《香港船頭貨價紙》舊名的必要。正因如此，《香港船頭貨價紙》改名為《香港中外新報》之說，也就成立了。

《中外新報》早期的刊行情況，大致如下：

> 初辦時，篇幅頗狹，每日出紙一小張，約容四號字一
> 萬五千字，除廣告外，新聞僅佔面積三分之一，不過
> 五千餘字，另以土紙印載貨價船期一頁，名曰行情紙，
> 隨報派送，年收報費三元。其時僑商甚鮮讀報，大抵
> 多訂閱行情紙，主報事者乃收半價以便閱者焉。[32]

《中外新報》至光緒中，始擴充篇幅為兩頁，分類紀事，有「京報全錄」，刊登清廷諭旨暨各省奏章；有「羊城新聞」，

---

32 麥思源〈七十年來之香港報業——1864-1934 年〉，《香港華字日報七十一週年紀念刊》（1934 年 10 月）。

屬於督撫轅門抄暨各衙署批示，間中附以民間瑣事；有「中外新聞」，凡不能列入「京報全錄」及「羊城新聞」的，都放在這一欄。

> 各類新聞之標題甚簡略，大都如火警、盜竊、物妖、詼諧等。主筆政者每有論著（著），不直指時事，一託以寓言，勸懲之旨，往往而見。斯匪獨《中外新報》為然，維時《華字》及《循環》兩報，亦大略相似。孰知夫昔日主文譎諫之作，移諸今日，又成為極時髦之幽默派者耶。光緒晚年，篇幅益增，洎入民國，數易其主，宗旨亦隨所主而易，卒於民國七年停辦。[33]

扼要地說，《中外新報》在光緒中葉擴充為每日兩張，光緒末年再次擴大篇幅，直至 1918 年停刊。主要欄目有論說、中外新聞、羊城新聞、選錄京報和督撫轅門抄，偶爾附有民間瑣事。民國初年，《中外新報》攻擊廣東軍閥龍濟光，深受廣東人民歡迎，銷數超過一萬份。但因報社經營無方，經濟拮据。第一次世界大戰期間（1914-1918 年），報社在參戰問題上持反對意見，被香港政府罰款一百零一元銀元，股東紛紛退出，經濟更加困難。當時龍濟光已退守海南島，但仍圖恢復其勢力，出資收買該報，為他製造輿論。《中外新報》接受津貼後，變「反龍」為「擁龍」，讀者越來越少；直至龍濟光被逐出海南島，報社經濟告絕，該報只得於 1918 年停

---

33 麥思源〈七十年來之香港報業——1864-1934 年〉，《香港華字日報七十一週年紀念刊》（1934 年 10 月）。

刊。在香港報業史上，這是第一次「報變」。該報旋由香港華商總會接辦，改名為《香港華商總會報》。[34]

二、《香港華字日報》/《華字日報》

1871 年 3 月，《中外新聞七日報》創刊，是《德臣西報》的週末中文版，逢星期六發行。該報的主編是陳藹亭（亦作陳藹廷），出版至翌年 4 月停刊，改為《香港華字日報》（通稱《華字日報》）[35]，仍以陳藹亭為主筆，是香港第一家「完全由當地人管理」的中文報紙。《香港華字日報》於 1872 年 4 月 17 日創辦時，每週出版三次；該報的內容，其初大多譯自西報和轉載京報。所謂「京報」，就是刊載朝廷消息的公報。1948 年出版的《香港年鑑》有以下記載：

> 《華字日報》在 1864 年（創辦），比《中外新報》僅遲六年，是在《德臣西報》擔任譯著的陳藹亭創議的，伍廷芳和何啟兩大律師是他的親戚，也幫助他一臂之力，因為印刷機器缺乏，只向教會裏的西人買到華文活字一副，沒有印機，因而跟《德臣西報》主任商量，和他合辦，借用《德臣》的印機和發行地方，然後成立。[36]

---

34 《1948 香港年鑑》第七編「教育文化」〈新聞事業〉說，《中外新報》的報道內容分為若干門，譬如清政府的諭旨和各省的奏章，就編為「京報全錄」；督撫轅門抄和各衙署的批示等與乎民間小事，就編為「羊城新聞」；凡不能列入「京報全錄」和「羊城新聞」的，就編為「中外新聞」。（頁 13）

35 《香港華字日報》的英文名稱是 *The Hongkong Chinese Mail*，以別於《德臣西報》的名稱 *The China Mail*。

36 《1948 香港年鑑》第七編「教育文化」〈新聞事業〉，頁 13。

《華字日報》創於 1872 年，殆無疑議。上文創刊年份説成
1864 年，是由於錯誤認為《中外新報》創於 1858 年，《華
字日報》「比《中外新報》僅遲六年」，因此推斷其創刊是
在 1864 年。《華字日報》既能確定創於 1872 年，則《中外
新報》的創刊年份當在 1866 年左右，是合乎客觀事實的，可
以進一步作為前面關於《中外新報》創刊年份的推論。《1948
香港年鑑》中還有一段關於《華字日報》的記載：

> 創刊時候，祇出版一小張，而且沒有定期，後來出版
> 一大張，才變成兩日刊，這樣，經過十多年，纔改為
> 每天出版兩大張，而且另闢編輯所和發行所，逐漸趨
> 向獨立經營的途徑。民國八年（1919 年），由每天兩
> 張增加到每天三張，充實報道內容，增強言論力量，
> 於是自己組織有限公司，脱離《德臣西報》，獨立經
> 營了。太平洋戰爭未起之前，篇幅已經擴到四張，並
> 且經營《華字晚報》和《華星日報》，日有發展，戰
> 後批給別人恢復出版，但沒有多久就再歸停頓。[37]

陳藹亭（?-1905 年）即陳言（又作陳賢），字慎，號藹
廷（藹亭），廣東新會人。1856 年來港，1871 年到《德臣報》
工作，後任《中外新聞七日報》、《香港華字日報》主編和
德臣印字館中文部經理。1878 年離港，任中國駐古巴總領事。
學貫中西，時在報上發表文章，提出華人自辦華文報，華文

---

37 《1948 香港年鑑》第七編「教育文化」〈新聞事業〉，頁 13。

報為華人求利益;新聞報道力求「至新至真」,是近代中文報業先驅人物之一。

《香港華字日報》創辦二十年後,在 1890 年代初由江治承辦,聘譚奕翹任翻譯;承辦期滿後,由譚奕翹繼承,報務日有起色。但三年後承批期滿,譚奕翹不允《德臣西報》索加租值的要求,自行組織《捷報》,《香港華字日報》遂由何仲生接續辦理。1898 年,陳藹亭之子陳斗垣將報館產權讓與該報編輯人賴文山、顏慶甫、潘蘭史等。後因刊載庚戌新軍起義事,一度在內地為粵督袁樹勳所禁。

1919 年報社失火,舊址付之一炬,《香港華字日報》從此脫離《德臣西報》,自立門戶。該報經過長期發展,逐漸成為香港的重要中文日報。1941 年 12 月 25 日,日軍佔領香港,《香港華字日報》自動停刊,宣告結束。該報最後一任總編輯是勞緯孟。《香港華字日報》先後出版七十七年,是香港歷史最悠久的中文報紙。

三、《循環日報》和《循環晚報》

《循環日報》創於 1874 年 1 月 5 日,王韜任主筆,洪幹甫、錢昕伯參與編務,「所有資本及局內一切事務皆由我華人操權,非別處新聞紙館可比」[38],是最早由中國人自辦的報紙之一。該報初創時,新聞用進口白報紙印刷,船期用

---

38 〈本局告白〉,《循環日報》,1874 年 2 月 23 日。

土紙印刷。新聞佔三分之一篇幅，內容與《華字日報》差不多；新聞版主要有三個欄目，首先是「京報全錄」，其次是「中外新聞」，再次是「羊城新聞」，並有評論刊於「中外新聞」欄內。當時各地消息很少，因此該報時常刊載一些野語稗史以補不足。評論多由王韜執筆，是中國報刊上政論之始。「凡外國的良好制度適合我國國情而又可使中國進步的，都寫出來，叫清政府從事改革，眼光獨到，極得讀者歡迎。」[39]應予指出，這是香港第一家能夠反映華人輿論的報紙，而且具有強烈的民族意識，「以中國人論中國事」，「凡時勢之利弊，中外之機宜，皆得縱談，無所拘制」；又強調「日報有裨於時政」，「報中所登之事，無非獨抒管見，以備當事者採擇而已。」康有為在廣州辦萬木草堂，傳授新學，訂閱上海《萬國公報》和香港《循環日報》兩種報刊，供他的學生閱讀。

《循環日報》創刊時，香港其他兩家中文報紙都是隔日出版，王韜堅持按日出版（星期日除外），作為「日報」，大體是名實相符的。創刊後第二年，選擇重要時事，每月匯編月報一冊，全年取費一元；但因銷路不佳，月報不到一年便停刊了。1878 年（光緒四年）起，《循環日報》因為粵港兩地消息靈通，特將每天的報紙提早在前一晚派送，這可說是中文報紙中最早的晚刊，這辦法在四年後才取消。1904 年（光緒三十年），該報增加篇幅，並分莊、諧二部，諧部有

---

39 《1948 香港年鑑》第七編「教育文化」〈新聞事業〉，頁 13。

歌謠、曲本，字句加圈點。該報由於出版時間很長，在 20 世紀前期的香港很有影響力。太平洋戰爭爆發前，該報兼營《循環晚報》及《香港朝報》。日軍侵佔香港期間，《循環日報》曾與《大光報》合併為《東亞晚報》。戰後一度以《循環日報》的原名於 1945 年 11 月復刊，約在 1946 年 9 月停刊。[40]

錢昕伯是王韜的女婿，後來赴滬，與英國人美查（Ernest Major，1830?-1908）合辦《申報》，成為近代中國極著名的報紙。《申報》創刊之初，美查派錢昕伯到香港考察。王韜從內容到形式都提出了不少建議，認為《申報》不但要有新聞，還要有評論，對於要議論甚麼問題，也出了許多主意。[41]

四、《近事編錄》及其他

王韜是近代中國著名文士和思想家，早年在上海參與出版事務，1862 年來港，長期在英華書院工作。1864 年（同治三年），西方傳教士在香港出版一種名為《近事編錄》的中文日報，開始時由陸驊純承辦，王韜任主編。另有一說認為，《近事編錄》是英國人羅郎也（Noronha）於 1863 年創辦，王韜主編，報上大量刊登新聞。1883 年將產權賣給中國人，每年訂費由五元減至四元，但因銷路不佳，不久即停刊。王韜究竟在《近事編錄》任職多久，已不得而知，最可能的情

---

40 丁潔〈《循環日報》與近代中國報業發展〉，周佳榮、范永聰主編《東亞世界：政治・軍事・文化》（香港：三聯書店、香港浸會大學當代中國研究所，2014 年），頁 106-107。

41 宋軍著《申報的興衰》（上海：上海社會科學出版社，1996 年），頁 8-9。

況，應該是 1863 年至 1873 年，即由《近事編錄》創辦時起，至《循環日報》創辦前為止。

應予注意的是，1872 年英華書院解散，王韜與該書院買辦黃平甫集股購入該書院的印務部，易名為中華印務總局，後來在其基礎上，創辦《循環日報》。王韜《弢園文錄外篇》中的文章，一般認為是他在《循環日報》上所發表的評論，實則有部份刊於《近事編錄》上，由此得知王韜在主編《近事編錄》時已開始寫政論文章，因自辦《循環日報》而將其政論的影響力推到高峰。

1879 年，日本《報知新聞》栗本鋤雲等人邀請王韜到日本訪問，歷時四個月，王韜受到日本文士學者和政界人物的歡迎，在近代中日文化交流史上盛況空前。王韜把此次行程經過寫成《扶桑日記》三卷，由栗本鋤雲訓點，日本東京報知社出版，於翌年夏出齊。[42]

在香港報刊史上，有一種名為《日報特選》（*Extracts from Newspapers*）的文摘性期刊，1889 年（光緒十五年）創刊，香港中華印務總局發行。毛邊紙鉛印，每期二十頁，有京報、中外新報、廣報、海防日報、中外新聞等專欄。香港中華印務總局是王韜辦的印刷廠，《日報特選》是否與《循環日報》有關，尚待查證。

---

42 周佳榮〈在香港與王韜會面——中日兩國名士訪港記錄〉，林啟彥、黃文江主編《王韜與近代世界》（香港：香港教育圖書公司，2000 年），頁 391。

第三章
香港報刊與清末民初政局

1860 年代至 1890 年代中，清政府較開明的官員倡導「洋務自強」的改革運動，洋務運動時期的進步人物皆以改革為言，識見的深淺則有所異同。張之洞於 1898 年寫成的《勸學篇》一書，集洋務思想之大成，提出「中學為體，西學為用」的主張，是為「中體西用論」。香港的何啟、胡禮垣撰文予以反駁，其觀點大大超越了洋務思想的腔調，已流露了維新變法的色彩，何啟是革命家孫中山的老師和思想啟蒙者，他與胡禮垣同為近代中國史上知名的思想家。

1874 年，以《循環日報》為濫觴的政論報刊興起後，香

港報刊在晚清政治思潮的激盪下，直接間接都流露了不同的
言論傾向，或主張維新立憲，或鼓吹排滿革命，並與海內外
的輿論相呼應，產生了不同程度的影響。1880 年代開始，香
港報紙與清末政局的關係是頗深的，直至民國初年，報道和
言論的着眼點仍然在國內。與此同時，也出現一些婦女雜誌、
文藝雜誌等，類別漸豐，既開風氣之先，亦為時代留下印記，
文化界呈多元化發展。

第一節　支持維新變法的香港報刊

一、《維新日報》及其他

　　早在康有為、梁啟超師徒正式提出維新變法主張之前，香港在 1879 年已出現了一種名為《維新日報》的報紙。該報的創辦人是陸驥純，他此前承辦《近事編錄》，因業主羅郎也多次加重租金，難以負擔，遂以個人資本另組《維新日報》。1884 年中法戰爭爆發，該報不斷刊登中國戰勝的消息，很受歡迎，因而揚名。1906 年間，《維新日報》曾反對粵督岑春煊收商辦粵漢鐵路為國有，而遭禁止在內地出售。1908 年頂給劉少雲，次年改為《國民新報》，由劉少雲主編，至 1912 年停刊。[43]《維新日報》和《國民新報》共出版三十三年，歷任督印人為陸驥純、陸建康、黃道生。

　　1880 年代出現的中文報紙有《粵報》（又名《香港粵報》），是香港滙豐銀行買辦羅鶴明以個人資本於 1885 年創辦的報紙。報館並兼營印刷業，聘請馮魏等主持，但不到一年，即因資本耗盡而停刊。1886 年，盧敬之集股三千元，以八百元承受《粵報》傢俬的一部份，沿用《粵報》名義出版，至 1889 年（光緒十四年），再度停辦。《粵報》歷任督印人，先後為盧敬之、黃南盧、溫俊臣；至於報紙的內容和言論，則不得而知。

43　方漢奇著《中國近代報刊史》謂《維新日報》於 1909 年改名《國民日報》，疑誤，報名應為《國民新報》。

1896 年，由英商出資創辦的《環球日報》（又名《環球報》），在當時是香港四大日報之一。1898 年 5 月 5 日上海《時務日報》創刊號有汪康年撰〈論設立時務日報宗旨〉一文，謂《環球日報》為香港出版；1905 年 5 月《大公報》上有〈報界最近調查表〉，則謂《環球日報》在廣東出版。有關記載，仍待查證。

1897 年，《香港新報》創刊，日報，主辦人是黎少東。1901 年（光緒二十七年）時，該報已停刊。1898 年以光緒帝為首的「戊戌維新」，推行一百零三日即宣告失敗；慈禧太后等發動「戊戌政變」，康有為、梁啟超流亡海外，言論界仍多同情維新派，未幾即轉為保皇立憲論調了。

二、《香港通報》及其他

1899 年 2 月 2 日，張筱邨創辦《香港通報》（又名《通報》），館址設在香港中環海旁門牌二十六號。該報強調廣開民智，文字力求淺顯，並多選外國有關中國時局的論著譯載，是商業性的通俗報紙。其撰述體例宣稱：「所刊之新聞，必取其有關於國政、邦交、文教、武備與及格制之新法，農工商務之利弊，方與登錄，寧缺毋濫，其徒資談笑無益民智者，一概不錄。」欄目包括：上諭奏稿、論說、專件、京都新聞、各省新聞、各國新聞、格致、本港訊、電報、告白、船情行情。

《香港通報》自創刊時起，即與廣州《嶺海報》合作。《香港通報》負責編印上諭、奏稿、論說、專件、京都及各省、

各國新聞，由香港寄往廣州；《嶺海報》負責編印羊城新聞、貨價及轅抄牌示，由廣州寄到香港。兩報合派，並統一收費，但合作時間不長，後來改為各報單獨發行。《嶺海報》支持維新立憲，戊戌政變後曾刊出〈原效〉一文，為康、梁辯護；《香港通報》亦以倡導新法、廣開民智為其宗旨，故亦寄同情於維新派。

19 世紀結束前，香港還有三種中文報紙於 1899 年（光緒二十五年）創刊：其一，是《香港晨報》，督印人為李賢士。其二，是日本人創辦的《東報》，督印人為張少春、張鶴臣；[44] 該報詳情不得而知，但開創了日人在香港辦報的先河，值得注意。1909 年香港出現另一種名為《香港日報》的日文日報，估計當時《東報》已經停刊。其三，是《郇報》（又名《中國郇報》），週刊，廖卓菴主編，張亦鏡擔任編輯；該報出版時間很短，1901 年底已停刊。[45]《郇報》是香港第一份由基督教主辦、真正有基督教色彩的報紙，甚具開創意義。其後德國禮賢會葉牧師於 1908 年倡設《德華朔望報》（半月刊），歷時三年亦告停刊。[46] 第三份由基督教出版的報紙《大光報》面世時，已是 1912 年（民國元年）的事了。

---

44 范慕韓主編《中國印刷近代史》（北京：印刷工業出版社，1995 年），頁 153。
45 上述說法，是根據張亦鏡在《真光》雜誌上發表的回憶文章。但《新聞研究資料》總第九輯刊出的〈近代中國新聞事業史編年〉，則謂《郇報》創刊於 1890 年（光緒十六年），日出一張，月餘即停刊。此說是否屬實，有待他日查證。
46 吉林大學圖書館藏有《德華朔望報》部份原件，現存最後一期是 1911 年 2 月出版的第 75 期。

三、君憲派在香港創辦的報紙

上述這些在 19、20 世紀交替之際出版的香港報刊，不一定都主張維新立憲，但多少帶有這個時代的特色，一般對中國走向維新和立憲持認同的態度。清末君憲派在香港設立的機關報是《香港商報》（又名《商報》），創於 1904 年 2 月 20 日（光緒三十年正月初五），由香港商報有限公司印刷發行。康有為在戊戌政變後流亡海外，有意在中國南方通商口岸設報宣傳，於是命弟子徐勤創辦此報，而由伍憲子、伍權公襄助；其初的督印人是黃君任、陳嶼，1905 年改為陳奎。《香港商報》的內容主要是宣傳君主立憲，反對暴力革命，當時的革命派報紙常與其論戰。1911 年辛亥革命後，該報易名為《共和報》，由伍權公任主編，至 1921 年停刊。1904 年間，香港又有《商報消閒錄》創刊，相信是《商報》另出的附刊，次年仍有出版。但有關此報的記述，僅見於 1905 年 5 月《大公報》連載的〈報界最近調查表〉。

另一種清末君主立憲派報紙是《實報》，1907 年春創刊[47]，潘徵君（飛聲）任編輯，館址在香港蘇杭街。該報創刊時，宣稱「本報力屏浮囂、誇誕之習，博取中外實情，衡以春秋公理，務取信於社會。」論列時事多出以婉約之詞，而不流於偏激。正張分七大門類，計有論說、特電、訪稿、本

---

47 《中國近代報刊史》謂《實報》在 1903 年創刊（頁 201），但據《中國日報》1907 年 2 月 20 日所載廣告，及所見《實報》第 176 號（1907 年 9 月 4 日）原件推斷，該報應創於 1907 年。

港新聞、粵省新聞、各省新聞、世界新聞，內容多載清政府
公佈的預備立憲及所舉辦的新政各事；附章刊名《求是錄》，
包括專件、談藪、雜俎、諧覺、文苑、辭林、詩作等。潘飛
聲雅好近體詩，多風花月露之作，譽之者謂其提倡風雅，毀
之者謂其無關美刺。但因業務不振，不久就易主，改名為《真
報》，由陳自覺任主編，持論轉趨偏激，與潘氏殊異。1913年，
袁世凱加緊對南方各省的控制，為其復辟帝制作準備，《真
報》予以揭露和抨擊，因而遭到內地禁止，於 1915 年停刊。[48]

第二節　香港報刊與清末革命運動

一、《中國日報》與《中國旬報》

《中國日報》是清末最早的革命派報紙。1900 年 1 月 25
日在香港創刊，初時是興中會所辦，1905 年成為同盟會的機關
報。1906 年 8 月之前，由陳少白任社長兼總編輯；擔任經理和編
輯工作的，先後有王質甫、楊肖歐、陳春生、鄭貫公、廖平庵、
盧信公、陳詩仲、黃世仲、洪孝衷、陸伯周、黃魯逸、王軍演、
盧少歧、丁雨寰等。1906 年 9 月該報改組，由馮自由任社長，
至 1910 年 2 月離開，由謝英伯接任，直到 1911 年 6 月移交盧信；
先後擔任主編的，有陸伯周、黃魯逸、鄭貫公等。館址初時設
在香港士丹利街二十四號，其後幾度變遷，1911 年移入廣州。

---

48 麥思源〈七十年來之香港報業（1864-1934 年）〉，《華字日報七十一週年紀
念刊》（香港：華字日報，1934 年）。

《中國日報》的名稱，在於強調「中國者中國人之中國」。
初時每日四開一張半，共六頁；後增至兩張，共八頁。採用「日
本報式」，作「橫行短行」（即分欄）編排。主要欄目有：論說、
評論、國內新聞、外國新聞、廣東和香港新聞、要聞、來稿、
來件、電報等；「論說欄」每天必有一篇由編者自己撰寫的
評論，曾一度每日刊登英文論說一篇。兼出十日刊一種，定
名為《中國旬報》。1901 年 2 月《中國旬報》停刊後，將專
欄〈鼓吹錄〉移入《中國日報》，成為該報的文學副刊。

　　《中國日報》創刊初期，政治主張較為混亂，既有民主
革命宣傳，亦有變法改革思想；半年之後，言論才逐漸趨於
激烈。該報抨擊清政府的黑暗統治，報道革命黨人的活動，
介紹西方自由、平等和人權學說，與香港的保皇派報紙《商
報》抗衡。報社既是革命的宣傳機關，又是聯絡機關。1903
年初，洪全福等在廣州起義的計劃失敗，梁慕義等十餘人殉
難，廣州《嶺海報》主筆胡衍鶚借題發揮，攻擊革命黨人，《中
國日報》即予以還擊，論戰經月。後來又多次與康有為等保
皇派筆戰，文風頗為尖銳潑辣。1907 年，香港華民政務司署
以《中國日報》經售《民報》特刊《天討》，內附清帝破頭
插畫，認為違例，而將其沒收。同年 8 月，香港議政局通過
一條法律，禁止報章登載「煽惑與友邦作戰」的文字，是香
港法律取締華人報紙的開始。

　　《中國日報》的經費，開始時由孫中山撥款創辦；1900
年間，改由李紀堂、李煜堂等同盟會僑商支持；1911 年 5 月，

由檀香山的同盟會員盧信公集資接辦。辛亥革命爆發後，廣州光復，該報遂移至廣州出版。1913 年秋，陳炯明在粵省獨立失敗，袁世凱的爪牙、軍閥龍濟光入粵，凡是國民黨系統的報紙，全部都被封禁，《中國日報》首在封禁之列，於1913 年 8 月被查封，有十幾年歷史的革命報紙，至此告終。論者指出：「辛亥革命成功，這張報紙實在有了很大的功勳，因為它給與全國人民至少是長江以南各省同胞和南洋一帶華僑，都受到它的影響而擁護革命。」[49]

《中國旬報》是興中會所辦的刊物。1900 年 1 月 25 日在香港創刊，由中國報館編輯發行。總編輯陳少白，主編楊肖歐、黃魯逸。館址在香港中環士丹利街二十四號。該報是在《中國日報》的基礎上，匯編而為旬報的形式出版。初時既有宣揚民主革命的文章，又有倡導變法維新的主張，政治思想並不一致，其後積極鼓吹革命，與《中國日報》相輔而行。[50]

《中國旬報》的內容，分為論說、譯論、中外時事、中外電音、奏疏等。第七期起，增闢專載國內簡明新聞的〈視聽錄〉、專載國際簡明新聞的〈衡鑒錄〉、專載有關會黨消息的〈黨局〉，和專載文學、科學小品的〈雜俎〉等欄。第十一期起，〈雜俎〉改名〈鼓吹錄〉，專刊文學作品，包括粵謳、南音、曲文、院本、班本等；每期約有三千六百字，多數是短小精悍的諷刺小品。第十六期後，中外時事改為國

---

49 《1948 香港年鑑》第七編「教育文化」〈新聞事業〉，頁 13。
50 中山大學圖書館藏有《中國旬報》部份原件。

事、邦交;第二十七期起,國事又改為北省大事記、南省大事記。1901 年 2 月,該刊出至第三十七期後停刊。〈鼓吹錄〉移入《中國日報》之中,成為該報的文學副刊。[51]

二、《世界公益報》與《世界一嚇報》

《世界公益報》(*The World News / Sai Kai Kung Yik Po*),1903 年 12 月 29 日在香港創刊,基督教徒林護、譚民三等出資創辦,編輯人為鄭貫公、黃世仲、崔通約、譚民三、李大醒、黃魯逸、黃耀公,印刷人為譚民三。日刊,每天出版兩大張或三大張,中文報名橫書,下附英文字樣。四號鉛字印刷。發行所在香港歌賦街三十二至三十五號。欄目包括:時論、京省新聞、雜評、萬國新聞、粵聞、電報、港聞,附錄雜文、歌謠等,刊有諷刺性漫畫。

1905 年 1 月,譚民三辭去司理職務,股東推選莫梓軺為總司理人,繼任的編輯人有李大醒、黃世仲、黃耀公等。同盟會成立後,《世界公益報》成為同盟會在香港的重要輿論陣地。1906 年間,香港各報反對岑春煊包庇路棍把持粵漢鐵路,該報持論公正,被禁止在內地發行。至 1917 年,因資本告竭,由呂姓人士出資投承,刪去報名「世界」二字,以《公益報》名稱出版,一年後被債權人索控而停刊。

《世界一嚇報》1903 年在香港出版,是《世界公益報》

---

51 李谷城著《香港〈中國旬報〉研究》(台北:文史哲出版社,2010 年),頁 7。

的附張。1905 年尚有出版。按：有關《世界一噱報》的記錄，
僅見於 1905 年 5 月《大公報》連載的〈報界最近調查表〉。

三、《廣東日報》、《無所謂報》和《一聲鐘》

《廣東日報》是清末革命派報紙。1904 年 3 月 31 日在香
港創刊，發行所在香港士丹利街二十六號開智社。總編輯兼
督印人為鄭貫公，編輯有黃世仲、陳樹人、胡子晉、勞緯孟；
1905 年 4 月由李漢生接辦，李大醒、黃魯逸擔任主筆。該報
的附刊名為《無所謂報》，1905 年 5 月 5 日改名《一聲鐘》。

《廣東日報》鼓吹民主革命，創刊時以發揮民族主義、
提倡革命為宗旨。主要欄目有：言論界、實事調查、兩粵要
事、東洋訪稿、內地紀聞（本省）、中國事、外國事、地方
新聞（香港）、電報、戰警（日俄戰爭通訊）、譯書、廣告。
李漢生接辦後，仍以「提倡民族主義，排斥異族政府，糾察
官吏，激勵國民」為宗旨。後因收回粵漢鐵路問題鬧成風潮，
《廣東日報》發表評論，抨擊清朝政府，使清朝官吏大為惱
怒。該報的股東大多為廣東縉紳，擔心招來橫禍，遂於 1906
年 4 月（光緒三十二年）間停刊。

《無所謂報》是香港革命派報紙《廣東日報》的附刊。
1904 年 3 月 31 日創刊，每日出版兩頁。欄目有：俗話史、談風、
舞台新籤、社會心聲、燈前詩潮等。「舞台新籤」和「社會
心聲」，是用廣州方言寫的民間說唱班本、龍舟、南音、粵
謳等演唱材料，譜寫的題材大都是民族故事的歷史故事，揭

露清政府專制黑暗，反映人民疾苦，政治傾向十分鮮明。

1905 年 4 月李漢生接辦《廣東日報》後，將隨報發行的附刊《無所謂報》改名為《一聲鐘》，於 5 月 5 日創刊，同年年底停刊。欄目有：文界（雜文或雜説）、白話、諧文、諧談、小説、傳記、瑣聞、藝聞、格致、談叢、班本、龍舟、粵謳、詩界等。《一聲鐘》為配合全國掀起的反美愛國運動，刊登了不少説唱材料，主張廢除美國禁華工的苛約，向各階層人民進行廣泛宣傳。「班本」一欄中，曾刊出〈國民義討袁世凱〉唱詞，揭露清朝權臣袁世凱賣國媚外的醜態，當中亦有一些反映民間疾苦的作品。

四、香港第一張「小報」《有所謂報》

《有所謂報》全稱《唯一趣報有所謂》，是清末革命派所辦的通俗小報。1905 年 6 月 4 日在香港創刊，以「開智社」名義發行。總編輯為鄭貫公，撰述人有黃世仲、陳樹人、王斧、李孟哲、盧偉臣、胡子晉、王軍演、盧文、駱漢存等。總發行所在香港荷李活道七十九號開智社，1906 年 1 月 18 日遷往德輔道中三十五號舊樓。

《有所謂報》的發刊辭宣稱：「報紙者，以言論寒異族獨夫之膽，以批評而遞一般民賊之魄，芟政界之荊榛，培民權之萌孽。」該報主張暗殺獨夫民賊，為民除害。其內容分為：（1）諧部——佔五分之二篇幅，欄目有題詞、落花影、前人史、滑稽魂、官紳鏡、金玉屑、新鼓吹、社會聲、風雅叢；

（2）莊部——欄目有博議、短評、訪稿（本省新聞）、要聞（國內新聞）、電音（外國新聞）、港聞、來書等。應予指出，《有所謂報》並非純粹的消閒小報，雖亦有遊戲文章，但嬉笑怒罵之中，多含有政治色彩；換言之，是透過通俗的文筆，以說唱、詩詞及散文等文學形式，向社會大眾宣傳革命思想。該報於 1906 年 7 月 12 日停刊，共出三百五十二期。停刊後不久，改組為《東方報》繼續出版至 1907 年春。

鄭貫公（1880-1906 年），原名道，字貫一，廣東香山人。出身於貧苦農家，十六歲東渡日本，在族人擔任買辦的太古洋行橫濱支店當傭工。1898 年戊戌政變發生後，入維新派人士康有為、梁啟超等所辦的東京高等大同學校讀書；在學期間結識了蔡鍔等同學，又入梁啟超創辦的《清議報》報館工作。1900 年與馮自由創辦《開智錄》（半月刊），是中國留日學生出版的第一種刊物，其初用油印方式，稍後利用《清議報》的機器印刷，並隨《清議報》附送，至 1901 年 3 月共印了六期，每期印五百份。該刊接受孫中山二百元資助，又因旨趣與保皇立憲不同，結果受到干涉，鄭貫公並被逐出《清議報》。

其後孫中山介紹鄭貫公到香港，進入陳少白主持的《中國日報》任職，擔任該報《中國旬報》的主編，極力報吹自由、人權。鄭貫公喜歡仿效嶺南即事體，寫成粵語駢文，以遊戲文章的方式宣傳革命，文字生動而有親切感，趣味盎然，大受讀者歡迎，並且開創了用粵語寫進報刊文字的風氣。後來香港報刊上登載的文章，常有粵語夾雜其間，演變成一種

所謂「三及第」文字，即將文言、語體和粵語混合在一起，鄭貫公實為首創者。

　　但鄭貫公與陳少白意見不合，未及一年就辭去《中國日報》社的職務，另辦《世界公益報》，後來又辦《廣東日報》和《有所謂報》。這些報紙是一脈相承的，關係很密切，據載 1903 年創辦的《世界公益報》有附刊《世界一噱報》，《廣東日報》又於 1904 年出版附刊《無所謂報》，同年君憲派報紙《商報》亦創附刊《商報消閒報》，時間雖在《有所謂報》之前，但三種都以附刊形式出版，《有所謂報》是獨立出版的報紙，所以是香港第一張「小報」。

表 4　鄭貫公與清末革命報刊的關係

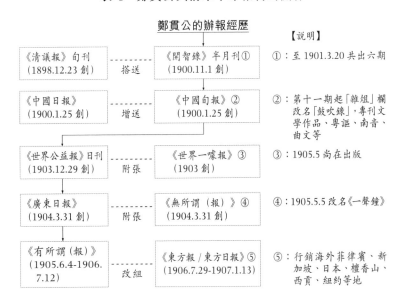

鄭貫公的辦報經歷

【說明】

《清議報》旬刊
(1898.12.23 創)　——搭送——　《開智錄》半月刊①
(1900.11.1 創)

①：至 1901.3.20 共出六期

《中國日報》
(1900.1.25 創)　——增送——　《中國旬報》②
(1900.1.25 創)

②：第十一期起「雜俎」欄改名「鼓吹錄」，專刊文學作品、粵謳、南音、曲文等

《世界公益報》日刊
(1903.12.29 創)　——附張——　《世界一噱報》③
(1903 創)

③：1905.5 尚在出版

《廣東日報》
(1904.3.31 創)　——附張——　《無所謂（報）》④
(1904.3.31 創)

④：1905.5.5 改名《一聲鐘》

《有所謂（報）》
(1905.6.4-1906.7.12)　——改組——　《東方報 / 東方日報》⑤
(1906.7.29-1907.1.13)

⑤：行銷海外菲律賓、新加坡、日本、檀香山、西貢、紐約等地

五、《東方報》和《香港少年報》

《東方報》又名《東方日報》，是清末革命派在香港創辦的報紙。1906 年 7 月 29 日創刊，編輯及發行人是謝英伯、陳樹人、劉思復、易俠、胡子晉、駱漢存。該報是由《有所謂報》改組出版，編輯人員基本上沒有變動。每日出版一張，逢星期一停派。初時總發行所在香港德輔道中一百三十七號頂樓，8 月 25 日遷往中環士丹利街二十六號二樓，10 月 16 日又遷往荷李活道。1907 年 1 月 13 日停刊。

《香港少年報》又名《少年報》、《少年日報》，是清末革命派報紙。1906 年 5 月 28 日創刊。日刊，每天出紙一張半，每月初二、十六兩日停報，星期日則繼續出刊。總編輯兼承印人是黃世仲（棣蓀），編輯及發行人是楊計伯、康蔭田，撰述員有黃伯耀（病國青年）、馮礦生（生國青年）、趙嘯余（飛電）、何螢初（飛劍）、盧蔚起（飛刀），名譽撰述員有胡俊父、陳猛進、易俠血、李捷軍、王亞斧、何漢捷，翻譯員有白光明、易羣漢，調查員有張漢胤、張崧、黃大勇。報費每份每月收銀三毫五仙，發行所在香港海旁干諾道一零八號。

《香港少年報》是《有所謂報》報社中以黃世仲為首的一派，在鄭貫一逝世後獨立創立的報紙，以「開通民智，監督政府，糾正社會，提倡民族」為宗旨，內容分為莊、諧兩部，欄目有唇樓影、新舞台、粵人聲、故事叢、采風錄、新笑林、

新説部、發言台、強漢鏡、政治談、照妖鏡、學界潮、工商部、雜記、港志、演義等。按：馮自由《革命逸史》第二集謂《香港少年報》於 1907 年創刊，不確；張靜廬《中國近代出版史料》二編沿其誤，亦作 1907 年創刊。

黃世仲（1873-1912 年），字小配，別號禺山世次郎，廣東番禺人。早年到南洋謀生，1902 年冬來香港任《中國日報》記者，翌年協助鄭貫公創辦《世界公益報》、《廣東報》及《有所謂報》。1905 年加入中國同盟會，被選為香港分部交際員及庶務員；1907 年自創《少年報》，宣傳民族主義。1911 年武昌起義後，廣東光復，黃世仲被委充民團局局長。1912 年 3 月被都督陳炯明誣構侵吞軍餉罪，逮獄論死；不久陳炯明離職，胡漢民繼任，依原議執行，遂被冤殺。著有《廿載繁華夢》、《洪秀全演義》。

六、其他主張排滿革命的報刊

晚清時期，革命派人士在香港出版的報刊，或以文藝雜誌形式出現，或專為青少年讀者而辦，也有用圖畫作為表達手段的，主要有下列幾種：

1、《小說世界》：清末革命派所辦的文藝雜誌，1907 年 2 月在香港創刊。旬刊，逢五出版。主要欄目有：社說、小說、戲曲、傳記、散文、詩、詩話、聯話等，大多是反帝反清的作品，以鼓吹民族獨立為中心內容，曾刊登記述徐錫麟、秋瑾事跡的〈復仇槍〉，敘述明末史可法、阮大鋮事跡的〈神

州血〉等。⁵²

2、《社會公報》：清末革命派報紙，1907 年 12 月 5 日在香港創刊。總編輯兼督印人為黃耀公（伯耀），編輯部及發行所設在香港德輔道中門牌六十一號三樓。每日出紙一張半，逢星期日停派。《社會公報》宣稱「以掃除社會窒礙及灌通社會知識為宗旨」，主要倡導民主革命，同時也宣揚空想社會主義，內容分莊諧兩部：(1) 莊部——有議論、批評、國事、外紀、粵聞、偵探、電音、港志等欄目；(2) 諧部——有文壇、白話、輶軒錄、稽古談、鼓吹等，尤注重小說。

3、《新漢報》：清末革命派報刊，1911 年 11 月 9 日在香港創刊。其初為間日刊，1912 年後改為日刊，稱為《新漢日報》。督印人是盧新，總經理兼撰述員是黃世仲，發起人有酈敬川、黃耀公、鄭兆君、黃世頌、盧梭功、盧博浪、梁大拙、林伯梁等，主筆為盧博浪、李孟哲。發行所在香港永樂東街門牌四十五號，每月報費六毫。該報的創刊，與當時的革命形勢有密切關係。在同年較早時，廣州起義失敗，清政府查封《天民報》，盧博浪、李孟哲逃避來港，藉辦報進行宣傳。《新漢報》聲稱其宗旨為「開通民智，討論民智」。主要欄目有：廣東軍政府佈告、論說、特電、紀事、香港新聞、各省新聞、外國新聞、譯事、小說等。該報創於武昌起

---

52 據阿英（錢杏邨）在《晚清文藝報刊述略》一書中稱，他見過 1907 年 3 月（光緒丁未二月）印行的第四期，〈復仇槍〉即在該期刊登。查徐錫麟、秋瑾二人犧牲之事發生於 1907 年 7 月，該刊第四期不可能在此之前出版，足見其出版日期並不準確。刊物上所列的出版日期與實際出版日期不一致，是常有的事。

義之後，辦報資金均由革命黨人資助；南京臨時政府北遷後，該報即自動停刊。[53]

4、《新少年報》：清末革命派出版的報刊，1911年在香港創刊。目前所見的，只是其附刊《新少年報諧報》辛亥五、六月合訂本，該報諧部的欄目有：文界、冷評、少年史、軍人傳、長篇小說、短篇小說、班本、南音粵謳、詩潮。

此外，晚清時期在香港出版的革命派報刊之中，還有一種《東風報》，未知是否《東方報》之誤，詳情待查。

表5　晚清時期在香港出版的革命報刊

名稱	創刊年份	編輯及發行人	說明
中國日報	1899	陳少白、洪孝充、陸伯周、楊肖歐、鄭貫公、馮自由、陳思仲、黃世仲、陳春生、王軍演、廖平子、盧信、胡漢民、謝心準、朱執信、李紀堂、李煜堂	此報為海內外各革命日報之元祖。孫中山特派陳少白至香港組織。1899年12月下旬出版。地址初在香港士丹利街門牌二十四號。其資本在庚子以前，由孫中山撥付；庚子以後，由僑商李紀堂、李煜堂諸人補助。
中國旬報	1899	陳少白、楊肖歐、黃魯逸	此報是《中國日報》副刊。內設「鼓吹錄」一門，專載諧文、戲劇、粵謳等。

---

53 麥思源〈七十年來之香港報業──1864-1934年〉，《香港華字日報七十一週年紀念刊》。

世界公益報	1903	鄭貫公、崔通約、譚民三、黃世仲、李大醒、黃魯逸	有附張《世界一喙報》。
廣東日報	1904	鄭貫公、黃世仲、陳樹人、胡子晉、勞緯孟	有附張《無所謂報》，後改名為《一聲鐘》。
有所謂報	1905	鄭貫公、黃世仲、陳樹人、王斧、李孟哲、胡子晉	此報又名《唯一趣報有所謂》，莊諧並重。規模雖小，而銷場較大報為廣。
東方報／東方日報	1906	謝英伯、陳樹人、劉思復	
少年報	1907	黃世仲、楊計白、康蔭田	又名《少年日報》、《香港少年報》。
時事畫報（復刊）	1909	謝英伯、潘達微、鄭侶泉、何劍士	
小說世界	1907		旬刊。
社會公報	1907	黃耀公（伯耀）	日報。
新漢報	1911	盧博良、李孟哲	間日刊，後改為日刊。
新少年報	1911		有附刊《新少年報諧報》。
東風報	清末		未知是否即《東方報》之誤。

第三節　清末民初香港報界的變化

一、晚清時期香港報界的情形

19世紀末，香港還有一種《郇報》（又名《中國郇報》）。有兩種說法：根據張亦鏡在《真光》雜誌上的回憶文章，《郇報》（週刊）創於1899年，廖卓菴主編，張亦鏡擔任編輯，1901年底之前停刊。另據《新聞研究資料》總第九輯〈近代中國新聞事業史編年〉所載，《郇報》創於1890年，日出一張，月餘即停刊。

20世紀初在香港創辦的中文報刊，還有不下一二十種。晚清時期創辦的，有些於言論上傾向於支持排滿革命，但因缺乏詳細可據的材料，不能判斷為革命派報刊；此外，也有一些顯然與革命運動無涉的報刊。總的來說，報界的言論並不一致，意見紛陳，可說是香港報刊一貫的特色。

據載有1904年創刊的《南清早報》，由《循環日報》、聚文閣、文裕堂有限公司、理文軒等處代為經售。《南清早報》公司還出版發行過《日俄戰務日記》等書籍。1904年5月16日《廣東日報》附刊《無所謂報》中，刊有該公司的廣告。該報是否即英文《南華早報》待考。

1906年2月8日，《日日新報》創刊，發行所在香港上環新海旁十三號。該報自稱「以發揮民族為唯一之方針」，並強調「詼諧諷世，謳歌變俗」。1906年間，粵督岑春煊將

原由商人經營的粵漢鐵路強行收歸國有，粵紳黎國廉公開反對，岑春煊下令逮捕黎國廉，內地報刊懾於清政府的淫威，不敢評論，香港報刊對此則大加抨擊，《日日新報》和《東方報》等因而禁止在廣州銷售。[54]

1906 年 11 月 3 日，《醒國魂報》創刊，發行所在香港中環機利文新街三十六號，每月報費三角五仙。其〈出世廣告〉宣稱：「本報以救國為宗旨，不立黨派，不公無我，廣聘通才，莊諧並錄，務求輸入文明，增進社會幸福。」此外，1906 年還有一種《香港國民日報》創刊，但有關記錄，僅見於《香港少年報》1906 年 10 月 29 日所載。

1907 年 2 月，《香山報》創刊，編輯所設於香港威靈頓街一百六十二號。該報強調「著論概從實事發揮，而不屑以空言謾罵為得計。」聲稱其創立目的為「抑制污吏劣紳使之不敢明目張膽，批評惡習以求改良，並使旅外同胞得梓里的消息。」但有關該報的情況，僅見於《中國日報》1907 年 1月 15 日廣告。

1908 年由《實報》改名另創的《真報》，陳自覺任主編。易主後的言論日趨激烈，與此前的《實報》迥異。民國成立之初，1913 年袁世凱自寧贛戰役後，進一步加強對南方各省的控制，為其復辟帝制作準備，該報予以揭露和抨擊，因而

---

54 據戈公振著《中國報學史》記載，晚清時期香港出版的報刊之中，有一種《日新報》，疑即《日日新報》漏去一個「日」字之誤。

遭到內地禁止，1915 年停刊。

二、主題式報刊的出現

1908 年 1 月創辦的《新小說叢》，是一種小說月刊。黃恩煦、區鳳墀、李維楨、尹文楷、陸慶南、李心靈、林紫虬、王德光、夏子謙等創辦，當中不少是基督教人士。林紫虬主編，該刊序言說：「凡以公餘之暇，各抒所學，輯譯成編，將以輸進歐風，而振勵頹俗也。」主要刊載翻譯作品，以偵探小說居多。《香港華字日報》、廣東嶺南印務局均為其代售處。[55]

1908 年另有一種《德華朔望報》創刊，是基督教德國禮賢會主辦的半月刊，現存最後一期是第七十五期，1911 年 2 月出版。[56]

20 世紀初年，香港出現了幾種以「人道」為名的報刊。其一，是 1907 年創刊的《人道新報》，主辦人為陳春生（春醒）。其二，是 1908 年創刊的《人道日報》，督印人為李孟哲。其三，是 1911 年創刊的《人道雜誌》，似在香港出版，由《平民報》代理經銷，每本售價銀二毫半。論者指出：「該雜誌以宣傳社會主義為號召，可能與當時香港出版的《人道日報》有人事上的關聯，待考。」[57]

---

55 北京大學圖書館藏有《新小說叢》第 1 期及第 2 期。
56 吉林大學圖書館藏有《德華朔望報》部份原件。
57 《中國近代報刊名錄》，頁 34。

1910 年，香港出現了一種名為《女界星期錄》的婦女週刊，主辦人為洪舜英、洪美英。有關該刊的記載，見《新聞研究資料》第三輯〈辛亥革命時期廣州報刊錄〉。馮自由著《革命逸史》第一卷，謂同年有一種《婦女星期錄》在香港創刊，洪舜英主編。學界疑此刊即《女界星期錄》，是恰當的。[58]

　　在晚清時期，香港還有幾種新創的中文報刊：一、《國民新報》，1909 年創刊，主辦人是劉少雲，1912 年停刊。二、《中國軍事日報》，1911 年創刊，編輯兼督印人署名徐桂。三、《香海日報》，創刊年份不詳，有關該報的記載僅見於戈公振著《中國報學史》。1911 年至 1912 年間，還有一種《真相畫報》在香港創辦，採用通俗文言文撰寫，每月出版一次，售價港幣兩角，但因香港註冊手續繁複，該雜誌在香港印製後，運往廣州發行。[59]

三、民初政局對香港報業的影響

　　武昌起義後，辛亥革命擴大到全國範圍，翌年清帝宣佈遜位，清朝統治至此結束。當時香港居民對新成立的民國充滿期望，沒料到民初政局動盪，所以報上常有批評的言論，致使香港不少報刊在內地遭到查禁。各派系的勢力爭持且波

58　馮自由著《革命逸史》第一卷，頁 115；《中國近代報刊名錄》，頁 179。
59　專題採訪組〈香港雜誌發展簡史〉，《香港雜誌縱橫 '83》（香港：香港浸會學院傳理系 1982 年「雜誌編輯學」課程全體同學，1983 年），頁 7-11。

及香港報業，甚至出現不同黨派所辦的報刊。

1912 年初，同盟會機關報《中國日報》自香港遷至廣州出版，社址在廣州第八甫（今光復中路），仍由盧信擔任發行人，日銷逾萬份。同年，前《世界公益報》主編黃世仲被廣東都督陳炯明槍殺。1913 年秋，陳炯明失勢，龍濟光入粵，以《中國日報》為首的國民黨系報紙都被封禁。

1913 年 3 月 7 日，廣州《新醒報》以轉載香港《華字日報》所刊指責廣州警廳的消息，被該廳查封。9 月 3 日，《實報》主筆陳仲山因在評論中支持「二次革命」，被香港當局指為「印發煽亂新聞，煽動中國內地居民作亂」，遭香港警方逮捕。《商報》於這年更名《共和報》繼續出版，由霍公實任主筆。1914 年 12 月 15 日，廣東都督龍濟光以「任意顛倒是非，捏誣詆毀，顯係亂黨報紙」等罪名，禁止香港《共和報》、《大光報》、《人報》三家報紙進口。《真報》主筆毛仲瑩以宣傳反袁世凱，在回內地探親時於 12 月間被粵督誘捕槍殺。

《大光報》創於 1913 年 2 月 8 日，尹文楷醫生等集資主辦，日出對開四張，發行四千份。該報是基督教友主辦的時事性大型日報，報道社會輿論，對革命表同情，銷數名列香港各報前茅。洪孝充、張亦鏡、陸丹林、黃冷觀等先後主筆政。1920 年孫中山為該報年刊撰文，並題「與國同春」誌慶。出版至 1939 年停刊。

1915 年 10 月中旬，中華革命黨機關報《現象報》創刊，日出八開八版一冊，銷量約二、三千份，發行人梁智亭，總編輯鄧寄芳，但出版不久即停刊。1915 年間，革命黨人在香港創辦《香港晨報》，溝通僑商消息，大力抨擊袁世凱在廣東的代理人龍濟光；其後由夏重民接辦，於 1919 年 3 月 24 日改名《香江晨報》，積極支持護法軍政府，日銷約四千份。1920 年，陳雁聲主持《香江晨報》筆政，首先倡用白話文撰寫社論，副刊小說亦用白話文，同業戲稱他為「了的先生」。該報曾於 1925 年出版《香江晨報六週年紀念刊號》，不久《香江晨報》便告停刊。[60]

1922 年創辦的《香港新聞報》，於 1924 年 7 月 19 日改名《中國新聞報》。該報原是陳炯明出資創辦，陳秋霖主編，鼓吹「聯省自治」，後來陳秋霖在國民黨人鼓動下發表聲明，與陳炯明脫離關係，改換報名，並刊出公開信，要陳炯明早日悔改，勿再與人民為敵。該報言論由擁護陳炯明而改為支持孫中山，是香港報壇上有名的一次「報變」。1925 年省港大罷工爆發，港府將責任歸咎於《中國新聞報》，指該報有煽動嫌疑，由軍警執行查封。

1924 年間，香港出現了幾種新的報刊：(1)《青島時報》（*Tsingtao Times*），於 7 月創刊，在香港註冊，主筆黎爾德；(2)《香港日曜先驅報》（*Hong Kong Sunday Herald*），

---

60 楊國雄著《香港戰前報業》（香港：三聯書店，2013 年），頁 173-174、257。

白納脱（G. C. Burnett）任編輯，屬英國系報紙，是星期日唯一的英文報，每期二十頁，附有新聞照片；（3）《香港學生》，約於本年前後出版，以反帝反封建軍閥為主旨。

四、香港報界的新氣象

論者指出，1850 年代以後，中國內地上海等新城市逐漸興起，經過幾十年的發展變遷，到了 20 世紀初，中國形成了三大報業中心：一是以香港和廣州為主的華南報業中心，二是以上海和武漢為主的華中報業中心，三是以北京和天津為主的華北報業中心，而香港報業為之先導。[61]

民國初年，中國政局的變化是相當大的，影響及於香港的華人社會，香港報刊亦於此時萌生了一些新氣象。1916 年《小說晚報》創刊，是香港有「晚報」名稱之始，但因專載小說，不能算是真正的晚報。1921 年冬創辦的《香江晚報》，始開本地晚報的先河，該報的督印人兼總編輯是黃燕清，副編輯是謝章玉。其後業務有所發展，至 1927 年擴充並招股；1928 年黃燕清離任督印人，由葉泰接任，翌年停刊，共計刊行八年。該報除記載新聞的「莊部」外，「諧部」刊登的文章不論文言、語體，亦有詩歌、說唱文學和通俗小說，致力於推動文學創作。

論者指出：「當時讀者不大注意晚報，而經營報業的也

---

61 陳鳴著《香港報業史稿》（香港：華光報業有限公司，2005 年），頁 16。

不感興趣,故《香江晚報》在當時是唯一的晚報,經營一個頗為長久的時期,纔引起讀者對晚報的興趣,其他晚報紛起。」[62] 嗣後,《華強晚報》、《南中晚報》、《工商晚報》、《中和晚報》、《天南晚報》、《循環晚報》相踵而興,但至1934年仍在出版的,只有《南中晚報》、《工商晚報》、《循環晚報》而已。[63]

明治時期(1868-1912年)的日本人,曾先後在香港創辦《東報》和《香港日報》;到了大正時期(1912-1926年),《香港日報》仍在出版,1921年6月17日,平井真澄在香港創辦一種名為《南支那新報》的日文日報。翌年,平井真澄往廣州辦《廣州日報》,《南支那新報》遂告停刊。另有一說,謂《南支那新報》刊行約二年半,至1923年9月,日本發生關東大地震後停刊。[64] 具體事實如何,仍有待考查。

1925年中,《華僑日報》創刊,這年省港大罷工爆發,該報於艱難環境中突圍而出,奠定在報界的地位,且開創了香港報業的一個新時代。同年《工商日報》繼興,抗戰初期又有《星島日報》創刊,中經「三年零八個月」日佔時期的挫折,至戰後各報均能接續發展,成為主流中文報紙,規模

---

62 《1948香港年鑑》第七編「教育文化」〈新聞事業〉,頁13。
63 麥思源〈七十年來之香港報業(1864-1934年)〉,《華字日報七十一週年紀念刊》。
64 周佳榮〈日本人與近代香港報業〉,《香港中國近代史學會會刊》第12期(2014年7月),頁42。

宏備。20 世紀後期香港中文報紙的盛況,與戰前報界是前呼後應和一脈相承的。

第四章
香港社經報紙的興起

1925 年，香港有兩家商辦報紙創刊，一是《華僑日報》，另一是《工商日報》。當時《循環日報》和《香港華字日報》，仍然是本地的大報。《華僑日報》是承接着《香港華商總會報》而辦起來的，《工商日報》作為《華僑日報》的競爭者登場，香港商業報紙至此發展成熟，中文報紙的地位亦得以奠定和鞏固。因此，1925 年明顯是香港社經報業時期的開始。報紙和讀者的視線由中國內地逐漸轉移到香港本地，也是在這個時候開始的。

《華僑日報》創刊之初，適逢省港大罷工爆發，報道新

聞較他報靈通，不單能在中文報界突圍而出，並且爭取達成
與西報同等的地位，以「新聞能與西報同時發表」而自豪。[65]
1933 年 3 月 3 日，香港政府宣佈《華僑日報》為登載法律廣
告的有效刊物，「凡遵照 1923 年《防止業務詐欺轉移條例》
第三條第三項規定，刊登一切關繫法律之商事告白，如刊登
該報，即刻發生效力。」[66]

---

65 林友蘭著《香港報業發展史》，頁 42。
66 吳灞陵〈華僑日報現狀〉，《香港年鑑》第四十五回（香港：華僑日報社，
    1950 年），特載，頁 12。

與此同時，不同黨派的報刊亦先後在香港出現，既有奉汪精衞之命而創辦的《南華日報》，亦有國民黨中央控制下的《東方日報》，以及鄒韜奮任社長兼主編的《生活日報》。抗日戰爭爆發前，截至 1936 年 7 月，香港有二十四種仍在出版的報紙，包括中文報二十種和英文報四種，另週刊三種，通訊社四家。

第一節　中文報紙的壯大和擴展

一、早期中文報紙的傳承

　　《華僑日報》的前身是《香港華商總會報》，這個報紙是由《香港中外新報》改組而成；至於《香港中外新報》的創辦，又與《香港船頭貨價紙》有密切關係。《華僑日報》接續這三家報紙刊行，特別強調繼承《中外新報》的傳統。[67]

　　《香港船頭貨價紙》創於 1857 年 11 月 3 日，週三次刊。一般認為，該報改名為《香港中外新報》，並擴充篇幅和內容，是在 1858 年；亦有一說，認為是在 1864 年至 1865 年間。[68]論者指出：《香港中外新報》起初也是週三次刊，不久改為日刊，報頭印有「並附船頭貨價行情」字樣，且註明「一三五

67　丁潔著《〈華僑日報〉與香港華人社會（1925-1995）》，頁 33。
68　卓南生著《中國近代報業發展史：1815-1874》增訂版（北京：中國社會科學出版社，2002 年），頁 132-134。

行情紙，二四六新聞紙」。《香港船頭貨價紙》則於星期二、四、六出版，當時商戶店舖都很注重「行情紙」，兩報配合起來，由星期一至星期六都可以得悉新的資訊，所以有一段時間，兩報同時出版的可能性是存在的，實在不必要由於《香港船頭貨價紙》仍在印行，而推測《香港中外新報》創刊的年份是在 1864 年至 1865 年間。換言之，大多數記載都說《香港中外新報》創於 1858 年，至今沒有足夠證據可以推翻此說。報名刪去「香港」二字，可能是在光緒年間（1875-1908 年）。[69]

民國初年是《中外新報》的全盛時期，當時廣東軍閥龍濟光的施政大失民心，該報對此加以抨擊，頗受廣東人民歡迎，銷量大增，超過一萬份，最高時達到二萬數千份。第一次世界大戰期間（1914-1918 年），該報在參戰問題上持反對意見，被香港政府罰款，因股東退出而陷入財政困難狀況。時已退守海南島的龍濟光，企圖恢復其勢力，出資收買該報，《中外新報》遂由反龍變為擁龍，致使讀者越來越少。其後龍濟光被逐出海南島，該報經濟告絕，只好停刊，而由香港華商總會接辦。[70]

香港華商總會（1952 年改稱香港中華總商會）經主席劉

---

69 丁潔著《〈華僑日報〉與香港華人社會（1925-1995）》，頁 35-36。
70 吳灝陵〈華僑日報之過去與現在〉，《香港年鑑》第八回（1955 年），特載，頁 2；史和、姚福申、葉翠娣編《中國近代報刊名錄》（福州：福建人民出版社，1991 年），頁 78。

鑄伯提議，接手《中外新報》，於 1919 年改出《香港華商總會報》，由馮煥如任督印人，聘李大醒為總編輯，成為工商社團通傳消息的報紙。曾經試出晚報，是本地日報兼出晚報的先例；還特聘專員採訪，首開本地中文報紙專訪的先河，自此之後，各報才陸續跟隨。出版至 1925 年，華商總會覺得虧蝕太大，無意繼續辦報，於是把全盤生意出讓，包括機器和鉛字在內，由岑維休（1897-1985 年）等人集資頂受，改出《華僑日報》。該報同意撥出篇幅，刊登華商總會各項通告，因此報上社團消息特多，成為持續七十年的傳統，直至該報停刊為止。[71]

二、《華僑日報》的創辦和發展

1925 年 6 月 5 日，《華僑日報》創刊，因其首創週日出版，又重視時效性和經濟新聞，迅即在香港報界嶄露頭角。該報由星期一至星期六採用鉛印方式，平均出紙十四版，包括粵省要聞、中外要聞、西電譯要、論說、本港新聞、華僑消息、粵省新聞、香海濤聲、遊藝錄、船期廣告、常識等欄目；星期日則出版《華僑日報號外》，採用石印方式，出紙四張，欄目分為時評、專電、粵省要聞、西電譯要、香港要聞、照片圖片等。

---

71 周佳榮、鍾寶賢、黃文江編著《香港中華總商會百年史》（香港：香港中華總商會，2002 年），頁 39。

《華僑日報》創辦之初，華南地區爆發省港大罷工，對社會各界和市民大眾造成巨大影響，報業深受打擊。該報克服了印刷出版方面遇到的困難，以石印方式維持出版，成為當時香港唯一的中文報紙，大量報道罷工事態發展，爭取了不少讀者，從而奠定了該報在華人社會中的聲譽和地位。《華僑日報》為香港的中文報紙帶來新氣象，使中文報紙開始能與西報處於平等的地位，提升了華人的時事知識和話語權，亦為華人社團和華文學校提供了一個重要的資訊平台，並且將香港與海內外各地的華僑、華人聯繫起來。

三、《華僑日報》的聯營報紙

1920 年代後期，《華僑日報》奠定了本身的基礎，為求鞏固和開拓，又創辦了幾種聯營報紙，在香港有《南中報》（晚報）、《南強日報》、《中華日報》和《華強報》（日報）四種，在廣州有《大中報》（日報）和《大華晚報》兩種，1937 年在澳門有《華僑報》（日報），至此《華僑日報》成為華南地區一大報業集團。（表 6）1941 年底太平洋戰爭爆發後，《華僑日報》和《華僑報》續在港、澳兩地刊行；第二次世界大戰結束前，1945 年 4 月 1 日，另於香港創辦《華僑晚報》，刊行四十餘年。至於澳門的《華僑報》，後來成為獨立報社，刊行至今將近八十年，而仍保持當年《華僑日報》的一些風格。

表 6　《華僑日報》譜系圖

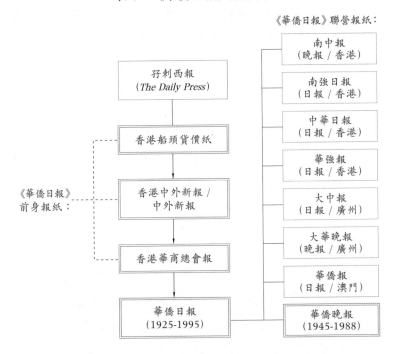

《華僑日報》聯營報紙：

- 南中報（晚報／香港）
- 南強日報（日報／香港）
- 中華日報（日報／香港）
- 華強報（日報／香港）
- 大中報（日報／廣州）
- 大華晚報（晚報／廣州）
- 華僑報（日報／澳門）
- 華僑晚報（1945-1988）

《華僑日報》前身報紙：
- 孖剌西報（The Daily Press）
- 香港船頭貨價紙
- 香港中外新報／中外新報
- 香港華商總會報
- 華僑日報（1925-1995）

　　1、《南中報》—— 1927 年在香港創辦，晚報，館址初在閣麟街，後遷荷李活道，最後搬入《華僑日報》總辦事處。該報除爭取新聞時效外，並採取一種刺激的作風，首創用超級活字把重要新聞標題放在報頭旁邊，吸引讀者注意。[72] 報界一般亦稱此為《南中晚報》，在全中國報業史上亦佔一席位。

72　據《北京圖書館館藏報紙目錄》，該館藏有 1939 年 1 月至 1940 年 12 月《南中報》。

2、《南強日報》——1927年在香港創辦，份量比《華僑日報》為輕，作風亦稍有不同，注重體育記載，全盛時期有「體育報」的綽號，一到香港足球季節，這張報紙就滿場飛。

3、《中華日報》——在香港出版，其風格與《南強日報》又有不同，副刊注重小品小說，執筆者是當時一流作家，爭取了不少讀者。

4、《華強報》——在香港出版的日報，其份量與《南中報》差不多，而比《南強日報》和《中華日報》稍輕，也注重體育新聞的報道。

5、《大中報》——1929年2月4日在廣州創辦，日報，與廣州其他報紙大事競爭，在新聞方面務求快捷，一時銷路大增。

6、《大華晚報》——1929年8月創刊，是《大中報》的姊妹報，雄視廣州報壇，銷紙成績極高。

7、《華僑報》——七七事變後，岑維休派編輯趙斑斕、雷渭靈二人到澳門，於1937年11月20日創辦《華僑報》（日報），作為《華僑日報》的外圍，在新聞、副刊、印刷各方面，都較當時澳門的報紙有特色，創刊後即佔澳門報紙第一位。《華僑日報》的新聞報道和營銷網絡都很可觀，且率先使用電訊收報機等先進設備，積極宣傳抗日，報紙在當天的下午就運到中山、新會、江門等地，銷紙迅速增至一萬份，打破了澳門

報業的紀錄。《華僑報》直至 1967 年始與《華僑日報》分家，人事和經濟都獨立，仍走綜合報紙路線，刊行至今。該報自 1980 年代以來，還陸續出版了一系列專門的參考工具書。[73]

四、《工商日報》及其聯營報紙

1925 年 7 月 8 日，洪興錦創辦《工商日報》；1929 年 12 月改組為股份公司，由何東接辦。洪興錦是律師，有一說認為他是得到工商界人士鼓勵而辦此報的。當時「省港大罷工」正如火如荼，華商想藉報紙傳達意見是可以理解的。在該報編「要聞」（即電訊和粵聞）的俞華山，是香港報界術語「蟛稿」（指人情新聞）的始創者。當時威靈頓街有間南園酒家，每次劏大蟛必發新聞，由俞華山執筆，並定標題為「南園酒家又劏大蟛」，然後由他將稿送往各報，同業見到稿件都笑說「蟛稿來了」。自此之後，新聞界便稱「人情稿」為「蟛稿」，例如商店開張、結婚拜壽之類的報道文章，是要賣個人情刊登的。「蟛稿」一詞，於是流行了大半個世紀。[74]

《工商日報》的出現，標誌着商業報紙的抬頭。1925 年 11 月 15 日，《工商晚報》創刊，作為《工商日報》的姊妹報，同名報紙而兼有日晚報，在香港報業史上實為創舉。1933 年，《工商日報》因獨家報道福建閩變消息而成為暢銷的報章。1938 年 8 月 1 日《星島日報》創刊，十三日後又創辦《星島

---

73 周佳榮〈澳門報刊的歷史和現狀〉，《澳門學誌》創刊號（2013 年 11 月），頁 20。
74 李家園著《香港報業雜談》，頁 67-68。

晚報》；《華僑日報》則遲至 1946 年才有《華僑晚報》，《明報》於 1959 年創刊後十年才出《明報晚報》。同時出版日報、晚報的香港報社，主要就是這幾家而已。

1933 年，《工商日報》加出《天光報》作為聯營報紙。該報由胡秋五兼社長，汪玉亭任總編輯，曾掀起讀者追看連載小說的熱潮，尤受家庭主婦和女學生歡迎。該報每日凌晨三時出版，真正做到「天光有報」。當時香港人口八十萬，《工商日報》、《工商晚報》、《天光報》三報日總銷量高達十五萬份。

香港淪陷期間，《工商日報》、《工商晚報》及《天光報》均停刊。1946 年復刊，《工商日報》是香港三大中文報紙之一，出版至 1984 年 11 月 30 日停刊，在此之前一日，《工商晚報》於 11 月 30 日停刊。

第二節　不同類型中文報紙相繼出現

一、「小報」的流行

香港人口在 1925 年約為七十五萬，1931 年增至八十五萬；1941 年底香港淪陷前，倍增至一百六十萬。在 1937 年中日戰爭爆發前，內地的文化界人士仍未大批來港，當時香港的政黨報紙，已有式微之勢。除了《華僑日報》、《香港工商日報》等報紙外，還出現了一些「小報」，最有名的是《胡

椒》和《骨子》，以趣味、消閒題材及登載秘聞之類的小道消息來吸引讀者。

戰前香港的「小報」，是指四開紙的小型報；一般的報紙是對開，四開紙比對開紙小一半。「小報」的大小，相當於今日的免費報紙。有的是週刊，有的是三日刊，有的是雙日刊。報紙的內容，有小說、雜文、時人行蹤、名人軼事和評論等；說得明確些，就是石塘花事、梨園軼事、政海秘辛，文字方面，以辛辣輕鬆為主。「小報」與一般日報、晚報的最大分別，是沒有電訊、港聞及各地消息。「大報」雖然也有「諧部」，但較嚴肅，所以「小報」出現後，大受讀者歡迎。

大約在 1927 年，香港出現了一種名為《微波》的四開型報紙，初時原是一種日報的副刊，後來改為以「小報」的姿態獨立出版，同時在香港、廣州兩地發售，每份一仙。隨即有一種《赤報》，是宣傳共產主義的小報，只出版一期，便被封閉了。兩年後有《大快活》、《遊樂場》相繼出版，都是三日刊；接着有《開心》和《疏肝》，是專講石塘風月和歌壇新聞。[75]1929 年 2 月 19 日創辦的《也是報》，三日刊，是托洛斯基派在香港最早出版的一份刊物，僅見兩期。同年 5 月 6 日，另有一種宣傳共產主義的報紙《香港小日報》創刊，是中國共產黨人聶榮臻所辦，至 9 月 5 日被港府查禁；翌年出版一週年紀念刊《香港小日報彙刊》後，該報再被港府查

---

75 李家園著《香港報業雜談》，頁 129-131。

禁。[76]1929 年還有一份闡揚國家社會主義的《香港時報》創刊，該報對於地方秕政指斥尤力，出版至 1933 年輟刊。

《胡椒》是林柏生所辦的三日刊，以「政海秘聞」作號召，不時由一些政客撰稿，其後由汪精衛支持；汪氏又資助出版《南華日報》，《胡椒》遂成為該報的附屬刊物。在 1930 年代，《胡椒》與《探海燈》同為最暢銷的「小報」。1940 年 3 月汪偽政權在南京成立，林柏生任宣傳部長。

《骨子》為三日刊，創於 1928 年 8 月 22 日，是孫壽康、羅澧銘合辦。以諧趣消閒為主，銷路很好。繼《骨子》之後面世的《華星》三日刊，是一種內容相當充實的小報。例如以「烏蠅摟大髀」等為題的「社會怪聞」漫畫，內容雖然帶有色情成份，文字倒也清雅，因為兩位創辦者都是文人出身。

當時的「小報」之中，還有一份由關楚璞主理的《探海燈》，以刊載「政海秘聞」為主，主要作者有豹翁（蘇守潔）和黎工佽，三人文筆甚健，接觸面廣，該報頗受港穗讀者歡迎，在 1930 年代有「小報王」之稱。廣州人尤為愛讀《探海燈》，其後廣州當局禁止入口，報販則秘密出售，情況是這樣的：購報的人問報販有無《探海燈》，若報販說有，購報的人要先付五仙甚或一毫，其實「小報」的零售價為一仙，報販抬高售價五倍或十倍，購買的人依然很多。購買者付款後，報販就叫他站在那裏等候，自己則前往附近的樓梯處秘

---

76 楊國雄著《香港戰前報業》，頁 204-229。

密取出報紙，然後交給購買報紙的人。此舉是恐防警員或便衣警探來搜查和拉人，《胡椒》也是禁止入口的，定價兩仙可以賣到一兩毫，至於《骨子》則能公開發售。[77] 在市內百貨公司一帶，報販見有人經過便說：「《探海燈》……《骨子》……《疏肝》……。」

　　戰前廣州有一份很有名的「小報」，名為《羽公報》，是鄧羽公所辦，後來改為《愚公報》。因不容於當局，鄧羽公逃來香港，改辦一份名為《濕碎》的「小報」，但銷路遠遜他此前所辦的報紙。

　　《骨子》能夠在廣州公開發售，是因該報與《探海燈》、《胡椒》不同，「時人軼事」以趣味為原則，並無存心誹謗，其他小品均極清雅。創辦者孫壽康和羅澧銘均有一定名聲，孫壽康是行走省港的西安輪、東安輪買辦，其子孫秉樞後來成為香港鐘錶業巨子；羅澧銘為名粵劇編劇家，是薛覺先的覺廬座上客，古文、語體文、英文造詣甚深，晚年在《星島晚報》綜合版以「塘西舊侶」筆名，撰寫《塘西花月痕》，膾炙人口。

　　《骨子》創刊號中的〈出版語〉強調：「本報以骨子名，骨子云者，脫俗之謂也。」另有老休所撰〈說骨子〉一文，亦指出：

---

77 李家園著《香港報業雜談》，頁 100-107。

三日刊之作，小報也；小報亦報也，報雖小，而骨格
存焉。合不俗之仙骨、清雋之詩骨、嶙峋之傲骨而成
之，而期期不敢望長其肌肉。所以不敢望長其肌肉者，
懼得鄙俗狀，骨為肉掩，而致人有諸內必形諸外之誚
耳。嗟夫，小報而肉之，不肉酸亦必肉麻，烏乎可？

《骨子》曾鬧過轟動一時的新聞，亦因為這一場官司，
使香港政府訂下一條法例，凡報紙刊物出版須繳三千元保證
金。其事源於《骨子》刊登一段有關社會教育界、音樂界名
人潘賢達的新聞，引起潘氏在別報反駁，雙方遂展開筆戰。
《骨子》的文章副題為「一作潘賢達之後」、「二作⋯⋯」、「三
作⋯⋯」，表面上看來是很文雅的，但廣州話的「作」字可
作別解，含有猥褻的意思，再在末尾加個「後」字，則更露
骨。潘賢達大怒，以該報語含誹謗，延聘律師控告《骨子》。
在香港出版報紙刊物本來是很自由的，只要呈報華民司署（現
時的民政署）便可，此事發生後，訂立須交保證金的法例（後
由三千元增至一萬元）。

《探海燈》最暢銷的時候，有另一份名為《春秋》的「小
報」出版，是衛春秋（筆名靈蕭生）主辦，內容以小說為主，
他所寫的《海角紅樓》風行一時，且被改編為電影。「小報」
而以小說「擔紙」，當以《春秋》為最。《春秋》報上，楊
大名（筆名峒崆）的《春秋太史第》也大受歡迎，因為該小
說的主人翁「太史公」，是省港澳聞名的「江霞公」孔殷，
時人以諧音稱之為「江蝦」或「蝦公」。

1938 年創辦的《先導》，其主編任護花以筆名「金牙二」撰寫一個專欄，詞鋒非常有趣，戰後香港報紙上流行的「怪論」實以此為先導。香港淪陷期間，任護花輾轉返回廣東，除在《粵華報》撰寫小說外，還與妻子紫葡萄粉墨登場，演新派粵劇，協助政府宣傳抗日。戰後返回香港，於 1947 年創辦《紅綠日報》。

1930 年代的香港「小報」，任護花的《先導》類似李伯元在上海辦的《遊戲報》。[78] 至於林栢生辦的《胡椒》和關樸生辦的《探海燈》，則類似鄭貫公在香港所辦的《有所謂報》。戰後香港亦有一些小報，格局大抵繼承了戰前小報的「傳統」。

二、1930 年代的報業狀況

1931 年 5 月 28 日，《東方日報》在香港創刊，督印人是周少穆，1933 年至 1938 年間改為鍾憲文。總編輯陳雁聲在《東方日報》任職時間最長，由 1931 年創刊至 1938 年 7 月 13 日結業為止；其他重要編輯，有麥思源、陳武陽、黃漢聲等。1934 年出版的《東方日報三週年紀念特刊》中，有一篇獻辭提到香港文化現象說：

> 本港方面，文化之落後，固無論已，至其屬於畸形之發

---

78 《遊戲報》（日刊）創於 1897 年 6 月 24 日，是中國最早的「小報」。創辦人李伯元（寶嘉）在〈論遊戲報之本意〉中說：「《遊戲報》之命名仿自泰西，豈真好為遊戲哉？豈有不得已之深意存焉者也。⋯⋯朝政如此，國事如是，是猶聚瘤聾破躄之流，強之為經濟文章之務，人必笑其迂而譏其背矣。故不得不借遊戲之說，以隱寓勸懲，亦覺世之一道也。」

展，尤無可諱言。故同人今後，一方面決本 總理（孫中山）所昭示吾人者：「欲救中國，一方面須將中國固有之文化從根救起，一方面對西方之文明，迎頭趕上」之主張，以作文化建設之準備。至於本報副刊方面，無論其屬於學術，屬於教育，屬於文藝，屬於婦女，屬於電影，及其他各種性質者，均努力求其充實，並求切實於當地之環境，對文化上作一最低限度之貢獻。

《東方日報》社址在荷里活道三十八號，報社中人來自廣州。每日出紙三至四張，報費零售每份五仙，每月一元，全年十二元。1935 年的銷量是一千五百份，翌年為九千份。星期日不出紙，改以《東方星期報》代替。[79]

1932 年 5 月 1 日，著名書畫篆刻家馮康侯《中興報》，以主張切實抗日、反對屈辱妥協、促進民治及反對專制獨裁為使命，詳細報道抗日消息及國共關係；該報還設有藝術版，題材以書畫、詩詞、金石、對聯為主。社址在結志街六至八號。每日出紙兩大張，1934 年增至三、四張；1936 年 7 月21 日只出紙一張，即告停刊。[80]

據 1934 年統計，由 1864 年起七十年間，先後創辦而已停辦的日報，共有五十八家：1.《中外日報》；2.《粵報》；3.《維新報》；4.《捷報》；5.《郇報》；6.《香港新報》；7.《東

79 楊國雄著《香港戰前報業》，頁 262-265。
80 香港大學孔安道紀念圖書館、香港中央圖書館藏有《中興報》縮微膠卷。

報》；8.《晨報》（與 1919 年出版的《香港晨報》不同）；9.《中國日報》；10.《香港日報》；11.《世界公益報》；12.《公益報》；13.《實報》；14.《真報》；15.《商報》；16.《共和報》；17.《廣東日報》；18.《有所謂報》；19.《東方報》（與 1934 年存在的《東方報》不同）；20.《少年報》；21.《人道報》；22.《社會報》；23.《新漢報》；24.《中國軍事報》；25.《中國英文報》；26.《民國新報》；27.《新少年報》；28.《中華新報》；29.《中華日報》；30.《新商報》；31.《仁報》；32.《現象報》；33.《時報》（與 1929 年出版的《香港時報》不同）；34.《中國新報》；35.《國是報》；36.《香港晨報》；37.《華商總會報》；38.《自重報》；39.《僑聲報》；40.《新聞報》；41.《中國新聞報》；42.《新國華報》；43.《明星報》；44.《香港時報》；45.《香港小日報》；46.《中華民報》；47.《華人報》；48.《國民新報》；49.《中國報》；50.《正報》；51.《南方報》；52.《中和報》；53.《天南報》；54.《遠東報》；55.《大同報》；56.《公論報》；57.《東亞報》；58.《靈通報》。

1934 年仍在刊行的日報，有以下十四家：1.《華字日報》；2.《循環日報》；3.《大光報》；4.《工商日報》；5.《華僑日報》；6.《南強報》；7.《南華報》；8.《超然報》；9.《東方報》；10.《新中報》；11.《平民報》；12.《中興報》；13.《天光報》；14.《大眾報》。當時只前五種報紙有十年以上刊行歷史，其餘九種只創辦幾年而已。

至於晚報，始自 1916 年創辦的《小説晚報》，1921 年創

辦的《香江晚報》繼起，此後相踵而興的，有《華強晚報》、《南中晚報》、《工商晚報》、《中和晚報》、《天南晚報》、《循環晚報》，總共八家。1934 年仍在刊行的晚報，只有《南中晚報》、《工商晚報》、《循環晚報》三家。

總括來說，1864 年至 1934 年間創辦的日報有七十二家，晚報有八家；1934 年仍在刊行的報紙，日報有十四家，晚報有三家。至於報界公會之設，始於 1907 年；直至 1928 年，才有記者聯合會的成立。論者指出：「昔有未周，今後進而善之，斯同業應有之責也。」[81]

1934 年香港的報業狀況，在報業史研究上是很重要的，可以視為香港早期新聞事業的回顧，從而作出展望。因為進入 1930 年代，舉世無論中外、經濟危機畢現，國際局勢緊張，日本侵華更趨猖獗，歐亞地區戰雲密佈。香港社會本身面對頗多困難，從中國內地湧入的人口已漸見增加，1937 年中日戰爭爆發後，情況就急轉直下了。

當時大報售價五仙，市面上還流行「一仙報」，每份僅售銅元一枚。如《天光報》、《成報》、《南強日報》等，內容以讀者趣味為依歸。《成報》創於 1935 年 5 月 1 日，原為三日刊小報，其後每日出紙一大張，以「在商言商」為宗旨，而特別重視副刊。每以小說為頭版頭條，新聞只是搭配。《成

---

81 麥思源〈七十年來之香港報業——1864-1934 年〉，《香港華字日報七十一週年紀念刊》。

報》出版至香港淪陷時停刊，戰後於 1946 年復刊。

1936 年 6 月 7 日，《生活日報》在香港創刊，創辦人鄒韜奮是上海報人，他曾創辦《生活》週刊和《大眾生活》週刊。《生活日報》最初是日報，兩個月後，至 8 月 1 日改以週刊形式出版。

1936 年 11 月 7 日，《天文台報》（半週刊）創刊，創辦人陳孝威以其豐富的軍事知識，在抗戰期間撰寫評論，宣傳抗戰，極受歡迎。最高銷量達十萬份。1941 年 12 月 24 日香港淪陷前夕停刊。[82]

據《北京圖書館館藏報紙目錄》，得知館藏有 1930 年代抗日戰爭爆發前香港幾種報紙：（1）《超然報》，1932 年 5 月至 1936 年 12 月（部份）；（2）《新中日報》，1932 年 4 月至 1934 年 4 月；（3）《天南日報》，由 1933 年 9 月至 1934 年 3 月，戰後復刊，有 1948 年 1 月至 4 月報紙；（4）《港報》，1936 年 12 月至 1937 年 10 月。[83]

第三節　別樹一幟的中文期刊

香港最早的電影雜誌是《銀光》，1926 年 11 月由衛春秋、潘金鑫、楊蔚文創辦，十六開本。內容主要報道世界各地電

82　據《北京圖書館館藏報紙目錄》，該館所藏的《天文台》計有 1938 年 8 月至 12 月，1939 年 1 月至 9 月，1940 年 4 月及 6 月，1941 年 4 月、5 月及 7 月。
83　《北京圖書館館藏報紙目錄》，頁 172-174。

影及影星消息，發表電影理論和影片評析，還舉辦過第一次中國電影大選。出版四期後停刊。

1920 年代前期，香港出現了兩種文藝刊物。其一是《雙聲》，1921 年 10 月創刊，黃冷觀、黃石主編，大光報社主辦，屬於舊派文學期刊，以登載鴛鴦蝴蝶派短篇小説為主，另有「劇作欄」和「補白欄」（雜文、筆記、詩詞、笑話等）。彩色封面和刊載圖片是其特色，經常刊登女畫家、女飛行員、時事新聞攝影，以及中外風景照片等。1923 年停刊，共出四期。

其二是《小説星期刊》，1924 年 9 月 27 日創刊，世界編譯廣告公司出版，黃守一任總編輯兼督印人、司理，後由羅澧銘主編。內容廣泛，而以小説為主，是香港文學新舊交替時期一份重要的刊物。至 1925 年 4 月，共出二十五期。

較重要的一種，是 1928 年 8 月 15 日創辦的文學雜誌《伴侶》（半月刊）。張稚廬主編，曾邀請沈從文、胡也頻等著名作家為刊物撰稿，著名畫家司徒喬作插圖。侶倫、張吻冰、岑卓雲、謝晨光、陳靈谷等文學青年在刊物的培育扶持下，發表了一批具有新思潮、新觀念的白話詩文，成為香港新文學的第一代拓荒者，《伴侶》因而有「香港文壇第一燕」之稱，被視為香港新文學的起點。1929 年，該刊因經濟困難而停辦。總共出版了九期。

1933 年 4 月創辦的《前哨》，是香港文藝研究會刊物；該會於同年秋天易名新興讀書會，翌年春創辦《新泉》。兩

者都是中國共產黨領導下的文化雜誌。1933 年 12 月，《紅豆》（月刊）創刊，香港梁國英藥局主辦，由該藥局的少東梁之盤主編。發表詩歌、小説、散文等作品，兼有翻譯文章、文藝評論及論文，曾出版過一些專號，如「英國文壇七傑專號」、「詩專號」、「世界史詩專號」等。1936 年 8 月停刊，共出十八期。

1934 年 4 月，《香港華商總會月刊》第一卷第一期出版，分送會員，主要作為報告會務及聯繫會員之用。黃廣田在〈發刊詞〉中指出「近世商業，輔以科學之進步，自其外表觀之，可謂發達極矣。」但是，「相爭相奪之風，已成莫可救挽」的局面，「循此以往，爭奪之不已，惟有出於一戰。近日各國軍備之擴充，即為第二次世界大戰之預備。」他進而強調：

> 夫商業本身，不過為無有互通、供求調節之一法耳。
> 始而利人，而終於殺人，何根本衝突之甚耶？則從理
> 與從慾之間，真有毫釐千里之謬。吾人目睹戰禍將臨
> 於眉睫，竊願以一得愚誠，廣求積學之士，與商界鉅
> 子，本其以德化人、以功衛人、以言教人之旨，發為
> 文章，使一般從事商業者，消其爭奪之念，而一依於
> 公理，庶乎不景氣之瀰漫，得以潛消，而世界和平，
> 亦將可實現。[84]

《香港華商總會月刊》在經濟不景、戰雲密佈的時局下創刊，

---

84 黃廣田〈發刊詞〉，《香港華商總會月刊》第 1 卷第 1 期（1934 年 4 月），頁 1。

實有其遠大目標。該刊除了刊載中外工商經濟的專著和述評外，還有「商事研究」、「商務經濟情報」等供讀者參考。另設「文藝」一欄，每期刊登兩、三篇文學作品。當時廣州方面正在掀起復古運動，香港十分缺乏新文藝創作，該刊獨樹一幟，是相當難得的。編者余寄萍，筆名怡紅生，是著名武俠小說作家。以商業雜誌性質而兼有文藝小說連載，「是一份比較特殊的刊物」。[85]《香港華商總會月刊》的出版時間常有延誤，有時隔兩、三個月才出一期；1935 年 12 月出版的第一卷第九期起，改名《香港華商月刊》（後稱《華商月刊》）；1937 年 3 月至 4 月間出至第二卷第六期後停刊，其時已在第二次世界大戰前夕。[86]

據《北京圖書館館藏報紙目錄》，1933 年至 1934 年間香港有一種名為《抵抗》的刊物，該館藏有第一一三至二一三期。[87] 在兩年間出版了一百期，應是週刊；而照刊名推斷，相信與宣傳抵抗日本侵華有關。

---

85 〈香港雜誌發展簡史〉，《香港雜誌縱橫 '83》，頁 7 及 11。
86 周佳榮、鍾寶賢、黃文江編著《香港中華總商會百年史》，頁 40-41。
87 《北京圖書館館藏報紙目錄》，頁 172。

第五章
二戰時期的香港報刊

1937 年七七事變後，中國開始了長達八年的抗日戰爭。
第二次世界大戰的亞洲戰事，其實是正式爆發了，但學
界至今仍然認為，1939 年 9 月 1 日德國進攻波蘭，英國和法
國於 9 月 3 日對德國宣戰，第二次世界大戰才算全面爆發。
1941 年 12 月 7 日，日本偷襲美國珍珠港海軍基地，美國旋即
對日宣戰，太平洋戰爭爆發。戰事擴大至亞洲和太平洋多個
國家及地區，包括香港在內，其後日本於 1945 年 8 月 15 日
戰敗投降，第二次世界大戰結束。

1941 年底太平洋戰爭爆發前，屬於抗戰前期，當時戰

火仍未波及香港，但社會情況已大受影響。太平洋戰爭爆發後，香港旋告淪陷，進入「三年零八個月」的黑暗年代，直至 1945 年 8 月中旬，日本戰敗投降為止，歷史上稱為「日佔時期」，亦有稱為「日治時期」的；因為是日本發動侵略戰爭，所以使用「日佔時期」一詞較為合適。

抗戰初期，香港報業狀況頗為活躍。此後兩三年間，一些內地報刊遷港出版，例如《良友畫報》和《申報》，但不久在上海復刊。在香港創辦的報紙當中，《星島日報》和《成報》是現時繼續刊行的兩種；此外還有國民黨中央主辦的《國

民日報》，及中國共產黨領導的《華商報》。

　　香港淪陷期間，《華字日報》等報紙停刊。1942 年 6 月後，只剩下《香港日報》、《南華日報》、《華僑日報》、《香島日報》、《東亞日報》五家中文報紙，以及隔日出版的《大成報》，刊物也寥寥無幾，1944 年間連這樣的局面也無法維持。在香港報刊史上，是最黑暗和艱困的時期。

第一節　內地報刊和出版社遷港情況

一、商務印書館刊行的雜誌

　　1937 年中日戰爭爆發前後，中國內地局勢動盪，沿海地區圖書報刊的出版活動大受影響，紛紛內遷或轉移到香港。當時中國最大的出版社是總部設於上海的商務印書館，該館於 1937 年刊行的定期雜誌共有七種，「八·一三」事變後，全部停刊。

　　同年年底開始，《東方雜誌》、《教育雜誌》、《英語週刊》、《兒童世界》、《兒童畫報》和《少年畫報》相繼在香港復刊，《出版週刊》則改為《出版月刊》，連停刊了幾年的《學生雜誌》也恢復出版。1938 年，又在香港創辦《東方畫刊》和《健與力》兩種雜誌。香港分館的編輯部設在崇正會館四樓，有員工四十多人。除了肩負起「抗戰叢刊」的編輯使命外，主要的工作就是編刊雜誌。[88] 以下是這些雜誌的出版情況：

---

88 〈商務印書館香港分館老職工話舊〉，《書海》第 15 期（1987 年 10 月）。

1、《東方雜誌》（半月刊），1937年8月因抗戰爆發而停刊，1938年1月在長沙復刊；改於香港出版，始自第三十五卷第二十一號（1938年11月1日），由這一期至第三十六卷第二號（1939年1月16日），主編是李聖五；由第三十卷第三號（1939年2月1日）起，至第三十八卷第二十二號（1941年11月15日）止，主編是鄭允恭，因香港淪陷而停刊。《東方雜誌》一向注意時局的變化，七七蘆溝橋事變後，該刊內容多以中日戰爭為主，除了向國民報道戰況外，還刊登大量鼓勵文字及戰爭圖片，藉以團結全國軍民，對激勵士氣起了很大的作用。[89]這時期還有不少探討中華民族特性、讚揚中國傳統的文章，出現在《東方雜誌》上。[90]

2、《教育雜誌》（月刊），創於1909年，抗日戰爭爆發後，由上海遷至長沙發行；旋因長沙被日軍侵佔，改在香港繼續出版。1941年12月底香港淪陷後，《教育雜誌》被迫停刊，直至1947年7月1日在上海再度恢復，1948年12月終刊。抗戰期間，《教育雜誌》強調其內容以戰時民眾教育作為關注重點。[91]1941年11月出版的第三十一卷第十一號是「歷史教育特輯」，反映了抗日戰爭期間歷史教育的狀況及其展望。[92]

---

89 方漢奇〈《東方雜誌》的特色及其歷史地位〉，載《方漢奇文集》（汕頭：汕頭大學出版社，2003年），頁284-285。

90 范永聰〈尋找中國文化範式——以《東方雜誌》的歷程為討論中心〉，《歷史與文化》第四卷（2009年1月），頁4。

91 文兆堅〈近代中國出版與教育——《教育雜誌》個案研究〉，《歷史與文化》第四卷（2009年1月），頁37。

92 周佳榮〈《教育雜誌》與近代中國的歷史教學研究（1915-1941年）〉，《當代史學》第2卷第4期（1999年10月），頁84-89。

3、《少年畫報》（月刊），創於 1937 年 4 月，在上海出至第五期，第六期起在長沙分館印行，1938 年 11 月第十三期開始，改在香港出版。《少年畫報》前後共出四十多期，於 1941 年底終刊，除了前十二期外，都在香港印行。[93]

4、《學生雜誌》（月刊），1914 年在上海創刊，1932 年停刊；1938 年 12 月在香港復刊，出版至 1941 年 11 月停刊。1944 年底在重慶復刊，1946 年遷至上海出版，1947 年 8 月停刊，共出二十四卷。

5、《兒童世界》（半月刊），1922 年 1 月創刊，鄭振鐸等主編，是中國最早的兒童週刊，創刊號上有葉聖陶撰寫的童話《小白船》。1939 年 2 月至 1940 年 3 月間，在香港恢復刊行。讀者對象是十來歲的兒童，1941 年 6 月後停刊。

6、《兒童畫報》（半月刊），1922 年創刊，王雲五主編，供幼稚園及小學低年級兒童閱覽，以七至八歲的兒童為主要讀者對象。四色印刷，內容注重公民、衛生、修養、文藝、算術、常識、勞作、音樂、遊戲等材料，文字圖畫力求明確活潑。1937 年 8 月起在香港編印，停刊年份待查。

7、《英語週刊》，1915 年創刊，至 1937 年停刊，後於香港復刊，出版至香港淪陷前。以大學生和夜校學生為對象，旨在輔助初學者自習英語，培養其閱讀寫作能力，英文材料

---

93 侯勵英〈走出少年——抗戰時期商務印書館的《少年畫報》（1937-1941）〉，《歷史與文化》第五卷（2009 年 5 月），頁 27。

多附漢釋或英譯。

8、《出版月刊》，商務印書館的業務刊物，1924年在上海創刊時為《出版週刊》，1937年10月在香港復刊，改為《出版月刊》。旨在為圖書館、學校及愛好讀書生活者提供出版及閱讀資訊，1941年8月後停刊。[94]

9、《東方畫刊》（月刊），1938年4月創刊，八開本，是綜合性攝影畫報，出版至1941年11月停刊。每冊零售價五角，中英文對照說明。全部用影寫版印，封面四色套印。[95]

10、《健與力》（月刊）是中國最早一本提倡健身運動的康體雜誌，創於1938年11月，委託趙竹光主編，每冊零售價三角。出版後深受讀者歡迎，收到不少海內外讀者來信。日軍侵佔香港後停刊，1944年移至重慶復刊，抗戰結束後遷至上海，出版至1946年9月。順帶一提，《健與力》創辦後，另有香港李氏健身學院李劍琴主編的《健與美》於1940年1月問世，在香港淪陷前出版了三期，後於1947年復刊。[96]

總括來說，1938年至1941年間，商務印書館在香港創辦和復刊的雜誌多達十種（表7），為時雖只四年左右，卻有一

---

94 （法）戴仁（Jean-Pierre Drege）著，李桐實譯《上海商務印書館1897-1949》（北京：商務印書館，2000年），頁121。《出版週刊》一說創於1925年，見〈名社研究專題目錄：20世紀商務印書館〉，《中國圖書年鑑2008》（武漢：湖北人民出版社，2008年），頁855。
95 《港澳商業分類行名錄》（香港：港澳商業分類行名錄出版社，1941年），〈商務印書館雜誌畫報〉廣告。
96 區顯鋒〈《健與力》——中國早期的健身運動雜誌〉，《歷史與文化》第四卷（2009年1月），頁46。

番盛況。香港淪陷之後，各種雜誌都停刊，只有《東方雜誌》、《學生雜誌》、《健與力》三種，1943 年在重慶勉力恢復。

表 7　抗戰前期商務印書館在港印行的雜誌

名稱	性質	説明
東方畫刊	月刊	1938 年 4 月在香港創刊，1941 年 11 月停刊。
兒童畫報	半月刊	1922 年創刊，1938 年在香港復刊。
英語週刊	週刊	1915 年創刊，1937 年停刊；後於香港復刊，出版至香港淪陷前。
出版月刊	月刊	其前身為 1924 年（一説 1925 年）創刊的《出版週刊》，1937 年 10 月在香港復刊，改為《出版月刊》，1941 年 8 月停刊。
健與力	月刊	1938 年 12 月在香港創刊，1941 年 11 月停刊；1943 年在重慶復刊。
東方雜誌	半月刊	1938 年 11 月在香港出版，至 1941 年 11 月止；1943 年在重慶復刊。
教育雜誌	月刊	原在上海創刊，抗戰初期先後遷至長沙、香港出版，至 1941 年底停刊。
少年畫報	月刊	1937 年 4 月在上海創刊，後遷長沙，再遷香港，1941 年 11 月停刊。
學生雜誌	月刊	1914 年在上海創刊，1932 年停刊；1938 年 12 月在香港復刊，1941 年 11 月停刊；1943 年在重慶復刊。
兒童世界	半月刊	1922 年 1 月創刊，1939 年 2 月至 1940 年 3 月在香港編印。

二、《良友畫報》及《大公報》等

1926 年 2 月伍聯德在上海出版的《良友畫報》（月刊），是中國第一份綜合性彩色畫報，風靡全國，銷路甚佳。後因

淞滬抗戰爆發，1938 年 1 月遷至香港出版。該畫報由馬國亮主編，李青、丁聰助編，從第一三三期起，至第一三八期止。1939 年 2 月遷回上海，在「孤島」復刊。抗日戰爭期間一度停刊，戰後於 1954 年又在香港復刊，至 1968 年後中輟，1984 年 6 月再次復刊至今。《良友畫報》的內容，主要報道香港風貌、中國少數民族風情、世界旅遊、藝術與人物，欄目有「回首百年」、「良友文萃」、「名人專訪」、「書藝廊」、「科學新知」、「時裝廣場」、「香江鱗爪」、「良友小說」等，知識性與趣味性兼顧。

1938 年 3 月 1 日，上海《申報》遷至香港出版。《申報》創於 1872 年 4 月 30 日，是一份歷史悠久的中文報紙，以敢言見稱，影響力亦較大。曾對清末四大奇案之一的「楊乃武與小白菜」作追蹤報道，聲名大噪。上海淪陷後，改在香港刊行。1938 年 10 月 10 日上海版復刊，香港版繼續出版至 1939 年 7 月 31 日停刊。

1938 年 4 月 1 日，上海《立報》在香港復刊。該報是成舍我於 1935 年 9 月創辦，後於上海淪陷期間停刊，左翼文人薩空了於香港創辦《立報》，因成舍我、薩空了二人對親共、反共立場出現嚴重分歧，薩空了最後離開《立報》，去新疆辦《新疆日報》，先後由胡春冰、李素（即李健白）任總編輯，至 1941 年停刊。

《立報》副刊「言林」的主編是茅盾（沈德鴻），不久改

由葉靈鳳主編；另一副刊「花果山」的主編是卜少夫，他在戰後任《新聞天地》社長。《香港報業發展史》的作者林友蘭，當時也服務於《立報》，他在戰後曾任《工商日報》翻譯，及《香港時報》副總編輯兼採訪主任。

此外，還有一種由羅吟圃創辦的《星報》。他曾留學法國，是國際問題專家，回國後，一度隨孔祥熙工作。太平洋戰爭爆發後，羅吟圃去重慶，再隨孔祥熙，1950 年代任《中南日報》總主筆。論者指出，香港環境特殊，報紙讀者口味亦異，所以外地人來港辦報，有時會出現「水土不服」的情況。鄒韜奮的《生活日報》，成舍我的《立報》，羅吟圃的《星報》，都曾有此遭遇。各報的銷路雖不如理想，但在內容、編排和報社管理方面，都予香港報人以新經驗，亦開了香港讀者的眼界。[97]

1938 年 8 月 13 日，《大公報》香港版創刊，日出對開三張，積極宣傳抗戰及抨擊日本侵華，主持者有張季鸞、胡政之、金誠夫、徐鑄成；11 月 15 日，《大公報》香港館增刊《大公晚報》，每日午後出版半大張，有時增出兩次。1940 年 1 月 11 日，因廣州發現偽造的香港《大公報》，是日《大公報》香港版發表〈揭發日偽陰謀〉的報道。1941 年 3 月 15 日，《大公報》在桂林出分版；9 月 15 日，《大公報》社董事聯合辦事處在重慶成立，胡政之任主任，統一領導該報的

---

97 李家園著《香港報業雜談》，頁 143-144。

重慶、香港、桂林三館，正式成立社評委員會，香港版以金誠夫、徐鑄成為委員。同年 12 月底太平洋戰爭爆發，日軍攻佔九龍後，《大公報》發表〈暫別香港讀者〉一文，宣佈停刊；在港人員撤至桂林，充實了桂林版的力量。抗戰勝利後，各地《大公報》相繼復刊，香港版《大公報》亦於 1948 年 3 月 15 日正式復刊，一直出版至今。主要在香港、澳門和中國內地銷售，並在多個國家和地區印刷發行。[98]

第二次世界大戰結束後，《良友畫報》和《大公報》都在香港復刊，並且出版至今，與香港結下不解之緣。在中國出版史上，這兩種報刊分別是最悠久的畫報和日報，香港為報刊出版提供成長的良好土壤，實亦於此可見。《大公報》原是 1902 年英斂之在天津所創，在民國時期以「文人論政」成為新聞界的翹楚；抗日戰爭期間分別在漢口、香港、桂林、重慶幾地出版，後因戰事激烈而停辦。戰後在香港復刊的《大公報》，是碩果僅存的。

第二節　抗戰前期香港的報刊和通訊社

一、《星島日報》和《成報》

1938 年 8 月 1 日，著名的華僑企業家、永安堂虎標萬金

---

98 據《北京圖書館館藏報紙目錄》，該館藏有戰前由 1938 年 8 月至 1941 年 12 月的《大公報》，及 1940 年 6 月的《大公晚報》；戰後有 1946 年 12 月出版的《大公報》，及 1948 年 3 月正式復刊後的《大公報》。

油東主——「萬金油大王」胡文虎（1882-1954 年）出資創辦
《星島日報》，接着於 8 月 13 日創辦《星島晚報》，是日報
和晚報同時創立的先例。《星島日報》初時以國際問題專家
金仲華（1907-1968 年）為總編輯，並獲左派報人加入，大
力宣傳抗戰，亦着意提倡學術及改良風俗。《星島晚報》以
平民、白領為主要讀者對象，首創下午四時出版，是當時出
版時間最早的晚報，以報道搶手新聞而成為晚報銷量之首。
香港淪陷期間，報社被日軍接管，《星島日報》與《華字日
報》合併，改名《香島日報》。戰爭結束後，《星島日報》
於 1945 年 8 月復刊，1953 年，由胡文虎之女胡仙主持報業；
《星島晚報》亦復刊，出版至 1996 年 12 月 18 日停刊。

《星島日報》於 1960 年代開始發行海外版，在美加、澳
紐、歐洲出版。1970 年代，星島業務向多元化發展，包括報
業、旅遊、地產、沖印等，曾經上市，亦曾私有化。1980 年
代組成星島報業集團，再度在香港股票市場上市，胡仙擔任
集團董事長。1995 年 8 月，出版《星島電子日報》。1999 年
3 月，Lazard Asia 入主星島，兩年後，以三億五千六百萬元
轉售給泛華集團。

戰前香港有一種刊行至今的日報，就是 1939 年 5 月 1 日
創刊的《成報》，原為三日刊，其後每日出紙一大張。該報
由何文法、何文允、汪玉亭等合資創辦，以「在商言商」為
宗旨，觀點保持中立，版面方面，則特別重視副刊。日軍佔
領香港時停刊，戰後於 1945 年 10 月復刊。

1939 年香港另有一種國民黨系的《國民日報》，社長是陶百川。該報內容以宣傳國民黨的抗戰策略為主，是廣州淪陷後遷移到香港出版的。同年，高宗武和陶希聖脫離汪偽組織，帶着汪日的「密約」到香港，全文先交《大公報》獨家發表。據說當時香港負責此事的人曾請示重慶，應該將「密約」交給哪一家報紙發表，蔣介石批交《大公報》，蓋因當時《國民日報》的地位比不上《大公報》那樣重要。

《國民日報》的副刊名為「新壘」，第一任主編郭蘭馨是杜月笙門徒，只三日便因傷足請假，由陳福愉暫代。數月後由杜衡主編，杜衡辭職時，推薦他的朋友路易士（人稱「臭襪子詩人」）接任。路易士編了幾個月，由胡春冰繼任。太平洋戰爭爆發時，《國民日報》便停辦了。[99]《國民日報》出版至香港淪陷前夕，戰後復刊。[100]

二、在香港創辦的各種報刊

繼《良友畫報》之後創刊的《天下畫報》，是香港早期畫報之一。創辦人梁晃是成藥代理商梁國英之子，他鑑於本港市面極少書報攤，遂乘該店在墟市發行藥物之便，銷售《天下畫報》。當時只售一角，用新聞紙印製，走通俗廉宜路線，每期可賣二、三萬份。內容以報道國事及介紹新事物、新知識為主，兼及本港新聞。除香港外，該畫報亦在廣東及南洋

---

99 劉郎〈香港國民日報〉，《大華》第 26 期（1967 年 3 月 30 日），頁 7。
100 據《北京圖書館館藏報紙目錄》，該館藏有戰前的《國民日報》，由 1939年 10 月至 1941 年 12 月；戰後復刊，有 1945 年 12 月至 1947 年 7 月報紙。

一帶發行。太平洋戰爭時停刊，直至戰後幾年，才於 1953 年恢復，但只維持了兩年便停辦了。順帶一提，香港第一本漫畫集《人鑑》，是梁國英藥局於 1920 年出版的。

1938 年 4 月 16 日，《文藝陣地》創刊，第一卷第一期至第三卷第四期在香港編輯出版，共出二十八期，登載論文、短評、小說、詩歌、戲劇、雜文、書評、通訊報告、通俗文藝、文藝動態、譯文等。是香港文學史上第一本旗幟鮮明的抗日文藝刊物，也是抗戰時期香港出版歷史最長的全國性文藝刊物之一。但關於該刊的出版地點，一說是在廣州創刊，在香港編輯，交上海付印，茅盾主編。初為半月刊，後改為月刊。1939 年春，茅盾去新疆，由樓適夷代行編務，而仍以茅盾名義主編。1939 年 6 月轉至上海編輯出版，1940 年 12 月遷至重慶，1942 年 11 月停刊。歷時四年多，共出六十三期。

當時由於市民生活水平低，受教育者不多，所以在香港出版的雜誌，時辦時停，極不穩定。抗日戰爭爆發後，上海和廣東淪陷，京滬等地的文人流亡到香港，一時之間報刊活動欣欣向榮，打破了香港出版事業沉悶的局面。金仲華的《世界知識》、周鯨文的《時代批評》、唐碧川的《國際文摘》、黃天石的《朝野公論》等，在內容和言論方面都各有可以注意的地方。

抗戰中期，一些左派文藝工作者及政治團體如東北民主同盟等，先後出版了《社會日報》、《光明日報》等。1939

年至 1941 年間，《民主評論》創刊，宣傳抗日及抨擊國民黨施政；文學家茅盾亦創辦名為《筆談》的雜誌，極一時之盛。[101]《筆談》（半月刊）創於 1941 年 9 月 1 日，港紳曹克安任名譽社長兼督印人，茅盾主編，提倡短小精悍、不拘形式、莊諧並收、辛甘兼備，內容有時論、雜感、人物志、小說、詩歌、戲曲、讀書札記、遊記、軼聞趣事等。連載茅盾的《客座雜憶》，其他作者有郭沫若、樓適夷、胡繩、戈寶權等。同年 12 月，日軍攻佔香港，該刊停辦，共出版了七期。

在此稍前，香港有《時代文學》（季刊）於 1941 年 6 月 1 日創刊，周鯨文、端木蕻良主編，內容有論文、小說、散文、雜文、翻譯和長篇連載。1942 年 12 月停刊，共出七期。

據《北京圖書館館藏報紙目錄》，得悉該館藏有抗戰前期香港出版的一些報紙，有的甚至不見於香港報刊史記載，從中可以對這時期的香港報紙有較具體了解。這些報紙包括：

1、《立報》──1938 年 4 月至 1941 年 11 月（部份）。

2、《天演日報》──有 1938 年 7 月至 9 月，1939 年 7 月至 1940 年 3 月（部份）。

3、《中華時報》──1939 年 4 月至 10 月。

4、《中國晚報》──1939 年 11 月至 1940 年 6 月。

5、《珠江日報》──1939 年 11 月至 1940 年 6 月。

6、《國華報》──1940 年 2 月至 1941 年 10 月（部份）。

---

101 〈香港雜誌發展簡史〉，《香港雜誌縱橫 '83》，頁 7-8。

7、《越華報》——1940 年 2 月至 8 月。

8、《越華報晚刊》——1940 年 4 月至 8 月。

9、《國家社會報》——1940 年 9 月至 12 月。

10、《歐戰文摘》——1940 年 12 月至 1941 年 11 月(部份)。

11、《華商報晚刊》——1941 年 5 月至 11 月。[102]

三、大小報刊的銷售情況

據當時報界人士的憶述,抗戰前期的報紙和定期刊物不下數十家。日報方面,招牌最老的是《華字日報》、《循環日報》、《大光報》,其次是《華僑日報》、《工商日報》,至於《星島日報》、《東方日報》和《國民日報》,還是初生的報紙。

當時「一先報」因為適合社會的經濟條件,所以銷行最廣,這類報紙多數附屬於某一大報的系統之下,例如工商系統的《天光報》、《工商晚報》,星島系統的《星島晚報》、《星島晨報》,華僑系統的《南中報》、《南強報》,大光系統的《先報》,循環系統的《朝報》、《循環晚報》,華字系統的《華字晚報》、《華星報》等;獨立創辦的,則有《自然日報》、《現象報》、《成報》、《大眾報》等。「一先報」中最暢銷的要推《天光報》,據說日銷六萬餘份。

外省報人因東南淪陷,紛紛南下,如胡政之、張季鸞的

---

102 《北京圖書館館藏報紙目錄》,頁 171-174。

《大公報》，鄒韜奮的《生活日報》，成舍我的《立報》，喬木、薩空了的《華商報》及徐傅霖、梁漱溟的《光明日報》；除《大公報》銷售達一萬份左右外，其餘都不甚暢銷，原因「大抵疏忽了當地的報紙，必須具有當地的地方色彩，方能吸引讀者的親切感」。[103]

四、1940 年代初的報館和通訊社

抗日戰爭爆發後，中國內地不少報社遷港，大批報界人士和文人學者在港繼續從事辦報、出版等工作，文化界一時十分活躍。據 1940 年記載，報館多達四十餘家，除了出版日報的主要報館外，還有若干「小報」報館，以及雜誌社。（表 8）

表 8　1940 年香港報館名錄

名稱	地址	說明
人生	威靈頓街 91 號	
工商報（日晚報）	德付道中 43 號	德付道中現稱德輔道中
士蔑西報	雲咸街南華早報行	
大公報	大道中 33 號	大道中即皇后大道中
大眾報	干諾道中 62 號	
中國晚報	德付道中 20 號	
天文台半週評論社	德付道中國民銀行	
天光報	德付道中 43 號	
天然	大道中 289 號	
天演日報	德付道中 39 號	
正經報發行所	利源西街 25 號	

---

103 黃天石〈二十五年來之香港報業〉，《星島日報創刊廿五週年紀念論文集》（香港：星島日報，1963 年），頁 121。

立報	大道中 175 號	
先導	德付道中 132 號	
成報	永樂街 37 號	
孖剌西報	公主行 / 軒尼詩道 480 號	原件作《孖喇西報》
自然日報	利源東街 20 號	
快報	荷李活道 125 號	
居然	大道中 289 號	
金剛	大道中 289 號	
果然	大道中 144 號	
南中國	荷李活道 106 號	
南強日報	荷李活道 108 號	
南華日報社	荷李活道 49 號	
南華早報	雲咸街	
南國	荷李活道 125 號	
珠江日報	利源東街 14 號	
星島日報	灣仔道 177 號 / 砵甸乍街 1 號	
星報	大道中 40 號	
春秋	永和街 12 號	
香港商報	國民銀行	
香港朝報	歌賦街 49 號	
時兆報館	荷蘭行	
泰山	永和街 12 號	
浩然報	華人行	
動員畫報	大道中 144 號	
探海燈報	士丹利街 26 號	
揚蕩	威靈頓街 91 號	
現象晚報	大道中 84 號	
晶報	大道中 132 號	
復興	擺花街 37 號	
循環日報	歌賦街 49 號	原件註：司理溫荔坡

華字日報	營業部：威靈頓街 5 號 / 編輯部：威靈頓街 8 號	
華星早報	威靈頓街 5 號	
華僑日報	荷李活道 110 號	
新晚報	威靈頓街 65 號	
廣州實業週刊	大道中 14 號友邦行	
廣東英文新報	大道中 14 號友邦行	
德臣西報	雲咸街 3 號 A	原件註：司理班烈
鑽石	大道中 289 號	

　　另外值得注意的地方，是 1940 年香港有十二家通訊社。（表 9）擁有國際權威的應推路透社，中央社那時已設有香港分社；地方通訊社，有香港新聞社、新亞社等。太平洋戰爭爆發前，香港已成為亞洲地區的一個資訊中心。

表 9　1940 年香港通訊社名錄

名稱	地址	說明
中央社	東亞銀行	
世界通訊社	國民銀行	
民眾通訊社	荷李活道 77 號	
民聲社	文咸東街 41 號	
香港新聞社	大道中 16 號	原件註：司理唐健存，大道中即皇后大道中
國際通訊社	華人行	
華南通訊社	雲咸街 24 號	
華僑通訊社	文咸東街 41 號	
新亞通訊社	雲咸街 45 號 A	
路透社	遮打道	
德源號	德付道中 144 號	德付道中現稱德輔道中
覺悟通訊社	德忌笠街 62 號	德忌笠街現稱德己立街

第三節　太平洋戰爭與香港報業的衰落

一、太平洋戰爭的爆發

　　1941 年 12 月 8 日，日本偷襲夏威夷美軍基地，發動太平洋戰爭，戰爭蔓延到東南亞等多個國家和地區；同日，日本空軍開始襲擊香港，日本陸軍亦從深圳進攻香港，駐港英軍抵抗。11 日，英軍棄守九龍；13 日，英軍全部撤退到港島。18 日晚，日軍在港島東部登陸；25 日，港督楊慕琦（Mark Young）親自渡海到九龍尖沙咀半島酒店，向日軍統帥酒井隆中將簽字投降，成為戰俘，被送入集中營。在香港史上，這一天稱為「黑色聖誕日」，香港自此淪陷，進入「三年零八個月」艱苦時期。

　　在香港攻防戰中，日軍約有三萬人，死傷二千七百多人；英軍約有一萬二千人，死傷四千多人，其他都成為戰俘。香港淪陷後，工商各業均處於困難境況，文教活動幾於停頓，報界亦只勉強維持。日軍攻擊香港事出突然，大部份報紙因缺乏紙張，相繼停刊，只有《華僑日報》、《國民日報》、《工商日報》等仍能出版，但都縮減篇幅和提高售價，實際上並無多少新聞報道，主要刊登香港政府情報部的公報，以及社會上的一些傳言而已。[104] 香港淪陷翌日，即 12 月 26 日，市面上只能買到《華僑日報》和《國民日報》，接着的一天

---

104 鄭鏡明〈香港報業斷代史──香港淪陷期間的中文報業〉，《明報月刊》第 23 卷第 10 期（1988 年 10 月），頁 105。

就只剩下《華僑日報》；12 月 28 日，《香港日報》、《南華日報》、《天演日報》、《自由日報》等復刊。[105]

二、香港淪陷時期的報業狀況

香港淪陷初期，仍存十一家中文報紙，其中《香港日報》原為日本人所辦，至此成為日本在香港佔侵地的「官方」報業機構，除中文版外，還分別出版日文和英文的《香港新聞》，是香港報業史上僅有的三語報紙。

《香港日報》創於 1909 年，創辦人是松島宗衛，每日印行四百份，是四頁的小型報紙。標榜不偏不黨，是當時日人在香港唯一的言論機關。[106] 松島宗衛主持報務十二年，至 1935 年 10 月 12 日，由井手元一繼任社長。《香港日報》原為日文報紙，1937 年 12 月起，該報第四版改為中文；次年 6 月，獨立為中文的《香港日報》。1938 年 11 月 11 日，井手元一因年事已高，辭去職務，衛藤俊彥繼其位。1939 年 6 月，另出英文週刊《香港新聞》(*The Hongkong News*)。[107] 太平洋戰爭爆發時，香港日報社被港英當局收押，首腦人物亦被逮捕監禁，至日軍佔領香港後始恢復活動。英文《香港新聞》且由週報改為日報，以西方人士及不懂中文的華僑為對象。[108] 香港淪陷期間，

---

105 丁潔著《〈華僑日報〉與香港華人社會》，頁 90。
106 《香港事情》（東京：外務省通商局，1917 年），頁 343。
107 周佳榮〈日本人與近代香港報業〉，《香港中國近代史學會會刊》第 12 期（2014 年 7 月），頁 42。
108 齋藤幸治《軍政下の香港——新生した大東亞の中核》（香港：東洋經濟新報社，1944 年），頁 286-287。

《香港日報》的性質有如官方刊物，從中可以看到日本統治香港的主要措施，也在一定程度上反映了當時香港的社會民生狀況。[109] 此外還有一份日本人辦的雜誌，叫做《寫真情報》，隔月出版一次，是日本佔領當局報道部宣傳班所編。[110]

至於《南華日報》，則是汪精衛政權所辦的親日報紙，創於 1930 年，胡蘭成曾擔任該報寫手。日治期間的新聞來源，主要是日本同盟社和南京中央社。其後日本佔領軍政府以白報紙供應不足為由，強迫各報於 1942 年 6 月 1 日起合併，只有《香港日報》、《南華日報》、《華僑日報》、《香島日報》和《東亞晚報》五家中文報紙，以及一份隔日出版的《大成報》而已。原《大眾日報》併入《華僑日報》，《華字日報》和《星島日報》合成《香島日報》，《循環日報》和《大光報》合成《東亞晚報》，《自由日報》、《天演日報》和《新晚報》併入《南華日報》。（表 10）

當時各家報紙都處於日本軍政府報道部的直接監督和控制下，內容大同小異，副刊只能撰寫賽馬活動、風月小說等娛樂文章，另有四分一篇幅刊登煙酒、電影之類的廣告。1944 年 8 月 22 日，情況更加惡劣，各報都要調整版面和減少內容，由原來的一大張改為半張，《東亞晚報》支撐至 1945 年 3 月停刊。當時世界大戰已近尾聲，日軍苟延殘喘，盟軍

---

109 李威成〈日治時期香港醫療衛生史的歷史考察：以《香港日報》為主要參考〉（香港中文大學日本研究課程哲學碩士論文，2012 年 6 月），就是用《香港日報》的材料來考察香港淪陷期間醫療衛生狀況的學位論文。

110 同註 80，頁 290；周佳榮著《近代日人在華報業活動》（香港：三聯書店，2007 年），頁 163。

大舉反攻，日本終於 8 月 15 日宣佈無條件投降。

　　香港淪陷期間，曾有一份《大同畫報》，是日本人支持
中國人創辦的，創於 1943 年，宣傳大東亞同盟，讀者不多，
維持了一年左右，至日軍投降便停刊了。[111]

表 10　香港淪陷時期的報紙

1941 年 12 月底：	1942 年 6 月 1 日合併：	
1. 華僑日報	華僑日報	
2. 大眾日報		
3. 華字日報	香島日報	
4. 星島日報		
5. 循環日報	東亞晚報	中文報紙
6. 大光報	(1945年3月停刊)	
7. 南華日報	南華日報	
8. 自由日報	大成報	
9. 天演日報	(隔日出版)	
10. 新晚報		
11. 香港日報	香港日報	
	香港新聞	日文報紙
	The Hongkong News	英文報紙

---

111 〈香港雜誌發展簡史〉，《香港雜誌縱橫 '83》，頁 8。

第六章
戰後香港報業的迅速復興

第二次世界大戰結束後，香港的新聞事業逐漸從日佔時期的極度蕭條狀況中恢復過來，至 1946 年底，各類報刊基本上都已粗略具備。英文報紙方面，有《德臣西報》、《南華早報》、《香港電訊報》、《星期日先驅報》四家。中文報紙方面，總共有十四家，包括日報九家，銷量最多的是《華僑日報》，其他有《星島日報》、《成報》、《工商日報》、《華字日報》、《循環日報》等；晚報五家，以《新生晚報》銷量較多。

1950 年代開始，香港報業持續有所發展。1954 年，香

港報業公會成立；1957 年，香港報紙總數為四十二家，比
1946 年的十八家增加了一倍以上。1960 年，全港報紙銷量大
約是五十萬份；1964 年，已增至九十萬份。到了 1970 年代，
香港有中、英文日報和晚報約七十家；在這年代冒起的報紙，
主要有《明報》和《東方日報》等。

　　20 世紀後半期，香港報業從復興到鼎盛，盛載着的歷史
和故事足堪回味，正如論者指出：「隨着 50 年代大量南下的
中國人為香港灌注新力量，香港的經濟得以穩定發展，無論
在民生、社會事務及政經方面，香港的過去半個世紀均取得

驕人的成就；報業作為反映社會生活時態的媒介，同樣隨着蓬勃的經濟發展而欣欣向榮。」[112]1970 年代中，香港報業進入鼎盛時期，雖然報刊此起彼落的情況持續不斷，但整體而言呈現出一片蓬勃的朝氣。

第一節　戰後復刊和新辦的報刊

一、戰後中英文報紙的刊行狀況

在戰前已創辦的中文報紙《華僑日報》、《工商日報》、《成報》、《星島日報》等，戰後都有很大影響力。復刊後的《成報》，仍以小說和雜文掛帥，因有一班知名的通俗作家「擔紙」，銷量大增。戰前中文報紙能持續至 21 世紀今日的，只有《星島日報》和《成報》而已。

英文報紙方面，則以戰前已創刊的《南華早報》（*South China Morning Post*）和戰後才創刊的《英文虎報》為支柱。《南華早報》是興中會成員謝纘泰、英人克寧漢（Alfred Cunningham）創辦，初時鼓吹革命反清，其後易手，改由外商經營，以市民大眾為讀者對象，甚受歡迎，成為香港主要的英文報紙。第二次世界大戰結束後，該報主要股權落在英資怡和集團手中。1960 年代末，滙豐銀行加入經營，另三分之一股權，則由美國道瓊斯公司持有。1987 年，《南華早報》

---

112 《香港報業五十載印記——香港報業公會金禧紀念特刊》，頁 6。

被澳洲報業大王梅鐸收購，持有該報51%股權。1993年9月，「大馬糖王」郭鶴年控制的嘉里集團購入《南華早報》集團控股權；1994年4月21日，梅鐸以港幣十億四千萬元將手上所有的《南華早報》股份，售給與郭鶴年關連人士。

《英文虎報》(*Hong Kong Standard*)創於1949年3月1日，是屬於《星島日報》同一集團的英文報紙；原意為「香港標準報」，因是「虎頭標萬金油」東主胡文虎所創，報上角又有虎頭標記，所以人們慣常稱該報為「虎報」。每日出紙對開六張，共二十四版，主要刊登國際、香港、內地新聞及體育、馬經消息等，發行港澳地區。2000年5月29日，該報改名為 *Hong Kong iMail*，以小報 (Tabloid) 八開形式出版，對象是年輕讀者。至2002年5月30日，改稱 *The Standard*；2007年9月10日，《英文虎報》成為免費英文報紙。

1949年前後，中國政局有巨大的變化，香港處於這局面之中，自然成為不同黨派宣傳的輿論基地，一些政治色彩濃厚的報紙，長期以國共內戰、國際要聞作為報道重心，報紙的市場並不限於香港一地，而是包括華南地區在內。中國共產黨系統的報紙，有戰後復刊的《華商報》和新辦的小型報紙《正報》。民盟在香港辦機關報《光明報》，中國農工民主黨在香港創辦機關報《人民報》。這類報紙多在1949年中華人民共和國成立前後停刊，其刊行概況如下：

1、《華商報》，1941年4月8日由廖承志創刊。以堅

持團結和抗戰為編輯方針，旗幟鮮明地宣傳抗日，日本攻佔香港期間停刊。抗戰勝利後於 1946 年下半年復刊，直至 1949 年廣州解放，10 月 15 日，《華商報》於香港自動停刊，併入廣州籌辦中共機關報《南方日報》。

2、《光明報》，1941 年 9 月 18 日創刊，是中國民主政團同盟（簡稱「民盟」）在香港的機關報，社長梁漱溟，督印人兼總經理薩空了。宣傳抗戰，呼籲實行民主自由與法制。太平洋戰爭期間停刊，其後曾兩度復刊，1949 年 6 月 16 日改在北京出版《光明日報》。

3、《正報》，1945 年 11 月 13 日創刊，由楊子青任社長，屬於中共地下黨領導的報紙，「扯旗山下」、「時事講話」、「新聞背後漫步」等欄目，以宣傳中共政策為要，曾以三日刊、十日刊和週刊形式出版。該報一度因國民政府查封，需要透過秘密渠道繼續運入內地讀者手中，其後因香港的中共地下黨工作重點轉移，1948 年 11 月 13 日停刊。

4、《人民報》，1946 年 3 月 1 日創刊，屬於中國農工民主黨的機關報，在香港出版了三十期，同年 4 月 1 日遷至廣州出版，後於 8 月下旬被禁封停刊。[113]

二、在香港新辦的各種報紙

1945 年 12 月 23 日，有《新生日報》和《新生晚報》創

---

113 據《北京圖書館館藏報紙目錄》，該館藏有 1946 年 3 月《人民報》。

刊，是李宗仁所辦，但日報出版時間很短，不夠一年，晚報
則超過十年，1958 年仍有出版。[114]1946 年新增的日報有四家：
（1）《大公報》在戰前已出版過香港版，3 月 15 日在香港正
式復刊；（2）《大方日報》於 7 月 16 日出版，不久改名《大
方報》；（3）《華聲報》於 8 月 15 日出版；（4）《伶星日
報》於 9 月 2 日出版，是《伶星》三日刊改組而成的，三日
刊出至第四三八號，改為《伶星日報》新一號。[115]戰後幾年，
尤其是在國共內戰期間，香港成為雙方政治角力及爭取民心
的輿論陣地，香港報壇不能置身事外，不論是原有的報紙或
新辦的報紙，包括商辦的報紙，都有本身的立場或傾向，分
為左、中、右，而走中間路線的，大多是中間偏右。這情況
在 1950 年代以後，持續了三幾十年。

　　1948 年 9 月 9 日，《文匯報》在香港創辦。刊行至今，
在海內外中文報界有一定地位。該報原於 1938 年 1 月由嚴寶
禮等人在上海創辦，總編輯徐鑄成，後因宣傳抗日，被日偽
查封。抗戰勝利後復刊，因宣傳民主、反對內戰，1947 年
5 月被國民黨查封。翌年由上海《文匯報》部份編採人員嚴
寶禮、徐鑄成等，聯同李濟琛、何香凝、柯靈、馬季良、孟
秋江等在香港辦《文匯報》，其宗旨是以文會友及宣傳中國

114　據《北京圖書館館藏報紙目錄》，該館藏有 1945 年 12 月至 1946 年 7 月的《新
　　　生日報》，庋藏《新生晚報》，計有 1945 年 12 月至 1947 年 6 月，1949 年
　　　6 月至 1951 年 1 月（部份），1953 年 4 月至 1954 年 12 月（部份），及
　　　1958 年 1 月至 7 月。
115　據《北京圖書館館藏報紙目錄》，該館藏有 1947 年 4 月至 1949 年 2 月的《伶
　　　星日報》。

文化，聘請文化界名人郭沫若、茅盾等主編週刊版。應邀在
《文匯報》擔任文史哲副刊主編的，還有翦伯贊、千家駒、
孫起孟、侯外廬等名家。1949 年 5 月，上海解放，徐鑄成
等部份成員先後返滬，恢復上海《文匯報》，後於 1958 年
「反右」運動中曾一度停刊。香港《文匯報》是綜合性日報，
曾出版《百花》週刊隨報附送，除於港、澳銷售外，在中國
內地北京、上海、廣州等大城市設有三十多個新聞中心或網
站。

　　1949 年 8 月 4 日，國民黨在香港創辦《香港時報》，成
為本地右派報紙的代表，刊行至 1993 年 2 月 17 日停辦。該
報的前身是《國民日報》。1938 年廣州淪陷，大批難民湧入
香港，多份中國報刊遷移到香港出版，1939 年 7 月，國民黨
在港創辦《國民日報》，內容以宣傳國民黨的抗戰策略為主，
初由陶百川主持，後來由陳訓畬接任。1948 年 12 月 12 日《國
民日報》停刊，翌年改為《香港時報》。

　　1949 年新出現的日報還有：（1）《天皇報》，1 月 30
日創刊；（2）《香港政府新聞報》，2 月 14 日創刊；（3）《香
港人報》，4 月 2 日創刊。但《天皇報》和《香港人報》刊行
的時間都不長。至於《香港政府新聞報》，性質上是一張官
報，但沒有《香港政府公報》那樣嚴肅，在形式上近乎一張
告示，可以張貼，在作用上則專供華人閱讀，以補各民營日
報的不足。該報的〈發刊詞〉指出：

為便利人民了解政府所行之政令，所取之政策，所採之措施，如經濟、教育、社會、福利、治安、衛生等項，以及傳達官方之緊要消息起見，特印行華文報紙一種，定名為《香港政府新聞報》，於每日下午發行，其內容將切合事實，並含教育意義。

晚報方面，1949 年新創辦的有三家：（1）《好消息晚報》，2 月創刊；（2）《大晚報》，5 月 2 日創刊；（3）《大成晚報》，9 月 26 日創刊。此外，原《大方日報》（後改稱《大方報》）於 5 月 19 日改為《大方晚報》。《好消息晚報》在同時停刊，《大成晚報》曾改出以副刊為名的《鐵幕新聞》日刊小報，《大晚報》也曾改出以副刊為名的《時事新聞》日刊小報。[116]

三、戰後初期報紙的統計

根據記載，1940 年代後期香港的報紙大多數是日報，晚報也有十家，總計有三十六家。1949 年仍刊行的，有二十四家。日報兼出晚報的情況很普遍，《華僑日報》、《國民日報》、《星島日報》、《工商日報》、《新生日報》和《成報》都有晚報，超過晚報的半數，這現象一直維持至 1980 年代。《國民晚報》創於 1948 年 5 月 15 日，但出版至 7 月 25 日便停版了。

---

116 《香港年鑑》第三回（1950 年），上卷〈報業〉，頁 108。

表 11　戰後初期香港報紙概況表（1946-1949 年）

報紙	性質	地址	1946	1947	1948	1949
華僑日報	日報	荷李活道 110 號	√	√	√	√
華僑晚報	晚報	荷李活道 110 號	√	√	√	√
循環日報	日報	歌賦街 49 號	√			
香港郵報	日報	荷李活道 110 號	√			
國民日報	日報	干諾道中 133 號	√	√	√	
國民晚報	晚報	干諾道中 133 號			√	
中國日報	日報	干諾道中	√			
果然日報	日報	結志街 2 號	√			
星島日報	日報	灣仔道 177 號	√	√	√	√
星島晚報	晚報	灣仔道 177 號	√	√	√	√
工商日報	日報	德輔道中 43 號	√	√	√	√
工商晚報	晚報	德輔道中 43 號	√	√	√	√
新生日報	日報	利源東街 14 號	√			
新生晚報	晚報	利源東街 14 號	√	√		
成報	日報	永樂街 35 號，1947 年遷至威靈頓街 5 號	√	√	√	√
成報晚報	晚報	威靈頓街 5 號		√		
聰明人評論報	日報	德輔道中 25 號	√			
華南商報	日報	擺花街 27 號	√			

華商報	日報	干諾道中 123 號	√	√	√	√	
人民報	日報	畢打行二樓	√				
中英晚報	晚報	歌賦街 49 號		√	√	√	
掃蕩晚報	晚報	中國街 9 號		√	√	√	
大公報	日報				√	√	
大方日報 / 大方報 / 大方晚報	日報 / 晚報				√	√	
文匯報	日報				√	√	
華聲報	日報				√	√	
伶星日報	日報				√	√	
大華晚報	晚報				√	√	
紅綠晚報	晚報				√	√	
香港時報	日報					√	
天皇報	日報					√	
香港人報	日報					√	
香港政府新聞報	日報					√	
好消息晚報	晚報					√	
大成晚報	晚報					√	
大晚報	晚報					√	

資料出處：《華僑年鑑》第一回至第三回（1948-1950 年）

上述有些見於 1946 年載錄的報刊，是在 1945 年戰爭結束後創刊的，《中國日報》和《正報》，都是確鑿的例子；另外也有曇花一現的報紙如《華字日報》，給遺漏了。[117] 還應注意，除了兼出日報和晚報的報社外，有些名為日報的，實際上是晚報，因為早出的日報必須在晚上工作，如於日間上班，出報時已是下午甚至是一般人下班的時候了。《大方日報》改為《大方報》，再改為《大方晚報》，從報紙名稱的變化，已可見其端倪。《中英晚報》同一辦公地點有《先生日報》，《掃蕩晚報》自改為《超然報》後起紙。[118] 若非報界中人，是不易追尋其來龍去脈的。按：《超然報》在 1930 年代有同名報紙，已見上文。

　　「小報」出版的情況，也是值得注意的。1947 年間，單獨登記出版的「小報」，有如雨後春筍，報攤上顯得五光十色。但到了 1948 年，小報的名字雖多，實際上只是租借登記執照出版的東西，每一個登記執照，變成兩個小報名字，輪流隔日出版，即是不斷的出版，而把原有的登記名字放在第四頁，新設的名字放在第一頁，作為原有小報的副刊名字。實際上拿有正式登記執照的小報只有原先那幾家，再沒有新註冊的牌子，因為登記要拿三千元作保證金，辦小報的人並不容易拿出這個數目，所以自己幹不了，就把登記執照借給

117　據《北京圖書館館藏報紙目錄》，該館藏有 1945 年 8 月至 10 月及 1946 年 7 月至 9 月的《中國日報》，1945 年 11 月至 12 月及 1946 年 2 月至 5 月的《正報》；另外，又藏有 1946 年 4 月至 6 月的《華字日報》。
118　容若〈香港百家報紙六十年興衰〉，《明報月刊》第 46 卷第 1 期（2011 年 1 月），頁 38-39。

別人經營，兩方都有利益。小報的名字雖然很多，有的三、五期就停辦，有的只出版一期就不再幹下去，有的甚至報紙印好了卻發不出去的。退落的原因，是成本無法減低，而讀者並不增加，就算把黃色的程度提高，也無濟於事。[119]

到了 1949 年，小報退落的現象更加明顯，報攤上很少看到甚麼新的小報出現，即使舊有的也不多見。原因很多，首先是主管當局嚴格取締黃色小報，不能夠再靠極度低級趣味來吸引讀者；其次是小報內容千篇一律，沒有別樣風格引起讀者注意。[120]1949 年廣州解放後，11 月至 12 月間，香港出現了一批小報，每日出版，有異於以前三日刊或隔日刊的小報，內容亦不以色情為主，而是以「內幕新聞」為號召，包括《探海燈新刊》、《商報》、《內幕新聞報》、《內幕觀察報》、《鐵幕新聞》、《先聲報》、《呼聲報》、《時事春秋》和《時事新聞》，連同當時的《上海日報》、《伶星日報》、《真欄日報》等，業界認為適當的稱謂是「日刊小報」。[121] 但踏入 1950 年代後，這些以刊登「內幕新聞」為號召的日報，能夠站得住腳的，只一兩家而已。其後還有一個異乎尋常的現象，就是以「上海人」為對象的日刊小報也出得相當像樣。[122]

---

119 《香港年鑑》第一回（1948 年），第七編「教育文化」〈新聞事業〉，頁 14。
120 《香港年鑑》第二回（1949 年），中卷（文化、藝術）〈新聞〉，頁 18。
121 《香港年鑑》第三回（1950 年），上卷〈報業〉，頁 108。
122 《香港年鑑》第四回（1951 年），上卷〈報業〉，頁 105。

其實「大報」與「小報」，有時是不能截然分開的。「小報」有時可以指規模較小的報紙，如出紙少的日報；一般人心目中則多認為，刊登政海秘聞和色情成份較濃的小型報紙，新聞消息只聊備一格甚至完全沒有，才是真正的「小報」。1950 年代的香港報紙，大多數屬中小型，注重生活趣味和娛樂性，是小市民消閒之物。《成報》銷路較多，《紅綠晚報》次之；以粵劇、粵曲和國、粵語電影為主要內容的娛樂報，有《真欄日報》、《娛樂之音》和《伶星日報》等。《骨子》是本地老報，《上海日報》是外地老報遷港新辦，其他有《南洋日報》、《溫柔鄉》等；也有由大張變細張，三易其名的，那是始而《商報》，繼而《雷聲》，最後為《金報》的一家。[123]

四、戰後初期創辦的期刊

1946 年 10 月，滙豐銀行、怡和洋行和嘉道里公司聯合創辦英文週刊《遠東經濟評論》(*Far Eastern Economic Review*)，相信是戰後香港最早創辦的英文雜誌。重點評述亞洲國家和地區的經濟形勢，兼及政治、文化等問題，在亞洲多個國家和地區的大城市及歐美等地，均設有辦事機構或採訪網絡。該刊後由美國道瓊斯 (Don Jones) 公司控股。

1947 年 1 月，經濟學家許滌新等人創辦《經濟導報》(週刊)，重點報道中國內地和香港經濟，銷行多個國家和地區。

---

123 容若〈香港百家報紙六十年興衰〉，《明報月刊》第 46 卷第 1 期（2011 年 1 月），頁 39。

該刊的學術性較強，1961年開始出版《香港經濟年鑑》。該年鑑包括綜合論述、香港經濟概況、香港對外經濟關係、香港經濟統計、工商業便覽，較全面和系統地介紹香港經濟狀況。

香港的期刊向來並不很發達，流行雜誌都是從上海方面出版的，本地出版的雜誌，無論水準怎樣，讀者似乎都不大重視，所以能夠持久出版的不多，超過一百期的非常少。戰後初期在香港的期刊，多數都如曇花一現。（表12）當時有不少內地作家留港，從事文化活動及出版文藝期刊，例如茅盾於1948年創辦《小說月刊》，但因通貨膨脹，一般報刊很難維持，《小說月刊》的銷路不佳，很快便停刊了。[124]

表12 戰後初期香港刊物概況表

刊物	性質	地址	1947	1948	1949
雷達	週刊	大道中38號	√	√	√
忠報	週刊	大道中38號	√		
東風	週刊	大道西463號	√	√	√
香港政府公報（譯刊）	週刊	歌賦街49號	√	√	√
風雲	週刊	軒鯉詩道125號	√		
經濟通訊	週刊	金龍台3號	√	√	

---

124 有一個值得注意的現象，是香港出版的雜誌，很多都需要靠南洋華僑讀者支持，這情況一直維持到1960年代中。

經濟導報	週刊	東亞銀行七樓	√	√	√
體育報導	週刊	中天行五樓	√		
公平報	旬刊	擺花街 23 號	√	√	
太平洋雜誌	旬刊	荷李活道 39 號	√		
天下畫報	半月刊	文咸東街 32 號	√		
新兒童	半月刊	堅尼地道 120 號	√	√	√
香港公教報	半月刊	啟明行四樓	√		
時代批評	半月刊	乍菲道 124 號	√	√	
國訊	半月刊	軒鯉詩道 83 號	√		
電影與戲劇	月刊	干諾道中 133 號	√		
現代華僑	月刊	堅道 137 號	√		
自由	月刊	九龍亞士厘道 21 號	√		
健與美	兩月刊	般含道 14 號	√	√	√
中國電影	不定期刊	法國銀行五樓	√		
南金	不定期刊	莊士頓道 84 號	√		
漫畫世界	不定期刊	利源東街 18 號	√		
公論	不定期刊	禮頓山道 18 號	√		
歌訊	不定期刊	香港信箱 1360 號	√		
勞工通訊	不定期刊	波斯富街 36 號	√		
星期六	週刊			√	
體育週刊	週刊			√	

幸運週報	週刊			√	
針報（新一號）	週刊			√	
星期報	週刊			√	
人道	週刊			√	
香港學生	週刊			√	√
經濟週刊	週刊			√	
華僑工商導報	半月刊			√	
香港稅務半月刊	半月刊			√	
民治	半月刊			√	
光明報	半月刊			√	
小說	月刊			√	
電影論壇	月刊			√	
自由陣線	週刊	鑽石山上元嶺石礄村 456 號 A			√
再生	週刊	九龍洗衣街 183 號			√
南洋週報	週刊	西環太白台 3 號			√
週末娛樂	週刊				√
新聞天地	週刊	德輔道中 149 號四樓			√
週末報	週刊	干諾道中 65 號			√
體育論壇	週刊	擺花街 30 號			√
藝苑週刊	週刊	乍菲道 303 號			√

群眾	週刊	大道中 33 號二樓十號室			√
民主評論	半月刊	告士打道 64 號三樓			√
新社會	半月刊	九龍元洲街43號三樓			√
四邑新聞	半月刊	文咸東街 20 號			√
國際文摘	月刊	英皇道 334 號四樓			√
今日美國	月刊	美國新聞處			√
時代學生	月刊	干諾道中皇帝行二樓			√

資料出處：《華僑年鑑》第一回至第三回（1948 年–1950 年）

　　1940 年代後期創辦的刊物，為數更多，據載有五十四種，主要是週刊，也有旬刊、半月刊、月刊、雙月刊，以及一些不定期出版的刊物。刊物此起彼落，甚至如曇花一現，1947 年的二十五種刊物，1948 年只賸下九種，連同新辦十四種，共有二十三種。大抵亦反映了戰後社會迅速復興的現象，1948 年已開始見回落，由於中國內地爆發國共內戰和政權更替，香港局面不免受到波及。1947 年和 1948 年創辦的三十九種期刊，剩下的只有七種，連同 1949 年創辦的十五種，共有二十二種。但實際的情況不只如此，例如 1949 年還有《東風畫報》創刊，是《天下畫報》式的雜誌，更全面的統計有待調查和補充。

五、1950 年代創辦的期刊

到了 1950 年代，香港社會的生活水平逐漸有所提高，雜誌的種類亦相應增加，當中以消閒性雜誌銷路最佳，社會性雜誌次之。主要報館也有兼出雜誌的，例如《星島日報》有《星島週刊》，內容以文藝、知識、科學為主，編輯包括劉以鬯、鄺蔭泉、陳良光、徐訏、曹聚仁等。當時因競爭不大，售價五毫，且由星島報業發行，廣告已具規模，印刷沒有困難，一開始銷數便達到二萬多本，可以說是最快成功的雜誌。[125] 後於 1956 年停刊。日報為增加吸引力，附刊以專刊形式出版後隨報附送，逐漸形成一種風氣，有些讀者只於特定日子購買報紙，就是為了取得某種附刊，通常以週末或星期日較多。

1952 年 7 月 25 日創辦的《中國學生週報》，是以青年學生為對象的綜合性刊物，主要刊載港、台地區及西方的文化信息，包括評介、美術詩歌、小說等，亦注重發表青年學生的作品。銷量最高時達三萬份，讀者遍及東南亞各地的華人社會。1974 年 7 月 20 日停刊，歷時二十二年。

文藝、文化性質的刊物，包括：（1）《人人文學》（月刊），1952 年創辦，主張「為文藝而文藝」，設有「學生園地」，出版三十六期，至 1954 年停刊。（2）《文藝世紀》（月刊），1957 年 6 月創刊，發表小說詩歌、散文、譯作、評論

---

125 〈香港雜誌發展簡史〉，《香港雜誌縱橫 '83》，頁 9。

等，設有「青年文藝專頁」，出版一百五十一期，至 1969 年
12 月停刊。（3）《春秋》（月刊），1957 年 7 月創刊，有
時事、歷史、散文、詩詞、人物、藝術、旅遊等欄目。此外，
有電影雜誌《長城畫報》。

「我是山人」陳魯勁創辦的《武俠小說王》，在當時是
唯一的武俠小說雜誌。1959 年 3 月創辦的《武俠世界》（月
刊），環球出版社出版，主要刊登中篇、短篇武俠小說，兼
發科幻、推理、奇情、靈異等不同類型作品，成為香港主要
的通俗文學刊物，銷量達十萬份。

當時亦有一類「西風型」雜誌，例如 1956 年創刊的《禮
拜六》，及內容大部份轉載自《生活雜誌》的《西趣》（半
月刊）等。林語堂、林嘉音等創辦、在上海出版的《西風》，
後來亦遷到香港。這些雜誌以趣味性文章為主，專門介紹新
事物、新知識如科學新知等，譯文極多。但流行時間短暫，
不久便相繼停刊了。[126]

在 1950 年代辦雜誌是不容易的，多數只辦一、兩年而
已。主要原因有三：第一，是雜誌的水準參差不齊，雖有名
家創辦的刊物，但也有水準偏低的，往往令讀者眼花撩亂，
一時之間難以判斷。第二，是讀者還普遍沒有養成閱讀雜誌
的習慣，當時的雜誌以發行數量為主要收入，廣告不多，銷
數一旦不理想，經費不足，便無法維持下去了。第三，是政

126 〈香港雜誌發展簡史〉，《香港雜誌縱橫 '83》，頁 8。

治局勢尚未穩定，不少文化人屬過境或短暫居留性質，情況明朗後，有的返回中國內地，有的前往台灣地區，也有遠赴海外各國的，他們在香港創辦的雜誌便無以為繼了。戰後十數年間刊行的雜誌，能夠持續出版至 1980 年代或以後的，實在寥寥可數，以下是刊行時間較長的一些例子：

1、《藍皮書》，1949 年創刊，是一本以偵探小説及趣味性文章為主的雜誌，讀者不算多，因為很早便搞好外埠發行網，所以能夠維持出版。

2、《新聞天地》，卜少夫創辦，從上海遷到香港，立場偏右，在國共內戰時期報道內幕消息，因此受人注意，其後內容亦以刊載新聞內幕為主。所謂「天地間皆是新聞，新聞另有天地」，當時內地剛抵港的民眾，不少對舊中國寄望仍殷，希望短期內可以返國，因此很留心政局發展。

3、《週末報》，是左派雜誌，內容着重知識性、趣味性，以家庭知識及社會事件為主。1949 年 5 月創刊，出版三十年，至 1979 年 1 月停刊。[127]

六、1950 年代冒起的報紙

戰後初期那幾年，報界致力於恢復戰前已有的報紙；到了 1950 年代，新興的報紙逐漸湧現，而且有相當的生命力，

---

127 據《北京圖書館館藏報紙目錄》，該館藏有 1949 年 5 月至 1967 年 12 月，1972 年 1 月至 1978 年 12 月部份雜誌。

能夠在激烈的競爭中找到發展的空間。這年代創辦的報紙，以《呼聲報》為最早[128]；為人所熟知的，有《香港商報》（1952年）、《晶報》（1956年）、《明報》（1958年）、《新報》（1959年）等。《香港商報》和《明報》持續出版至今，《晶報》於1991年停刊，《新報》則於2015年停刊。當中《明報》在1970年代頗受注意，成為知識人士包括教師和大專院校學生的讀物。當時較具規模的報紙，或以從商人士為對象，或瞄準知識水平較高的讀者，內容都較為嚴肅和正經，消閒娛樂性質的版面，則放於次要或附帶的位置。以下是這幾種報紙的簡介：

1、《香港商報》：1952年10月11日創刊，其前身為附屬於《經濟導報》的小型報紙《香港標準百貨金融行情》，內容以報道財經及金融新聞為主。其後加強版面，逐步成為綜合性報紙。該報曾多次更換股東，1989年獲香港聯合出版（集團）注資一億五千萬元，成為該報大股東。1996年12月，出版電子版。1999年9月，《深圳特區報》（現為深圳報業集團）參股並入主股權，並獲中國中央授權該報在內地發行，全面向內地市場發展。《香港商報》每日出版約對開十張，有四十版左右，除港澳地區外，主要在廣東和福建銷售。

2、《晶報》：1956年5月5日創刊，其前身是1955年創刊的《明星日報》，辦了八個月，改組為《晶報》。屬綜

---

128 據《北京圖書館館藏報紙目錄》，該館藏有1950年9月至11月的《呼聲報》，未知是報紙抑或期刊，待查。

合性報紙，1960 年代中銷紙達十七萬份，僅次於《星島晚報》和《成報》，居全港暢銷報紙第三位。出版至 1991 年 3 月 15 日停刊。

3、《明報》：1959 年 5 月 20 日由查良鏞（金庸）和沈寶新創辦，初時以小報形式出版，1962 年因報道內地難民大逃亡新聞，並且收到讀者捐款救濟邊境難民，取得更多讀者支持。後來逐漸以知識分子為主要對象，受到文化界重視。「文化大革命」期間刊登大量有關消息，並有評論中國政局的文章。1991 年 3 月 22 日，明報集團上市，查良鏞持有 60% 股權，擔任董事會主席；1992 年，于品海的智才顧問管理有限公司宣佈收購該報，並取得控制權。1995 年 10 月，馬來西亞商人張曉卿購入明報企業股份，成為該報最大股東。

4、《新報》：1959 年 10 月 5 日創刊，創辦人羅斌。早期以賽馬消息、連載小說等吸引讀者，由「叔子」執筆的馬經版更受讀者歡迎。[129]1969 年增出《新星日報》，1970 年 2 月出版《新夜報》。1988 年初，以新系機構名義在股票市場上市；至 1990 年代，英皇集團主席楊受成購入股權，成為大股東，出版至 2015 年中停刊。

此外，還有 1959 年創刊的《循環日報》（與 1874 年創刊的《循環日報》同名），稍後在 1960 年代改名為《天方夜報》，又出午報，名為《正午報》。《新晚報》、《香港商

129《香港報業五十載印記——香港報業公會金禧紀念特刊》，頁 16。

報》、《晶報》和《循環日報》，都是「左報」；至於「右派」的新報，則有《自然日報》和《真報》等。兩派的政治角力，促使香港報紙大發展，亦出現大分化，這是 1950 年代的一大特色。[130]

總括來說，1950 年代香港約有三十多家新辦的報紙，當中有的是由黨派經營，有的是小本經營，此起彼伏，久暫不一，時至今日仍在出版的，只有《香港商報》和《明報》兩種而已。報紙停刊的原因主要有三：一是政治考慮，二是經濟狀況，三是人事變遷。文人辦報的傳統開始逐漸褪色，文人辦刊的現象趨於活躍。

第二節　各類型報刊湧現的熱潮

一、漫畫書刊和兒童雜誌的興起

香港第一份兒童文學雜誌，是曾昭森創辦、黃慶雲主編的《新兒童》（半月刊），創於 1941 年 6 月 1 日，出版了十三期，便因香港淪陷而暫時停刊。翌年 10 月在桂林復刊，出版至第五十五期再度停刊；1945 年 10 月在廣州出版了兩期，1945 年 10 月在香港再度復刊，1949 年 11 月出版第一五一期後終刊。[131]

---

130 容若〈香港百家報紙六十年興衰〉，《明報月刊》第 46 卷第 1 期（2011 年 1 月），頁 39。
131 梁科慶著《大時代裏的小雜誌——《新兒童》半月刊（1941-1949）研究》（香港：匯智出版有限公司，2010 年），頁 64-71。

隨着畫報的風行，兒童漫畫於 1953 年頗為蓬勃。自東風畫報公司出版《小安琪》後，續出《大頭仔》、《森林王子》、《芸姐姐》等，另有《龍仔》、《王先生》等，競爭也很激烈。1950 年代後期，報紙紛闢「兒童版」；新創的兒童雜誌，1957 年有《兒童之友》，1958 年有《兒童生活》，1959 年有《小朋友畫報》、《幼童畫報》和《快樂兒童》等。推其原因，相信是第二次世界大戰後，還有國共內戰結束後，社會逐漸恢復穩定，兒童數目漸多，閱讀書刊和漫畫在他們的成長過程中，佔有重要的位置。

接着，1960 年有《小良友畫報》、《好少年》、《兒童報》創刊，1961 年有《兒童園地》，1963 年有《好兒童》、《好孩子》、《小天使》、《小朋友天地》、《兒童畫報》，1965 年有《幸福兒童》等。其中以《兒童樂園》較受歡迎，廣為人知。[132]

漫畫書刊的讀者除兒童外，也有不少成年人，1960 年代初甚至有漫畫雜誌「一窩蜂」湧現的現象，包括 1961 年的《漫畫週報》（後來改為《漫畫日報》）、《七彩漫畫》，1962 年的《漫畫天下》、《新漫畫》、《時代漫畫》、《漫畫世界》，1963 年有《香港漫畫》、《漫畫天地》、《每日漫畫》、《今日漫畫》、《漫畫報》，1964 年有《漫畫樂園》、《天天漫畫》、《中國漫畫》，1965 年的《好漫畫》、《大漫畫》等等。[133]

---

132 〈香港雜誌發展簡史〉，《香港雜誌縱橫 '83》，頁 9。
133 同上註。

自從電影、電視先後在香港社會普遍起來，成為香港大部份市民的主要娛樂之後，讀者的興趣，已轉移到影視新聞和相關報道了。加上電視台時常播放美國和日本的「卡通」片集，動畫領先的動漫時代來臨，本地漫畫的熱潮逐漸消退，美、日漫畫遂成新一代的寵兒。

二、1960 年代創辦的日報

1960 年代創辦的報紙，包括《天天日報》（1960 年）、《天下日報》（1961 年）、《快報》（1963 年）、《東方日報》（1969 年）等，各有自己的特點和對象，不比此前的報紙遜色。晚報更多，先後有《新聞夜報》、《南華晚報》、《天下夜報》、《中聲晚報》和《明報晚報》，連同馬經、狗經和銀壇消息之類的報刊，消閒讀物普遍流行。

《天天日報》創於 1960 年 11 月 1 日，由香港二天堂印務公司創辦，韋氏家族藥廠持有，韋基澤、韋基舜為創辦人，是香港首份全彩色印刷的綜合性報章，1977 年 8 月，由妙麗集團接手經營。1985 年，何世柱夫婦接手經營，至 1987 年，玉郎國際集團主席黃玉郎購入《天天日報》70% 股權。1990年，星島集團收購玉郎國際。1998 年，金鋼資本收購擁有《天天日報》控制權的文化傳信。2000 年 6 月，被電宇國際收購；7 月 20 日，《天天日報》出版權問題，經終審庭裁定，由會計師鄭潤成持有的「天天國際」所得。2000 年 9 月 8 日，「電宇國際」宣佈《天天日報》停刊，改以《公正報》和《人人

日報》（後改為《A報》出版）。

1961年1月，陳勁、朱榮熙合資創辦《天下日報》，每日出紙對開一張，四版，以小市民為對象，主要刊登香港社會新聞、馬經、狗經、言情及武俠連載小說，以及命相、風水、醫藥等雜品。該報於1967年至1968年間創辦《天下夜報》，停刊時間待查。

《快報》創於1963年3月1日，原為星島報業集團董事長胡仙佔大股份創辦的報紙；胡仙、酈蔭泉、胡爵坤為創辦人，但並不隸屬星島報業集團，為綜合性新聞報章。1991年，南華集團向胡仙購得控制股權。1995年12月16日，《快報》因受報業減價戰衝擊而停刊。1996年10月28日復刊，強調走政治、經濟及馬經路線，1998年3月16日再度停刊。其後第三度復刊。《快報》的主要版面有新聞、財經、股市、馬經、體育、娛樂等，闢有「財經快訊」、「城市快拍」、「快人快語」、「快活」、「快意」、「快姿態」、「文化地帶」、「音樂市場」等專欄。

1964年間，有多份報紙開始隨報免費附送星期增刊，最初是《南華早報》附送英文版《亞洲雜誌》，接着《星島晚報》附送中文版《亞洲週刊》，《明報》附送《東南亞週刊》，《南華晚報》附送《星期畫刊》，《天天日報》附送《天天週刊》等。

1965年3月5日，英文《星報》（*The Star*）創刊，由

澳洲籍人士曾競時（Jenkiness）創辦；其後又於 1969 年創辦中文《星報》，是綜合性新聞報紙。1980 年轉售予胡仙，中、英文《星報》均出版至 1984 年 5 月 13 日停刊。

　　1969 年 1 月 22 日，《東方日報》創刊，是綜合性新聞報紙，創辦人是馬惜珍。該報於 1973 年後銳意改革創新，突出新聞報道與社會服務，在走通俗路線的同時，充實報紙版面。1977 年開始，一直高踞香港報紙銷量榜首。1987 年，東方報業集團上市。1999 年 3 月，同時出版《太陽報》及《太陽馬經》。直至 2010 年代中，《東方日報》和《太陽報》均在本港報紙銷量三甲之列。《東方日報》每日出紙二十五至三十大張，約有一百版，闢有「產經直言」、「市場熱線」、「龍門陣」等專欄。除港、澳外，還發行美、加、歐洲的華人社區。《太陽報》於 2016 年停刊。

　　隨着電視廣播的普及，1969 年還有一種《電視日報》創刊，是消閒性報紙，以報道影視界動向及娛樂新聞為主。每日出紙對開三大張，共十二版。1995 年底，該報在報紙減價戰中停刊。

　　總的來說，1960 年代新辦的報紙多達七十種，數量是 1950 年代新辦報紙的一倍，大部份都是小本經營。[134] 報紙的收入靠廣告多少和銷紙數量，綜合性報紙較重視廣告，小規模的報紙則靠吸引讀者競逐銷路，聲色犬馬之類的題材佔據

134《香港報業五十載印記——香港報業公會金禧紀念特刊》，頁 21。

了這些報紙的篇幅。

1967 年，香港發生「六七暴動」，報紙內容的重心改以香港新聞為主，逐漸改變了一向以來重視報道國際消息的傳統。當時的報紙有「左派」、「右派」之分，立場各以共產黨、國民黨的觀點為據，新辦報紙多強調中立，淡化政治色彩。總的來說，仍以「中間偏右」的立場居多。不少報紙的版頭，仍然印有「中華民國」年號。[135] 直至 1997 年香港回歸前，隨着一些「右派」報紙的停刊，這現象才逐漸減少。

三、戰後娛樂報刊的風行

相對於正經、嚴肅的「大報」、坊間又有不少消閒、娛樂性質的「小報」。這些售價五仙、一角的消閒報紙，是普羅大眾的重要娛樂之一，他們在下班時買一、兩份回家，晚上看報消磨時間。每天下班時間，報攤就出現「拍拖報」，把兩份報紙摺疊在一起，一份報紙的價錢可以買到兩份不同的報紙，通常是一份「大報」搭一份「小報」，或者一份較暢銷的搭一份較少人買的，配對變化萬千，任人選購。所以不少讀者，是既看「大報」又看「小報」的。

《真欄日報》是香港娛樂新聞報紙的鼻祖，甚受讀者歡迎。該報是戰後初期西安輪大火後，報紙代理商梅亨創辦的報紙，顧名思義，以登載粵劇消息為主。「真欄」一詞，最

---

135 《香港報業五十載印記——香港報業公會金禧紀念特刊》，頁 31。

早見於 1930 年代刊載各個粵劇戲班「埋班」（即組合成團）消息的報紙，類似今日的特刊。每年夏季，各班主埋好班後，便有人出版一份「真欄」，沿街呼賣，大聲叫喊：「真欄，真欄，新埋三十六班。」這三十六班是省港班，專在廣州、香港上演粵劇。除此之外，還有許多「落鄉班」和「過山班」。「落鄉班」是到四鄉演戲的戲班，多在省港沒有立足地，出外表演時乘坐「紅船」，即接載戲班前往四鄉的船隻；但「過山班」要到偏僻地區演戲，便只能靠雙腿走路了。

梅亨記在中環永樂街，面對干諾道中海旁，當時代理《成報》和許多報紙，是有名的報紙代理商之一。1947 年 2 月 4 日凌晨四時左右，梅亨記的夥計（伙記）早已起來工作，從窗口外望，見濃煙直衝雲霄，又有火舌噴出，梅亨立即着人前往觀看，夥計回報說來往港穗兩地的西安輪發生大火。這是香港開埠以來一次重大的海難事件，死傷二百餘人。當時《成報》已將部份印好的報紙送到梅亨記，梅亨知道西安輪大火的消息後，馬上打電話告知《成報》負責人，該報於是立即派人到場採訪，成為當日報紙獨家新聞報道，出紙後異常暢銷。

粵劇在戰後香港很盛，薛覺先、馬師曾、紅線女、新馬師曾、任劍輝、白雪仙、鄧碧雲、芳艷芬、陳錦棠等名伶均組班演戲，有不少戲班，所以《真欄日報》的銷路不錯。1950 年代前後粵劇興盛的情況，從《真欄日報》可見一斑。該報後來為了加強內容，聘小説家余寄萍為總編輯，由梅亨

撥出固定稿費，而由余寄萍約文友執筆，這種「包副刊」的制度，在戰前和戰後一段時間是頗為流行的。余寄萍又請雷雨田為助理總編輯，他以繪漫畫《烏龍王》而享譽一時；當時在《真欄日報》副刊撰稿的，還有一些名家。[136]

余寄萍筆名怡紅生，專寫愛情小說，當紅的時候每天寫七、八篇小說，有的是自己寫，有的則只對着錄音機講，再請人照講話內容筆錄。以寫怪論著名的三蘇（原名高雄），也是這樣。

1947 年創刊的《紅綠日報》，是單張小報，創辦人任護花在副刊中撰寫以三角碼頭為背景、名為《牛精良》的連載小說，受到讀者追捧。[137] 該報只報道小量港聞，內容以娛樂和有色情成份的副刊為主，在這類報紙當中，銷路甚佳。至 1980 年代末，該報改名《港人日報》，增加新聞內容，以基層市民為主要對象。

1949 年創刊的《超然報》（亦稱《小說超然報》），內容以小說和馬經、狗經為主。1950 年創辦的《老五馬經》，社長是任達年，以術數預測作為賣點，至 1995 年《華僑日報》停刊後，成為荷李活道眾多報館僅存的一家。[138]1960 年代，專業馬經有《老吉》、《天皇馬經》、《馬路》、《冷門》、《虎眼》等，由於賽馬活動漸見蓬勃，馬經報紙有所增加，不少

136 李家園《香港報業雜談》，頁 115-117。
137 《香港報業五十載印記——香港報業公會金禧紀念特刊》，頁 15。
138 《荷李活道》，頁 197。

報章都擴充「馬經版」，爭相刊登馬經消息。澳門賽狗亦是普羅大眾喜歡的消遣玩意，《新晚報》、《新生晚報》等設有「狗經版」。1960 年代創辦的《香港夜報》、《田豐日報》和《新午報》被視為「馬經報」，《正午報》則是最暢銷的「狗經報」。

1960 年代創辦的《銀燈日報》，是本地首份彩色印刷的娛樂報紙；另外，1967 年創辦的《新燈日報》，專門刊載電影、電視內容和言情小說，報道藝人生活和相關消息。前面提到1969 年創辦的《電視日報》，也是專門報道歌壇和影視藝人消息的報紙。以雜誌形式出現的刊物，就更多了。例如 1970年劉亞佛創辦的《銀色世界》（月刊），內容主要介紹香港電影和影人，也報道內地、台灣和國外的電影動態，每期均有多幅「銀色世界之星」彩照。出版至 1996 年停刊。

四、晚報的高峰時期

1945 年 4 月 1 日，《華僑晚報》創刊，是戰後香港第一種晚報，全盛時期每日出版兩次。《工商晚報》和《星島晚報》相繼復刊，此外又有《新生晚報》、《新晚報》（戰前曾有一份同名報紙）的創辦。《新生晚報》創於 1945 年 12 月 23 日，以副刊內容著稱；《新晚報》創於 1950 年 10 月 5 日，是與《大公報》同系的晚報，內容以白領階層的閱讀口味為主，甚受讀者歡迎，因刊登連載武俠小說，成就了梁羽生、金庸等知名武俠小說作家。到了 1960 年代，先後出現五種新的晚報（其

中兩種稱為「夜報」）：

1、《新聞夜報》——1960 年 7 月 29 日創刊，創辦人是王故。該報強調報道當天發生的香港消息及國際新聞，並且能於即日出版，自稱為香港報業史上第一張「夜報」，以基層市民為讀者群。

2、《南華晚報》——1961 年至 1962 年間創刊。

3、《天下夜報》——1967 年至 1968 年間創刊。

4、《中聲晚報》——1967 年至 1968 年間創刊，後改為日報。按：1958 年間已有一種《中聲晚報》刊行，未知只是同名報紙，抑或是同一家晚報，待查。[139]

5、《明報晚報》——1969 年 12 月 1 日創刊，是《明報》姊妹刊，以報道財經股市消息為主，創辦人為查良鏞，出版至 1988 年 9 月 1 日停刊。

鼎盛時期多達十種，是晚報的黃金時代。各報多有本身的特色，例如《新生晚報》以副刊內容見稱，《星島晚報》不單注重報道法庭新聞，娛樂消息亦十分獨到。總的來說，晚報除了盡早以第一時間報道當天發生的重大事情，副刊內容都較吸引讀者，尤其是連載武俠小說、言情小說等，成為藍領階級和白領階級日常的消閒讀物。據說一份辦得成功的

---

139 據《北京圖書館館藏報紙目錄》，該館藏有 1958 年 1 月至 5 月的《中聲晚報》。

晚報，其盈利甚至足以養活日報。[140]

《星島晚報》盛時，每日出版四至五大張，達二十多版，日銷十多萬份，居香港晚報之首。逢週日增出《星晚週刊》，隨報附送。不過，由於社會急劇發展，生活節奏越來越快，加上電子媒體的出現，人們對晚報的需求逐漸減少。1980年代中開始，《工商晚報》、《華僑晚報》、《明報晚報》等紛紛停刊，《星島晚報》和《新晚報》於1990年代後期結束，香港自此進入一個沒有晚報的時代。（表13）

表13 香港主要晚報一覽

名稱	創刊日期	停刊日期
工商晚報	1925年11月15日（香港淪陷時期停刊，戰後復刊）	1984年12月1日
星島晚報	1938年8月13日（香港淪陷時期停刊，戰後復刊）	1996年12月18日
華僑晚報	1945年4月1日	1988年4月1日
新生晚報	1945年12月23日	1976年1月
新晚報	1950年10月5日	1997年7月27日
新聞夜報	1960年7月29日	待查
南華晚報	1961、1962年間	待查
天下夜報	1967、1968年間	待查
中聲晚報	1967、1968年間（1958年有同名晚報刊行）	待查
明報晚報	1969年12月1日	1988年9月1日

---

140 《香港報業五十載印記——香港報業公會金禧紀念特刊》，頁26。

當時經營晚報的招數很多,主要是在兩方面:第一是報紙內容,報人韋基舜説,《南華晚報》、《真報》以刊載舞場消息吸引讀者,例如哪個舞小姐轉了場、哪個舞場發生桃色事件之類,同樣有許多捧場客。第二是出版時間,有的報商為了吸納茶客,會在下午一、二時之前出版晚報;有些晚報則會在下午二時出版,出版時間主要視乎印刷與發行的地點而定。以《星島晚報》為例,因編輯部在港島灣仔道,相當接近發行地點,因此可以盡量搜集日間發生的新聞消息,然後趕緊編印,以應付下午四、五時的下班時間。[141] 一般大眾並不富裕,一角幾分的一份報紙,就可以消遣一個晚上,這是晚報受歡迎的原因。

　　1950 年代的中文報紙已有「馬經版」,是專為報道香港賽馬而設;踏入 1960 年代,大小各報都普遍有「馬經」,很多人都養成「刨馬經」的習慣,甚至當成是日常生活的一部份。有些名為「夜報」的報紙,實際上是「馬經報」,加點新聞,和設有副刊而已。按照出紙時間,當時的報紙可以分為「早報」、「午報」和「晚報」,但晚報出紙時間不一,夜報也有在晨早出紙的。據説《紅綠晚報》、《掃蕩晚報》、《中英晚報》、《中聲晚報》都是「早報」,《新生晚報》、《工商晚報》、《華僑晚報》則是「午報」;《新晚報》下午三時出紙,《星島晚報》下午四時出紙,才算得是「晚報」。《新

---

141 〈報人訪問——韋基舜〉,《香港報業五十載印記——香港報業公會金禧紀念特刊》,頁 28。

聞夜報》、《天皇夜報》、《香港夜報》（原名《香港人報》）、
《華人夜報》（《明報》的姊妹報）、《世界夜報》等，都是「早
報」。同類報紙中，只有1969年創刊的《早報》名副其實。
「同年又有一家有夜味而無夜名的報紙創刊，那是中文《星
報》。」[142] 當時報攤眾多，晚報在不同地區售賣的時間是有
差異的。報攤在晨早忙於處理各大報紙，稍後才擺放晚報；
邊遠地區需要較長的送報時間，可能在晚報出紙後一、兩小
時才在報攤出現。不少人有一天看兩三份報紙的習慣，晨早
飲茶時看日報，中飯時再買一份，下班時則買晚報帶回家，
所以「晚報」對讀者來說，也可以理解為晚上才閱讀的報紙。
此外，還有兩報聯合出版的情形。1978年至1979年間，有《天
皇夜報》、《真報》聯合版，原為《真報》，而以《天皇夜報》
招徠顯然是為了增加銷路。[143]

五、1960年代創辦的期刊

1960年有兩種新刊出現，一是《香港佛教》，主要欄目
有「隨筆禪語」、「佛教人物」、「佛教寺塔」、「禪畫藝術」、
「講經說法」、「海外佛教」等，是早期具代表性的佛教刊物；
二是《攝影藝術》（月刊），主要刊登中外攝影佳作，報道
攝影動態，採訪攝影界名人，介紹攝影科技新產品，並開展

---

142 容若〈香港百家報紙六十年興衰〉，《明報月刊》第46卷第1期（2011年
　　1月），頁39。
143 據《北京圖書館館藏報紙目錄》，該館藏有「天皇夜報、真報聯合報」由
　　1978年9月至1979年1月以後，下註「原名《真報》」。該館藏有1953
　　年11月至1978年8月《真報》（部份），下註1978年9月1日起改名「天
　　皇夜報、真報聯合版」。

對攝影藝術的研討和交流，開攝影雜誌的潮流。

　　承着 1950 年代的風氣，1960 年代初的定期刊物已見可觀，坊間較易得見的，有《文學世界》、《中國評論》、《民主評論》、《文壇》、《天文台》、《聯合評論》、《星島週報》、《時代批評》、《人生》、《新聞天地》、《祖國週刊》、《大學生活》、《中國學生週報》、《燈塔》、《青年週報》、《好少年》、《兒童樂園》、《兒童報》、《華僑文藝》、《南國電影》、《新社會》、《展望》等。畫報方面，有《幸福》、《亞洲》、《東風》、《良友》。[144]

　　1960 年代創辦的雜誌當中，文藝刊物頗具代表性。1962 年 6 月創刊的《華僑文藝》，初為月刊，作者多在海外，共出十二期；1963 年 7 月改名《文藝》，原因是南洋很多地方排華，不准該刊入口，漸多香港本地年輕作者發表作品，1965 年 1 月出至第十四期後停刊，計共二十六期。

　　1963 年 3 月創辦的《好望角》（半月刊），李英蒙、崑南、文樓等人合辦，推介西方存在主義文學和哲學思想，同年出至第十三期後停刊。《好望角》與此前創辦的《文藝新潮》、《華僑文藝》及《文藝》，走的是現代主義路線，介紹了不少西方現代主義文藝作品，使現代主義創作，包括現代詩、現代畫等，得以在本地開展，並進行理論探索。

144　黃天石〈二十五年來之香港報業〉，《星島日報創刊廿五週年紀念論文集》，頁 122。

較為人所熟知的，是《當代文藝》和《純文學》兩種刊物。《當代文藝》（月刊）創於 1965 年 12 月，徐速主編，香港高原出版社出版，出版至 1984 年 8 月停刊。後於 1999 年 2 月復刊，改為雙月刊，刊號稱新一期，亦稱總第一八三期。《純文學》（月刊）創於 1967 年 4 月，1972 年 8 月改為雙月刊。

　　1960 年，《新中華畫報》設副刊《攝影俱樂部》；1963 年 7 月出至第二十五期後停刊，1964 年改組為《攝影畫報》（月刊）。該刊由攝影家陳復禮等創辦，主要欄目有「攝影論壇」、「佳作欣賞」、「走訪世界」、「名家談攝影」、「影展擷英」、「攝影技術」、「報道攝影」、「旅遊攝影」、「專題攝影」、「商業攝影」、「數碼講場」、「新產品」、「讀者專欄」等。其後停刊，至 1980 年 10 月復刊，改稱《攝影藝術》，1997 年出至第一五二期。攝影刊物在戰後香港有一批讀者，是形象較鮮明的雜誌品種之一。

　　1965 年 3 月，《讀者文摘》（Reader's Digest）中文版創刊；月刊，三十二開本，一百五十多頁，裝訂與一般書籍相若。主要欄目有「各國書摘」、「各地珍聞」、「人物」、「時事世風」、「生活與環境」、「健康」、「珠璣集」、「小說」，以及「各行各業」、「浮世繪」、「校園逸趣」、「醫學快訊」、「環宇風采」等。廣受知識界和中學生歡迎，銷量多達二十餘萬冊。1966 年 1 月，《明報月刊》創刊，時論政事與學術文化兼顧，刊登不少專家學者著述，論文和隨筆均有，

在知識人士和大學生群體中備受重視。這兩種月刊出版至今，已逾半個世紀，在中文期刊史上，創下了長壽的紀錄。同時期出版的，還有《詩壇》、《海光文藝》、《文藝伴侶》等文學性質的雜誌。

1968 年，明報集團創辦《明報週刊》，主要欄目有「銀色珍聞」、「時事特稿」、「政經專欄」、「明家專頁」、「雜文專欄」、「小說連載」等，是以娛樂新聞專題為主打的綜合性週刊，甚受讀者歡迎，成為同類刊物的典範。與時並進，刊行至今已四十多年，同時出版兩種大小不同的開本，照顧了部份長期讀者的閱讀習慣，既保持作風和形象，又能展示現時一般週刊的「身量」。坊間所見，較大開本有逐漸減少的現象，時移世易，難以逆轉，情況就像香港樓盤單位，除了少量「豪裝」，越來越「精緻」了，字體縮細是坊間不少雜誌普遍的情形。

第三節　社會發展與報業成長

一、財經報刊的興起

1973 年 7 月 3 日，《信報財經新聞》（簡稱《信報》）創刊，是香港第一家以財經新聞為主要內容的中文日報，以金融界、經濟界和工商界人士為讀者對象，社長林山木（筆名林行止）。創辦之初，正值香港股市從高峰滑落之時，即以獨家財經專業角色切入香港股市低潮，引人注目；林行止

每天撰寫的財經短評，富於學術氣，在香港報紙中自成一家。各版的短論和雜文，既以專業財經人士為對象，也都講究文采品味，吸引了一批閱讀水平較高的讀者。

《信報財經新聞》每日出版八大張，共三十二版，主要版面有政經要聞、經濟評論、上市公司消息、政情與政策、股市、基金、地產、國際評論、副刊、文化等，闢有「談股論市」、「政法縱橫」、「繁星哲語」、「大陸素描」、「法人談法」等欄目。除發行港澳地區外，還有航空版銷往美、加、歐洲華人地區。

《信報財經新聞》於 1977 年 4 月創辦《信報財經月刊》，十六開本，每期一百三十多頁，以經濟界、工商界高層人士及專業知識人士為主要對象。內容包括政治、經濟、文化及民生等方面，而較側重經濟分析、金融股市、市場報道等，間亦介紹經濟學術理論。影響之下，相繼有財經刊物出現。例如：

1、《經濟一週》——1981 年創刊，十六開本，每期六十多頁，主要報道香港財政、金融、地產、股市和分析經濟變化走勢等。

2、《香港市場》——1983 年 9 月由華潤集團屬下的華潤貿易諮詢公司創辦，十六開本，每期八十多頁，內容以報道香港經濟貿易動向和市場信息為主。

3、《每週財經動向》——1989年5月創刊，十六開本，每期六十多頁，從多角度、多層面評析香港、內地及國際金融、股市、期貨及物業發展動態。

1980年代的財經專業報紙，還有《財經日報》，1981年4月30日創辦，出版至1986年3月29日停刊。1988年1月繼有《香港經濟日報》創刊，每日出版二十多張、八十多版，有新聞、財經、金融、股市、物業、副刊等，開設「經濟廣場」、「投資專題」、「國事港是」、「商業軟件」、「資訊」、「眾志」、「風語」、「世情」、「文化前線」、「生活潮流」等欄目。發行港、澳、台及海外華人地區。《信報財經新聞》和《香港經濟日報》均持續出版至今，反映了香港作為金融中心的需要，經濟活動及金融股市消息，在社會上普遍受到重視。這兩種報紙的副刊和專欄文章各有特色，吸引了一批讀者。

必須指出，在財經專業報紙出現之前，香港已有以商業新聞報道作為定位的報紙，例如《工商日報》和《香港商報》。不過這些報紙的服務對象是工商業，並非以金融業、地產業為主，1960年代的《星島日報》和《華僑日報》，雖然有金融版，但所佔篇幅有限；直至《明報晚報》創刊，才以財經消息為主。[145]《明報晚報》可以說是1970年代香港財經專業報紙的先驅。

145《香港報業五十載印記——香港報業公會金禧紀念特刊》，頁34。

二、三大中文報紙概況

第二次世界大戰前，《中外新報》、《華字日報》、《循環日報》並稱香港早期三大中文報紙，其影響力主要是在 19世紀末、20 世紀初，且於 20 世紀前期停刊。1920 年代中，《華僑日報》、《工商日報》先後創辦；1930 年代末，繼有《星島日報》刊行。戰後這三家報紙在人力、機器、成品方面皆具規模，成為 20 世紀後期三大中文報紙。資深報人容若指出，「大」的標誌有三：

> 資本雄厚，每天兼出日報和晚報，一也；香港官方特准刊登有法律效力的廣告，二也；版面齊備，國際、國內、本地、經濟、體育等新聞獨立成版，副刊內容豐富，文化、娛樂、服務等等，一應俱全，三也。[146]

在 1950 年代至 1960 年代，各報出紙約三大張，售價初為一角，後來加至兩角，以當時報界標準來説，已屬偏高。由於內容充實多元，版面佈局的豐富程度，有如現時的綜合新聞報紙，包括國際消息、中國大事、本地新聞，又有經濟、體育、交通及副刊等專版，此外還有讀者版或社會服務版等，因此售價較高是一般讀者所接受的，工商機構、學校、社團等甚至有讀報習慣的家庭亦樂於訂閲。

當時的報紙通常把國際消息或中國大事置於頭版，香港

---

146 容若〈香港百家報紙六十年興衰〉，《明報月刊》第 46 卷第 1 期（2011 年 1 月），頁 38。

新聞反而居於次要的位置。1960年代初，香港逐漸發展成為國際航運重鎮，交通、航運方面消息倍加重要，三大報紙固然有詳細報道，就是其他兩張紙的日報也闢有航訊版。很多讀者重視體育版，足球消息尤受歡迎。在今日看來，這些版面都是報紙常設的版面，在1950年代和1960年代是大報才可以有的氣派。[147]《華僑日報》持續出版了七十年，於1995年停刊；《工商日報》在日佔時期中斷，戰後復興，至1984年停刊，有五十幾年歷史。《星島日報》刊行至今，七十多年來在中文報業舉足輕重。（表14）

表14　戰後香港三大中文報刊

名稱	創刊日期	刊行情況
華僑日報	1925年6月5日	1995年1月12日停刊
工商日報	1925年7月8日	1984年11月30日停刊
星島日報	1938年8月1日	刊行至今

三、香港報業的文化現象

戰後香港發展成為一個漸趨繁榮的重要都市，報業隨着興盛起來。人口三四百萬眾，報紙每日銷數達七十萬份，平均每六個人就買一份報紙，在世界上是很罕有的。據1960年代初統計，香港有日報四十家，定期刊物一百種以上，說得上是百花齊放，但在迅速發展的情況下，必然出現良莠不齊

147《香港報業五十載印記——香港報業公會金禧紀念特刊》，頁8-14。

的現象，因而有報人大聲疾呼，「希望此間的大報館，不要單做到大報館，更要進一步做到有地位的報館。」又指出「一份報紙的價值不在它數量之多，材料之富，最重要的是估計它的精神價值」，報人有其應盡的天職。「報紙是現代智識的泉源，必須經過消毒，清濾，才能像日光空氣般，豐富人類的生命。這是我們報人自贖自救的時候了！」[148]

1970 年代前後，香港報業發展成為一種很獨特的文化現象，在華人社會中舉足輕重，影響及於海外。扼要地說，具有以下三個特色：

首先，就報紙的規模和內容而言，是大小報並存的，不過逐漸出現「小報大報化」的情形；與此同時，「大報小報化」的現象也是很明顯的，而且成為一種趨勢，小報的特色盡由大報包攬。小報林立的時代，雖然良莠不齊，但讀者可以自由選擇，格調高的報刊亦不乏有人問津。報刊少了個性和特色，面目就開始模糊了。

其次，就報業的性質和類型來說，綜合性報紙仍為主流，分門別類，版面豐富，篇幅亦多；專門性質的報紙尤其是財經型報紙持續力強，娛樂性報紙則為社會大眾所歡迎。但綜合與專門之間的界限有漸趨一致化的傾向，娛樂新聞式的報道手法和誇張用語有氾濫的現象。

---

148 黃天石〈二十五年來之香港報業〉，《星島日報創刊廿五週年紀念論文集》，頁 123。

再者，從讀者對象和辦報理念考慮，在大眾化報紙和小眾化報紙之外，家庭式報紙在一定程度上仍受歡迎，一份報紙照顧了家庭中不同成員的興趣，藉此爭取家庭訂閱。但隨着家庭成員學識水平和閱讀興趣的差異，加上電視越來越普及，報紙作為工餘飯後遣興消閒的時代，已逐漸褪色了。

1960 年代湧現大批新辦的報紙，原因之一，是相對於經營其他行業，辦報的成本並不算高。當時只須向香港政府繳付一萬元港幣的保證金或人事擔保，即可辦報，一旦惹上官非，就算報館老闆逃走，亦可以從保證金中扣除罰款。創報者只要集結一些志同道合的人，即可應付人手方面的問題。[149]但因競爭激烈，如果資金不足，或者經營不善，報紙銷量欠佳，很快就無以為繼，以致一些報紙刊行時間很短，有如曇花一現，致使報界時常出現此起彼落的現象。

香港經濟在 1970 年代起飛，工商業興盛發展，報紙上有關新聞的報道，亦趨於多元化。市民由於收入增加，願意花錢多買一兩份報紙，報業呈現一片蓬勃氣象，據統計，平均有一半人以上閱讀報紙，每天用於讀報的時間，約為三十分鐘。1973 年政府實施九年免費教育，戰後成長的一代普遍得到接受教育的機會，讀者對報紙內容的要求，亦因而有所提高。不過，坊間仍然不乏小眾趣味的報紙，1972 年王世瑜（筆名阿樂）創辦的《今夜報》，日銷五萬餘份，他如《新夜報》、

149《香港報業五十載印記——香港報業公會金禧紀念特刊》，頁 30。

《星夜報》、《真夜報》和《珍夜報》等，亦盛極一時，直至 1980 年代後，才相繼停刊。

在 1970 年代湧現的馬經、娛樂、財經報紙，為數是相當多的。但 1974 年由於全球性鬧紙荒，紙價暴漲，香港四十家中文報紙聯同調整售價為每份三角，其後平均每年調整售價一次。1976 年中，政府當局於憲報刊登《嚴厲取締色情刊物》新法案，並三讀通過，以取締《淫藝展覽物條例》法案，違者可被罰款十萬元及入獄三年。此舉使色情刊物受到管制，在文字和圖片方面不致於過份誇張和暴露。[150]

漫畫家上官小寶及其弟上官小威於 1975 年創辦的《喜報》，是一份漫畫報章，1980 年代不少著名漫畫家如馬榮成、牛佬、趙汝德等，都是在該報上發表漫畫作品而發跡的。

四、多元化的雜誌世界

踏入 1970 年，香港的雜誌展現了前所未有的嶄新氣象。除以一些在 1950 年代和 1960 年代創辦的刊物繼續出版外，1970 年 2 月，李怡創辦時事政論月刊《七十年代》（月刊），以評析海峽兩岸的政經形勢為主要內容，欄目包括「神州大地」、「海峽兩岸」、「台灣話題」、「香港視角」、「國際視野」、「東瀛寄語」、「藝苑擷英」等。1980 年代初，因為有一種名為《八十年代》的刊物出現，《七十年代》於

---

150 《香港報業五十載印記——香港報業公會金禧紀念特刊》，頁 37-38。

1984 年 5 月改名《九十年代》，出版至 1998 年 5 月停刊。繼起的同類型雜誌，是 1972 年 10 月創刊的《廣角鏡》（月刊），該刊主要報道中國內地與港台動態，有「中南海新動向」、「神州大地」、「世界之窗」、「台港澳傳真」等。

女性雜誌方面，有 1970 年 10 月創刊的《姊妹》（雙月刊），主要內容是時裝、美容、家政及影視、娛樂消息，也刊登小說和雜文。同期創刊的一些專門刊物，則以男士為主要對象：同於 1970 年創辦的《攝影世界》（月刊），內容是攝影名人名作、世界華人攝影動態、攝影技巧及攝影器材介紹等；1972 年 6 月創刊的《汽車雜誌》（月刊）主要刊登各國名車及最新汽車製造動態；1972 年 11 月創辦的《足球世界》（雙旬刊），介紹世界足壇動態及報道最新賽事、著名球星消息。

文學期刊，有 1972 年 11 月創辦的《海洋文藝》，初為雙月刊，1975 年 4 月改為月刊。主編是吳其敏，刊登的作品有小說、散文、詩歌、評論、譯文、史料等，亦有介紹香港和內地、台灣文壇動向的文章，出至 1980 年 10 月停刊。1972 年還有《詩風》雙月刊的創辦，黃國彬、羈魂等主編，除發表詩作及詩評外，還有西方現代詩的譯介。該刊對香港的詩歌創作有較大影響，出版至 1984 年 6 月停刊。

青年學生刊物方面，1974 年 1 月創辦的《突破》月刊，主要報道學校生活及探討青年心理建設，刊登時事述評、散

文隨筆等，帶有基督教色彩。1975 年 10 月創辦的《大拇指》，是文學性質的刊物，當中有不少新人作品，至 1987 年停刊。

1975 年，英文《亞洲週刊》（*Asia Week*）創刊，是綜合性時事雜誌，其後於 1987 年 12 月有中文《亞洲週刊》的創辦。1970 年代後期創辦的雜誌，主要有以下幾種：

1、《號外》(月刊)──1976 年 10 月創刊，主要報道電影、電視、戲劇、音樂、賽馬、時裝、飲食、旅遊等多方面的信息。

2、《飲食世界》（雙月刊）──1976 年 12 月創刊，介紹中西名菜和烹飪技巧，並將世界各地的飲食文化和旅遊結合起來，提高讀者的興趣。

3、《信報財經月刊》──1977 年 4 月創辦，內容側重經濟分析、金融股市、市場報道，亦包括政治、文化及民生等方面，讀者以工商界高層和專業人士為主。

4、《鏡報》（月刊）──徐四民於 1977 年 8 月創辦，是一種時事政論雜誌，重點報道香港、內地和台灣問題。

5、《爭鳴》（月刊）──1977 年 11 月 1 日創刊，是一種時事政論雜誌，主要評論中國內地的政經形勢和施政決策，以及關於兩岸三地和海外的報道。

6、《清秀雜誌》（月刊）──1977 年由台灣女作家蔣芸創辦，介紹時裝、美容、家居、飲食等，以及女性的心理、

生活及發展等。1995 年停刊。

7、《音響世界》（月刊）——1978 年創刊，內容環繞着音響器材，有「真正發燒」、「發燒心得」、「模擬唱盤」、「器材測試」等欄目。

8、《動向》（月刊）——1978 年 10 月 20 日創刊，每月 15 日出版，是《爭鳴》的姊妹刊，內容大致亦相若。2017 年 10 月，《爭鳴》與《動向》出合刊號，宣告停刊。

9、《美術家》（雙月刊）——1978 年創刊，內容包括美術理論、作品欣賞、美術動態、創作經驗等，出版至 1994 年停刊。

10、《電影雙週刊》——1979 年 1 月創刊，報道香港及世界電影消息，發表影片評論，探討電影潮流，以及明星訪談等。

11、《電子技術》（月刊）——1979 年 8 月創刊，內容介紹電子行業新技術、新產品、新動向。

第七章
香港報業的鼎盛時期

1978年，香港報社達一百二十八家。以報紙印量計算，每千人就有三百五十份報紙，在亞洲僅次於日本每千人四百九十份，而世界平均則為每千人一百零九份。當中四家英文報紙共銷紙十一萬五千份，一百一十二家中文報紙共銷紙一百六十萬份；有四家中文報紙的銷量，各在十萬份以上。1969年創刊的《東方日報》，至1977年超越《成報》為銷量第一的大報。另一方面，1970年代無綫電視與亞洲電視的競爭，還有1978年佳藝電視停業，都是大眾傳播界矚目的焦點。電視的出現和普及，對報刊發展開始造成影響。例如新聞報

道分薄了人們對報紙的依賴和重視，娛樂消息越來越受大眾歡迎等；不過電視節目在相當程度上依賴報刊加以推廣，電視藝員的花邊新聞更成為娛樂報刊和報紙娛樂版的主要內容，兩者有互相依存的密切關係，只是報刊的生態環境迅速受到影響而已。

雜誌方面，1978 年有中文雜誌一百九十六種，英文雜誌六十一種，中英文對照雜誌二十七種，總共二百八十四種。雜誌的種數是報紙的一倍以上，充份表現了香港雜誌的盛況。在 1970 年代，較具代表性的期刊，除《明報月刊》外，還有

《七十年代》。其後創刊的有《南北極》、《廣角鏡》、《鏡報》、《地平線》（後易名《華人月刊》）、《爭鳴》、《信報財經月刊》等，多為政論性質的雜誌。1980 年代創辦的雜誌，則以娛樂消閒為主，一刊多冊的形式，照顧了讀者的不同需求。小眾雜誌的出現，也是一個不可忽視的現象。

第一節　企業化發展和本地化路線

一、報業多元化的特色

香港報業的鼎盛時期，呈現了多元化的特色，總的來説，表現於以下三方面：

第一，是晚報風行於一時。《星島晚報》和《新晚報》一度並列為最暢銷的晚報，其他有《南華晚報》、《工商晚報》、《華僑晚報》、《明報晚報》等。當時主要的日報，都同時出版晚報。但這盛況，自 1984 年底《工商晚報》停刊開始，尤其是 1988 年《華僑晚報》和《明報晚報》相繼停辦，就宣告結束了。

第二，是娛樂報紙的普遍。1947 年創刊的《紅綠日報》，以港聞、娛樂和色情內容為主；1949 年創刊的《小説超然報》，以小説、狗馬經為主；1967 年創刊的《新燈日報》，專載電影、電視內容和言情小説；1969 年創刊的《電視日報》，專門報道歌壇和影視藝人消息。電視播映的出現和普及，將娛樂報

刊推向新的高峰,不過也逐漸改變了娛樂報刊的內容,由介紹電視劇集轉而為追訪藝人的動向以至私生活,「八卦雜誌」成為娛樂報刊的代名詞。

第三,是精英報紙的興起。《明報》在 1970 年代頗受人注意,成為知識人士包括教師和大專院校學生的讀物;繼《信報財經新聞》之後,1988 年有《經濟日報》的創辦。上述三報持續出版至今,反映了精英社會的需求,尤其是文化教育、經濟以及金融股市的消息,都受到一批讀者的注重。這類報紙都以較高水平的副刊見稱,有些讀者購報是為了閱讀副刊文章,尤其是政經評論和小品、隨筆之類的專欄;但普及教育推行的結果,「精英」的身份和界限模糊了,致使這類報紙難以定位,有的朝政論報紙方向發展,有的則仍維持財經報紙類別。

隨着經濟發展,香港在推行普及教育方面漸見成效,讀者的知識水平高了,注意事物的視野闊了,這情況對報刊銷路帶來一定的好處,但也要同時兼顧讀者多方面的需求,結果是走大眾路線的綜合性報紙普遍受到歡迎,促使報刊傳媒的企業化發展。「大報」的版面,包含了「小報」的內容;綜合性報紙的規模,兼顧新聞報道、文化消息、財經資訊、娛樂採訪和各式各樣的副刊文章。香港報業的多元化特色,變成報紙集多元化的特色,銷量較多的綜合性報紙要面對越來越大的同業競爭,專門類報紙的發展空間反而少了。

二、1980 年代報業概況

《東方日報》自 1977 年起，銷量居香港各報之首；是年馬惜珍赴台灣，社務由其子馬澄坤主持。該報走通俗路線，馬經版深受馬迷歡迎。1987 年該報在香港股市掛牌上市，集資二億五千萬元。讀者多普羅大眾，暢銷數十年至今。

佔銷量第二位的是《成報》，亦走大眾路線。1980 年代後期，《天天日報》銷量穩定上升，居於第三位。該報於 1987 年為玉郎機構收購，1990 年由星島報系的胡仙接掌，1990 年代初，曾創下日銷二十二萬份的紀錄。

1959 年 10 月 5 日創刊的《新報》，創辦人為羅斌；1988 年初，以「新系機構」之名於香港股市掛牌；當時《新報》的銷量居第四位，讀者主要是藍領和普羅市民。1992 年英皇集團主席楊受成收購《新報》，開始建立其跨媒介的娛樂傳媒王國。出版至 2015 年 7 月停刊，結束了逾半個世紀的經營歷史。

1980 年 2 月 27 日《中報》創刊，創辦人是傅朝樞，早期總編輯為胡菊人，主筆為陸鏗，其間還有《中報月刊》為其附屬刊物；出版至 1987 年，兩者均停刊。1981 年 6 月 16 日，《爭鳴日報》創刊，創辦人是溫輝，出版至 1981 年 7 月 31 日停刊。1986 年 1 月，《今天日報》創刊，是《天天日報》前社長韋建邦創辦，以基層市民為主要對象，出版至 1993 年 11 月上旬。

1987 年 11 月 11 日，《金融日報》創刊，創辦人為玉郎集團主席黃振隆，出版至 1988 年 1 月 22 日停刊。1988 年 1 月 26 日，《香港經濟日報》創刊，創辦人馮紹波，標榜辦報方針是「知識為本，與時並進」，以企業家、工商界專業人士、投資者及政府人員為主要對象。1989 年，香港報業史上還出現過一張《兒童日報》。

　　1986 年 9 月，英文《虎報晚報》（Evening Standard）創刊，但不足一年，即於 1987 年 7 月 4 日停刊，總編輯彭士登曾刊登啟事認為，該報的出版經驗證明，香港並不需要一份英文晚報。1988 年 1 月，另一份財經專業報紙《經濟日報》創辦。每日出版二十多張，共有八十幾版，包括新聞、財經、金融、股市、物業、副刊等，設有「經濟廣場」、「投資專題」、「國事港是」、「商業軟件」、「文化前線」、「生活潮流」等欄目。銷量約六萬份，其副刊甚受一般讀者歡迎。

　　1980 年代香港報紙上經常刊登的消息，是中英雙方關於香港主權的談判。1982 年，英國首相戴卓爾夫人訪問中國，與中國政府高層會面後，香港的前途問題，成為香港市民和國際關注的重點。由於香港前景不明朗，市民多有不安情緒；接着而來的，是「九七回歸」前中、英兩國的爭拗，以及香港社會的動盪。長達十數年的政治過渡期，對香港新聞界和傳媒不論是報紙抑或報人，都是極為艱辛的歷煉。其間不斷有報紙停刊，然而業界的競爭並不因而減少。

三、1990 年代報業的轉變

1990 年代伊始，香港報業出現了巨大的轉變。首先是報紙於每年 10 月 1 日加價，1990 年由二元增至二元五角，1991 年增至三元，1992 年增至三元五角，1993 年增至四元，1994 年增至五元。其次是報紙停刊時有所聞，1991 年 3 月 15 日《晶報》停刊，1993 年 2 月 17 日《香港時報》停刊，1994 年 11 月 25 日《現代日報》停刊，《華僑日報》於 1995 年 1 月 12 日停刊。同年 6 月 20 日，《蘋果日報》創刊，初期銷量達二十二萬份，發展成為本港銷量第二位的日報。香港中文報紙在這一年展開減價戰，降價幅度最大的報紙，報價由每份五元降至一元，頓使收入大受影響，導致《現代日報》、《電視日報》、《香港聯合報》、《快報》等報紙停刊，其中《快報》於翌年 10 月恢復出版。1996 年，《星島晚報》、《新晚報》停刊，香港至此進入沒有晚報的時代。1990 年代初至 1997 年香港回歸前創辦的八種報紙，大多只刊行一兩年至三數年不等，便宣告停辦，概況如下：

1、《香港聯合報》——1992 年 5 月 4 日創刊，是台灣聯合報系在港創辦的報紙，由台北《聯合報》編輯部編輯製版，用人造衛星傳送到香港印刷發行，出版至 1995 年 12 月 16 日停刊。停辦的原因，主要是經營成本偏高。

2、《華南經濟新聞》——1993 年 4 月 27 日創刊，由香港玉郎國際集團有限公司編輯和出版，藉以拓展華南地區市

場，出版至 1995 年 12 月 27 日停刊。

3、《新香港時報》——1993 年 8 月 5 日創刊，由國民黨員丁伯駪家族經營，強調與同年停刊的《香港時報》並無關係。停刊年份待查。

4、《現代日報》——1993 年 11 月 8 日創刊，創辦人于品海，採取歐美小報的八開本報紙形式，原屬明報企業集團出版的刊物，走大眾化路線。其後由前《明報》集團主席于品海收購，出版至 1994 年 11 月 25 日停刊。

5、《東快訊》(*Eastern Express*) ——英文，1994 年 2 月 1 日由東方報業集團創辦，出版至 1996 年 6 月 30 日停刊。

6、《蘋果日報》——1995 年 6 月 20 日創刊，創辦人黎智英。當時中文報紙每份為五元，該報出版初期以優惠券形式，變相售價兩元來刺激銷量，報業因此展開一場減價戰。該報於 1997 年出版電子版。

7、《深星時報》——1995 年 10 月 12 日創刊，是星島報系屬下的星島（中國）有限公司在香港註冊創辦的報紙，除刊載中港兩地新聞外，還與《深圳特區報》合作，出兩版深圳新聞，供深圳讀者訂閱，旨在加強香港與鄰近地區的交流合作，促進內地和港澳地區的繁榮發展。1999 年 9 月 20 日《深星時報》停刊後，《深圳特區報》隨即參股並入主《香港商報》，藉此承接《深星時報》在深圳的市場，當時約有五十

萬港人在珠江三角洲工作，對香港和珠江三角洲的資訊需求
殷切，《香港商報》在溝通港、深兩地方面，擔當了頗為重
要的角色。

8、《癲狗日報》——1996 年 3 月 18 日創刊，創辦人黃毓
民，出版至 1997 年 10 月 10 日改為週刊，1998 年 7 月 9 日
停刊。

1990 年代，隨着香港人的本土意識不斷提高，人們逐漸
把關注新聞的焦點轉移到本地事務，香港報紙的內容越來越
本地化，報紙頭版和頭條新聞往往是香港消息，有時甚至不
是重大新聞，而是吸引讀者注意的奇聞怪錄而已。

1995 年中，《蘋果日報》揭開減價戰的序幕。12 月 9 日，
《東方日報》邁向二十八週年，即以「回饋讀者」為由，將
零售價由五元調低至兩元；翌日，《成報》以邁向五十七週
年為由，將報價減至兩元，《蘋果日報》於同日降價為每份
四元。12 月 11 日，《新報》更將零售價降至每份一元，一個
月後調至兩元；12 月 12 日，《天天日報》加入減價行列，每
份售兩元。減價行動歷時大半年始告結束，報業界形容這是
一場「割喉之戰」，多份報紙及週刊在衝擊下接連停辦，大
大影響了不下數百員工的生計。減價戰於 1997 年再度出現，
規模沒有上次那麼大。[151]

151《香港報業五十載印記——香港報業公會金禧紀念特刊》，頁 48。

第二節　雜誌的轉型和過渡現象

一、1980 年代創辦的雜誌

1980 年代創刊的雜誌，較著名的有《當代》月刊（至1981 年停刊），其他有《中國旅遊》月刊（1980 年創刊）、《奪標》體育雙週刊（1981 年創刊）及時事政論半月刊《百姓》（1981 年創刊）等。1984 年，《地平線》改名《華人月刊》，《七十年代》改名《九十年代》，多少反映了一個時代的變化。1986 年由香港中華文化促進中心創辦的《九州學刊》，是以人文社會科學為重點的學術季刊。1987 年創辦的雜誌，有時事政論月刊《開放》、文藝月刊《博益》、詩歌季刊《當代詩壇》和介紹各地企業家成功之道的《資本雜誌》月刊等。接着有幾種文學期刊出現，包括 1988 年創刊的《文學世界》（季刊）、《作家雙月刊》和《香港文學報》（雙月刊），1989 年有《詩雙月刊》。他如《每週財經動向》和《建築與城市》（月刊），亦於 1989 年創刊。以下是其中一些雜誌的刊行狀況：

1、《郵票世界》(半年刊)，1980 年 1 月創刊，每年 4 月及 10 月出版，主要欄目有「香港郵壇」、「香港郵訊」、「世界郵壇」、「兩岸郵壇」、「天南地北」、「集郵探究」、「郵苑人物」、「新郵報道」、「拍賣消息」等。

2、《中國旅遊》（月刊），1980 年 7 月創刊，以介紹中國風光名勝和民俗風情為宗旨，分中、英文版及中英文對照

版，主要欄目有「歷史名城」、「民間風情」、「文化藝術」、「旅遊天地線」、「旅遊攝影」、「讀者天地」等。

3、《香港作家》（月刊），1980 年香港作家聯會創辦，着重發表會員作品，報道香港、內地文學動態，開展文學評論與交流。主要欄目有「作品」、「評論」、「香港節拍」、「文壇感舊錄」、「史料鉤沉」、「芳草地」、「各地文訊」等。

4、《素葉文學》，1980 年由西西、何福仁、張灼祥、許迪鏘等集資創辦，輪流主編；1983 年停刊，後於 1995 年復刊。以推介青年作者的作品為主旨，刊登小説、詩、散文、翻譯作品和評論、研討文章，還編輯出版「素葉文學叢書」。

5、《奪標》（雙週刊），1981 年 1 月創刊，內容都是關於體育方面的，有「奪標專題」、「體育透視」、「人物特寫」、「足球」、「網球」、「國際體壇傳真」、「健與美」等欄目。

6、《百姓》（半月刊），1981 年 6 月由陸鏗、胡菊人創辦，是時事政論刊物，有「百姓快訊」、「時事漫談」、「北京生活」、「報刊點評」、「外論精選」等。

7、《香港地產》（半月刊），1985 年 4 月創刊，內容主要報道和分析香港房地產市場狀況、發展趨向、市場供求等，以及發佈內地房產信息，有「半月評論」、「投資家視野」、「新盤地區評述」、「中國市場」、「投資重點」、「屋邨通訊」、「國內物業指引」等。

8、《經濟與法律》（雙月刊），1985 年 5 月創刊，重點介紹中國內地及台港地區的經濟動向和法律狀況，主要欄目有「中國經濟」、「中國法律」、「香港之頁」、「海峽兩岸」、「東南亞之頁」、「國際經濟法律」等。

9、《博益》（月刊），1987 年 9 月博益出版集團創辦，主要刊登香港作家和藝術家的小說、詩歌、散文、戲劇、電影、美術、攝影作品等，注重作品的時代感和市民化。1989 年停刊。

10、《資本》（月刊），1987 年 12 月創辦，主要介紹世界各地企業家成功之道，有「資本家論」、「資本家生活」、「行業精英」、「企業天地」、「新科技」、「神州大地」等欄目。

二、1990 年代前期創辦的雜誌

1990 年代初至「九七」回歸前創刊的雜誌，為數可觀，其中有好幾種，一直刊行至今。1990 年 3 月，佐丹奴時裝集團黎智英創辦《壹週刊》，每期兩冊，一冊是時事財經專輯，另一冊是生活、娛樂專輯。同年 10 月，《紫荊》（月刊）創刊，旨在溝通香港和內地的訊息，以時事評論及介紹中國政經發展為主要內容，兼及文化、藝術、科技等方面。

1991 年，東方報業集團創辦一種名為《東方新地》的娛樂週刊，每期二冊，一冊為娛樂、新聞，另一冊為美容、時裝、

旅遊。同年有另一種以青年讀者為對象的娛樂週刊《YES》創刊，主要內容包括娛樂、時尚、影視、趣味漫畫及交友信息等。

1991 年 10 月，香港中文大學中國文化研究所創辦《21世紀》，是一種學術雙月刊，主要欄目有「21 世紀評論」、「百年中國」、「人文天地」、「讀書：評論與思考」、「科技文化」、「經濟與社會」、「隨筆・觀察」、「三邊互動」等。1992 年 3 月，中國新聞社香港分社創辦《中華文摘》（月刊），主要摘錄中國內地及世界各地華文報刊、圖書的文稿，知識性、資訊性、實用性、趣味性並重。

1993 年有兩種文藝雜誌創刊，一是《香港筆薈》（月刊），一是《世界華文詩報》；翌年有香港青年寫作協會的《滄浪》，文學團體的刊物仍佔有出版席位。1994 年 9 月，《中國書評》（雙月刊）創刊，由香港社會科學出版社和北京中國社會科學研究所出版，1996 年改為季刊。1995 年有文化評論月刊《讀書人》創辦，以圖書和閱讀為主要題材，曾一度停刊，其後復刊。1996 年，《香港社會科學學報》（季刊）創刊。以上各種，都是注重文化學術水平的刊物。

消閒娛樂性質的雜誌，有 1992 年創刊的《壹本便利》（週刊）、1993 年創刊的《東週刊》、1995 年創刊的《忽然一週》（週刊）和 1996 年創刊的《凸週刊》等。其他刊物包括：1991 年創辦的《中港經濟》；1992 年創刊的《中時週

刊》；1993 年創辦的《粵劇曲藝》（月刊）；1994 年創辦的
《香港之窗》（時事月刊）、《中國法律》（中英雙語月刊）；
1995 年創辦的《音響天地》（月刊）、《有線電視》（月刊）、
《世界網絡與多媒體》（月刊）等。

第三節　年報和年鑑的傳統

　　早在 1932 年至 1940 年間，香港華商總會每年均出版《香
港華商總會年鑑》，後因戰亂關係而停頓；戰後於 1947 年及
1949 年續出，1951 年改出《香港商業年鑑》。在香港出版史
上，華商總會開創了編印中文年鑑的先河。[152]

　　香港華僑日報社編輯出版的《香港年鑑》，於 1948 年 7
月創辦第一回，自此每年出版一巨冊，成為具代表性的年鑑。
內容架構幾經變易，初時較為簡單，後來逐步穩定，共有十
個部份：香港概況、當年香港、分區風貌、居住備忘、日用
參考、港中投資、人名辭典、學校名錄、社團名錄、工商名
錄。1992 年出至第四十五回，停了一年，1994 年 4 月出版第
四十六期（不再稱回），翌年《華僑日報》便停刊了。

　　1961 年創刊的《香港經濟年鑑》，持續出版至今，2014
年起由香港商報社和經濟導報社聯合出版，內容包括「經濟
概況」、「行業走勢」、「榜上有名」、「重要文獻」、「統

---

152 周佳榮、鍾寶賢、黃文江編著《香港中華總商會百年史》，頁 40。

計數據」、「大事輯要」、「工商便覽」、「商會社團」和「公司名錄」。[153]

　　1970 年開始刊行的《香港》，由中文公事管理局出版；1974 年起由民政處及中文公事管理局編輯，政府印務局出版。內容全面展示上一年度香港政治、經濟、文化、體育、衛生、傳媒、交通、旅遊、環境、宗教、人口等情況，附有各種統計數字及圖表。1970 年至 1977 年間，副題是「香港年報」；1978 年至 1995 年間，副題是「香港的回顧」；1996 年的副題是「1995 年回顧暨過去五十年圖片回顧」，1997 年起提供網上版。香港回歸後，《香港》由香港特別行政區法定語文事務署編輯，香港特別行政區政府新聞處出版。1998 年的副題是「邁進新紀元」，2007 年的副題是「香港十載」。

---

153 《香港經濟年鑑 2015》（總第 55 期，香港：香港商報社、經濟導報社聯合出版，2015 年），頁 I-XI。

第八章
回歸以來香港報刊的變遷

　　1997 年 7 月 1 日，香港順利回歸祖國，香港特別行政區成立，實行「一國兩制」，除外交、國防事務外，享有高度的自治權；特區政府由香港人組成，經濟模式、社會制度、生活方式及法律基本不變。回歸以來，先後由董建華、曾蔭權、梁振英、林鄭月娥出任特區行政長官。香港回歸二十年來，包括報刊在內的香港傳媒，其發展走勢和擔當角色令人關注，大眾傳媒發揮其積極正面的社會作用和貢獻是眾所期許的。

　　報業方面，銷售日報受到免費報紙的衝擊，「紙媒」在

「網媒」的潮流下漸失優勢，情況未許樂觀。期刊則為數甚多，有增無已，娛樂消閒週刊仍見普遍，呈多元化、專題化趨向。報刊有逐漸向電子傳媒靠攏的現象，但電子傳媒要保持與報刊並存的良好生態環境，才可以實實在在地擴展，並不是業界中人的共識。「網媒」兼出「紙媒」的現象，已從萌芽狀態漸趨茁壯，假以時日，相信會發展成為一種新的走勢。

第一節　特區時期新創辦的報紙

一、銷售報紙的出版情況

1997 年 10 月 6 日，英文《中國日報香港版》(*China Daily Hong Kong Edition*) 創刊。《中國日報》(*China Daily*) 是中國內地唯一的全國性英文日報，該報的香港版是香港回歸後首份獲中央政府批准在香港出版發行的國家級日報，內容以深度財經新聞報道為主，藉以加強中港兩地的資訊交流，作為商界決策者及知識階層的閱讀參考。

1999 年 3 月 15 日，《太陽報》創刊，是《東方日報》的姊妹報，屬綜合性報紙，走年輕人路線，成為香港銷量第三的日報。主要版面有港聞、兩岸社會、國際要聞、財經、馬訊、體育、娛樂等，另設有「時事評論」、「星辰」、「星光號外」、「赤道」、「環球漫遊」、「扮靚星河」、「大食宇宙」、「銀河戰車」、「數碼時代」等欄目。

2000 年 9 月 21 日，《公正報》創刊，其前身為《天天日報》，走高檔路線。同年 10 月 17 日，其姊妹報《A 報》創刊。但《公正報》旋於 2001 年 2 月 20 日停刊，《A 報》亦於 3 月 21 日停刊。

2000 年 11 月，「東方魅力」及「中策集團」收購了《成報》傳媒旗下的傳媒業務，其後將《成報》注入創業板上市公司「東魅網」，並將「東魅網」易名為「成報傳媒」。

2002 年 10 月，以吳征為首的「陽光文化傳媒」，以發行新股方式向「成報傳媒」（即「現代旌旗」）主要股東收購控股權。2004 年 2 月，《成報》第三度易手，由內地民營企業家覃輝控制的「東方魅力」取得《成報》控股公司「現代旌旗」18.3% 股權，成為該報大股東。

專家指出，香港多年來有不少新報章面世，「但每十年只有一份新報紙能夠直至今天仍然維持不俗銷量」，具體地說，在 1950 年代誕生的報章中，以《明報》的成績最理想；其他成功的報章，還有 1960 年代推出的《東方日報》，1970 年代的《信報》，1980 年代的《香港經濟日報》，以及 1990 年代的《蘋果日報》。2000 年以來，則見免費報章的陸續湧現。「每一份新報章都有其獨特之處，並對其他現存報章造成一定影響。競爭確能推動進步。」[154]

二、免費報刊的出現和普及

2002 年，瑞典的 Metro International S. A. 透過招標，投得香港地下鐵路的報紙發行權，於同年 4 月 15 日創辦《都市日報》（*Metro*），在地鐵沿線各站免費供乘客取閱，報上刊登的廣告為主要收入來源。該報逢星期一至五出版，開本地免費報紙的先河。

2005 年 7 月 12 日，《頭條日報》創刊，是星島報業集

---

154 〈香港報業發展蓬勃〉，《浸大領域》2012-2013 年第 1 期，劉志權發言，頁 14。

團屬下的免費報紙，《頭條日報》且分出《頭條財經報》獨立派發；同年 7 月 30 日，中原地產施永青的《am730》創刊。2011 年相繼有壹傳媒的《爽報》和香港經濟日報集團的《晴報》創刊，戰況激烈。《晴報》的前身是 2005 年 8 月創刊的《Take me home 生活週報》，當時定位為地區報章，2011 年 7 月 22 日出版最後一期，而於 7 月 27 日改出《晴報》。該報每日的發行量約為五十萬份。2007 年 9 月 10 日，有悠久出版歷史的《英文虎報》（*The Standard*）改為免費英文日報，亦於星期一至五派發。2012 年 8 月 20 日，停辦了多年的《新晚報》以免費晚報形式復刊，逢星期一至五下午五時至七時派發，發行量達二十萬份。

接着是免費週刊的戰場，繼 2001 年 1 月 21 日創辦的《快線週報》（*Express Post*）逢星期六出版之後，雜誌形式的《都市流行》（*Metropop*）於 2006 年 4 月 27 日創刊，逢星期五下班時間供取閱。2012 年 11 月 30 日，東方報業集團創辦《好報》（週報），定位與坊間的娛樂雜誌相若，逢星期五隨《太陽報》附送，及在香港各區免費派發。

免費報紙在短短幾年間增至七份，由於競爭過大，情況與銷售報紙相若，《爽報》於 2013 年宣告停刊，《新晚報》出版至 2014 年 3 月 28 日停刊，在街上有五份免費報紙派發的情況維持至今。《頭條日報》領先成為派發量最大的報紙，每日逾一百萬份，發行量是最暢銷報紙《東方日報》銷量的一倍以上，免費報紙的普及情況由此可見一斑。

第二節　回歸前後香港報業的比較

根據中國新聞社香港分社編印的《港澳台及海外華文傳媒名錄》，1990 年代初期，香港主要的日報有二十四家，包括中文報紙二十二家和英文報紙兩家。「九七」回歸前夕，經過報紙減價戰的淘汰和過渡期震盪的衝擊，二十二家中文報紙只餘十五家，新增一種，另港深合作的報紙一種。

回歸二十年以來，中文報紙較前再減，新增的只是免費報紙，兩種英文報紙之中亦有一種轉為免費報紙。2015 年 6 月，在市面上流通的日報共有十九種，計中文報紙十七種，英文報紙兩種，當中有六種是免費報紙。（表 15）2015 年 7 月，《新報》停刊。該報創於 1959 年 10 月 5 日，有超過五十五年的報齡。

1997 年回歸以來新增的中文報紙，只有《太陽報》是收費報紙，而且收費五元，比一般收費中文報紙少兩元；相信由於年輕讀者購買報紙的人數下降，該報於 2016 年 4 月 1 日停辦。另外七種新增的中文報紙《都市日報》、《頭條日報》、《頭條財經報》、《am730》、《晴報》、《爽報》和《新晚報》，都是免費報紙，其後《爽報》和《新晚報》相繼停刊，現時只賸五種。目前本地報業面臨一些困難，當中又暗藏機遇，何去何從，似乎仍處於觀望狀態。

表 15　近二十五年來香港報紙的變遷

1990 年代初期	「九七」回歸前夕	2015 年 6 月
1.《大公報》	1.《大公報》	1.《大公報》
2.《文匯報》	2.《文匯報》	2.《文匯報》
3.《天天日報》	3.《天天日報》	
4.《天下日報》		
5.《今天日報》		
6.《成報》	4.《成報》	3.《成報》
7.《快報》	5.《快報》	
8.《東方日報》	6.《東方日報》	4.《東方日報》
9.《明報》	7.《明報》	5.《明報》
10.《香港商報》	8.《香港商報》	6.《香港商報》
11.《星島日報》	9.《星島日報》	7.《星島日報》
12.《星島晚報》	10.《星島晚報》	
13.《信報》	11.《信報》	8.《信報》
14.《香港時報》		
15.《香港聯合報》		
16.《港人日報》	12.《港人日報》	
17.《華僑日報》		
18.《新晚報》	13.《新晚報》	
19.《新報》	14.《新報》	9.《新報》
20.《經濟日報》	15.《經濟日報》	10.《經濟日報》
21.《電視日報》		
22.《新聞夜報》		
23.《南華早報》（英文）	16.《南華早報》（英文）	11.《南華早報》（英文）
24.《英文虎報》（英文）	17.《英文虎報》（英文）	12.《英文虎報》（英文）*

	18.《蘋果日報》	13.《蘋果日報》
	19.《深星時報》	
		14.《太陽報》
		15.《都市日報》*
		16.《頭條日報》*
		17.《頭條財經報》*
		18.《am730》*
		19.《晴報》*

【說明】* 為免費報紙，計有英文報紙一種、中文報紙五種。

第三節　新創刊的各種雜誌

一、回歸前後出現的刊物

1997年香港回歸前後創辦的期刊不下十種，時事、文化、文藝、娛樂等方面都有，包括週刊、月刊、雙月刊和季刊，呈現出多樣性。首先，是 1997 年 4 月創刊的《開卷有益》雙月刊，以文化為主題，包括「香港書市」、「香港文學」、「作家自述」、「文壇憶舊」、「讀書心得」、「文學賞析」、「好書推介」、「電影巡禮」、「樂壇經典」等欄目。

其次，是《新香港》月刊，1997 年 7 月由健力寶集團（香港）有限公司創辦，屬綜合性時事雜誌，宗旨是「見證新時代，透視新文化」，主要報道香港和內地的社會動態及民眾生活，有「新香港心事」、「財經縱橫」、「特區新聞」、「追擊中國」、「社會百態」、「文化資訊」等欄目，對象是香

港白領和內地讀者。此外，1997 年還有以下多種新出的刊物：

1、《我們》（月刊）—— 以刊登青年詩作為主。

2、《呼吸詩刊》（季刊）—— 有「詩創作」、「地域詩歌」、「詩人專頁」、「翻譯詩頁」、「評論」、「導讀」等欄目。

3、《川流》（雙月刊）—— 主要有「潮流」、「文化趣談」、「電影解讀室」、「人間掠影」、「藝術無邊界」、「川流畫廊」、「好收派對」、「大文豪」、「小作家」等欄目。

4、《今日東方》（季刊）—— 由亞太新聞出版社創辦，其宗旨是探討東方各國文化的本質和走向，析述東方人的人格理想和行為方式，促進東西方的合作交流，以及亞太區的繁榮發展。

5、《Read Smart》（雙月刊）—— 主要內容是書評和書訊，有「說書館」、「閒人薦書館」、「閒而有致」、「我讀故我在」、「暢銷書榜」、「購書指南」、「焦點書坊」等欄目。

6、《相機世界》（月刊）—— 主要欄目有「專業攝影」、「經驗之談」、「新產品」、「試用報告」、「最新市場資料」等。

7、《香港畫報》（月刊）—— 有「香江史話」、「魅力香江」、「風流人物」、「人間萬象」、「海峽兩岸」、「萬國時尚」、「企業走向」、「香江之旅」、「五光十色」、「美麗佳餚」、「生活設計」等欄目。

8、《捌週刊》—— 娛樂雜誌，主要欄目有「八方風雨」、「八方匯財」、「八両金」、「八陣圖」、「八部天龍」等。

二、1998 年新辦的刊物

1998 年新辦的刊物，數目與 1997 年相若，主要包括以下幾種：

1、《快報週刊》—— 每期三冊，主要欄目有「點指星星」、「超頻快擊」、「東洋鏡」、「西洋鏡」、「快食區」、「快買區」、「特快影音推介」等。

2、《打開》（雙週刊）—— 由《南華早報》及國際藝評家協會香港分會創辦，是文藝評論刊物。

3、《青年人雙週刊》—— 主要刊登影視、音樂、戲劇消息及評論，也有小説、雜文等。

4、《統一報》（月報）——《港人日報》社創辦，以促進海峽兩岸和平統一為宗旨，有「統一論壇」、「兩岸政經」、「兩岸三地」、「人物春秋」等欄目。

5、《青年研究學報》—— 香港青年協會創辦，其宗旨是關心年輕一代的成長和發展，以及反映青年訴求，有「21 世紀香港青年的發展」、「青年研究」、「專業交流」等欄目。

6、《香港書評》—— 以評論學術、文學、傳記書籍為主，有「文化人物」、「作家自述」、「文壇奇觀」、「熱門書籍」、

「藏書趣話」等欄目。

此外，1998 年創辦的刊物還有時事政論月刊《天安門》、娛樂消閒月刊《男雜誌》、圍繞着戀愛和婚姻問題的《P.S. 愛情》等。停刊多年的《純文學》，於 1998 年 5 月復刊，主要發表小說、紀實文學、散文、隨筆、詩、評論作品，並有新書評介、作家介紹等文章。

三、世紀之交新辦的刊物

20 世紀結束前創辦或復辦的雜誌，以文化、文藝性質的居多，承接着香港回歸以來的趨向，而與 1960 年代的情況有些相近，以下是這些刊物的出版概況：

1、《文采》（月刊）——1999 年 7 月創刊，宗旨是弘揚中華傳統文化，提高中文水平，提倡讀書風氣。主要內容有：名人專訪、語文教學、文學創作、閱讀與欣賞等。

2、《中華魂》（月刊）——1999 年 7 月創刊，重點報道中國歷史、文化、名人及當代發展，以弘揚愛國主義和中華美德為宗旨。

3、《當代文藝》（雙月刊）——停刊多年後，1999 年由當代文藝出版社復辦，刊登小說、散文、詩歌、評論等，並有專訪、佳作賞析、談藝錄、書評等欄目。

4、《文學世紀》（月刊）——2000 年 4 月創刊，主要刊

登小說、散文、詩歌及報告文學，也有專訪、評論、書訊、文壇動向等內容。

5、《香港詩刊》（雙月刊）——2000 年 10 月由香港詩人協會創辦，其宗旨是「重振民族精神，提倡新古典主義」，刊登新詩和格律詩，並有詩論、詩評等。

6、《香港藝視》（雙月刊）——2000 年 10 月創刊，主要介紹香港傳統和當代視覺藝術，有「香港藝術」、「展覽動態」、「承前繼後」、「理論探索」、「實驗空間」、「中華視野」等欄目。

7、《鑪峰文藝》（雙月刊）——2000 年 11 月由「爐峰雅集」創辦，刊登小說、散文、詩歌、評論及美術作品。

第九章
資訊社會與報刊新時代

今日香港是一個先進的資訊社會，資訊發達和流通的情況，比美國、歐洲、日本等國家和地區，有過之而無不及。各種語文的報刊都可較方便地呈現在讀者面前，名副其實是臻於國際性的，用「亞洲國際都會」（Asia's World City）來形容香港的圖書報刊出版，是恰如其份的。

現時香港報業面對的問題，首先是銷售報紙與免費報紙分庭抗禮，銷售報紙的銷量受到一定程度的影響，一些主要報刊同時兼辦免費報紙。「小報大報化」的結果，使傳統的「小報」不復存在；現時銷售報紙都是摺疊式的「大報」，

免費報紙則是訂裝式的「小報」。「大報」和「小報」互動，是香港的一大特色。其次是網絡報紙（網媒）對實體報紙（紙媒）的衝擊，主要報紙都同時兼出電子版，年輕一代購買和閱讀報紙的習慣，似乎不及以前了。但印刷物品作為知識文化的載體仍是主流，不是網絡資訊可以取代的，越來越多人認識到，兩者有相輔相成的效用。

然而，「新期刊時代」正在迅速興起。各種不同性質和類型的雜誌相繼出現，有如雨後春筍，現時雖仍以娛樂性質為主，專業知識的期刊漸為讀者所歡迎。大小報攤和便利店，

越來越以銷售雜誌為主;較高檔次的期刊(如時事週刊、文藝月刊、學術季刊、經濟年鑑等),且在書店登場。報紙與雜誌加緊結合的「新報刊時代」,相信不久即將來臨;作為紙張印刷出版的圖書和報刊,其關係亦必更趨密切。

第一節　現時香港報紙的出版狀況

一、銷售報紙的出版情形

現時香港的主要報刊中,走大眾化路線的《東方日報》、《蘋果日報》仍然銷量較多,《明報》、《經濟日報》、《信報》等較受文教界和財經界注重,《星島日報》、《成報》各有其讀者群,《大公報》、《文匯報》、《香港商報》刊載與中國內地有關的報道而均具其重要性。英文的銷售報紙,《南華早報》仍然一枝獨秀。(表 16)

今日大家關心的主要問題是:傳媒道德標準和新聞專業操守如何維持?報道和評論怎樣才可客觀持平?如何提高年輕一代的閱報興趣?於此,我們必須指出:報刊是塑造現代都市文化內涵的重要元素之一,文教界實在不宜掉以輕心。施清彬著《香港報業現狀研究》(香港:香港中國通訊社,2006 年),有不少關於這些問題的探討。

長久以來,香港與鄰近地區的報業發展一直有連帶關係和相互影響,尤其是香港與澳門、內地、台灣以至海外華人

社區的情形，都是值得注意的。這方面的研究始自 1990 年代，
1997 年香港回歸以來較受注意，但總的來說，深入的探討和
比較仍付闕如。若果要對香港報界有更多和更全面的認識，
還需注意新近發表的一些論文。[155]

表 16　香港現時出版的日報（2016 年 7 月）

名稱	創刊日期	說明
大公報 (*Ta Kung Pao*)	1902 年 6 月 17 日	初在天津創辦，其後增出上海、漢口、重慶、香港、桂林等版，香港《大公報》創於 1938 年 8 月 13 日。
South China Morning Post （南華早報）	1903 年 11 月 7 日	英文日報
文匯報 (*Wen Wei Po*)	1938 年 1 月 25 日	1948 年 9 月 9 日在香港復刊
星島日報 (*Sing Tao Daily*)	1938 年 8 月 1 日	香港淪陷期間，在日軍接管下改名《香島日報》，戰後恢復《星島日報》名稱。
成報 (*Sing Pao Daily News*)	1939 年 5 月 1 日	香港淪陷期間停刊，1945 年 10 月復刊。
香港商報（*Hong Kong Commercial Daily*）	1952 年 10 月	1989 年由香港聯合出版集團收購，1999 年 10 月將資產轉與深圳特區報報業集團。
明報 (*Ming Pao Daily News*)	1959 年 5 月 20 日	1993 年報業易主，明報集團主要股權轉入馬來西亞富商張曉卿手中。
東方日報 (*Oriental Daily News*)	1969 年 1 月 23 日	1987 年正式招股上市
信報（*Hong Kong Economic Journal*）	1973 年 7 月 3 日	全稱《信報財經新聞》，星期日無報。
經濟日報 (*H. K. Economic Times*)	1988 年 1 月 26 日	全稱《香港經濟日報》，星期日無報。
蘋果日報（*Apple Daily*）	1995 年 6 月 20 日	由佐丹奴集團黎智英創辦

155　丁潔〈香港報刊和圖書出版業務〉一文，載周佳榮等主編《閱讀香港——新時
　　代的文化穿梭》；〈香港報業發展蓬勃〉，載《浸大領域》2012-2013 年第 1 期。

報館兼出圖書，甚至成立出版社的現象，近年更見普遍，由「報刊」而「書刊」，進而為「書報」的趨向也日益壯大起來，書店和報館分途發展的時代漸遠，「圖書報刊」並稱「紙媒」聯手大時代已然開始。當中以明報出版社最為活躍，《明報》上常有大幅該社出版物的廣告和相關介紹；經濟日報出版社也有一批圖書，除經濟類書籍外，香港題材的畫冊，頗受讀者注意。星島、文匯、大公等報社，也有圖書出版活動。

二、免費報紙的出版情形

2015 年 7 月，星島新聞集團的《頭條日報》創刊十週年，在主要街道和多個地鐵站入口都有派發，每日印刷達一百萬份；其他免費報紙都是星期一至五出版，《頭條日報》在星期六成為獨家出版的免費報紙。由《頭條日報》分出來的《頭條財經報》，是由專人另行派發的。

在地鐵站內，一向是《都市日報》的天下，並即時收集乘客看過的報紙，重新整理後供有興趣的乘客取閱。二手報紙在報脊中間塗上一條黑線，以供辨認。乘客在地鐵站內，還可取閱一種名為《都市流行》（Metropop）的免費週刊，版面設計十分講究，印刷精美，內容則以介紹物品和各種廣告為主。近期在一些地鐵站內，也有人派發《頭條日報》。此外，市民可以在街頭取得《am730》和《晴報》兩種免費中文報紙，以及《英文虎報》（The Standard）。（表 17）

中英文免費報紙總共有六種，在中環行人電梯及海旁，可以
於幾分鐘內集齊一套，以及其他一些免費派送的報刊。但近
期有興趣取閱的人，似乎較以前少了。免費報紙本身同樣面
臨巨大競爭壓力，不言而喻。

表 17　香港現時出版的免費日報（2017 年 10 月）

名稱	創刊日期	説明
都市日報（*Metro*）	2002 年 4 月 15 日	免費中文日報（星期一至五出版）
頭條日報 （*Headline Daily*）	2005 年 7 月 12 日	免費中文日報（星期一至六出版）
頭條財經報 （*Headline Finance*）	2005 年 7 月 12 日	免費中文財經日報（星期一至五出版）
am730	2005 年 7 月 30 日	免費中文日報（星期一至五出版）
英文虎報 （*The Standard*）	2007 年 9 月 10 日	免費英文日報（星期一至五出版）
晴報（*Sky Post*）	2011 年 7 月 27 日	免費中文日報（星期一至五出版）

　　一般來說，這些免費報紙的新聞報道較為簡短，而且只
選取一些較重大的事件，這方面與銷售報紙不可以同日而語；
而且較注重花邊新聞，以及娛樂消息等，廣告較多，甚至佔
了大量篇幅。很多讀者乘車時翻看一會，下車時就把報紙丟
棄了，地鐵站內設有報紙收集箱，早上即時有人員跟進處理；
由於報紙是免費的，比銷售報紙更不受珍惜，所以免費報紙
上常印有「請帶回家閱讀」的字樣，希望改變這種讀報習慣。

　　有人認為，派發免費報紙，使不看報紙的人養成閱讀報

紙的習慣，對報業發展有正面的作用；免費報章的數目至今已達到銷售報章數目的一半，意味着本港的閱報人數不斷上升。也有人認為，免費報紙隨手可得，使花錢買報紙的人減少了，影響銷售報紙的銷路，致使報業進一步萎縮；而且新聞報道過於濃縮，漸漸令到讀者失去看報的興趣，年輕人普遍沒有養成讀報的習慣，實在亦與此有關。

三、香港報業的發展趨勢

事實反映，銷售報紙在電子傳媒和免費報紙的雙重打擊下，銷量漸有下跌之勢，報紙種類也逐漸減少。但另一方面，不應該對銷售報紙的前景過於悲觀，因為報紙是現代資訊社會不能或缺的傳播媒介，是不容易被替代的；以為電子傳媒會全面取締印刷報刊和書籍，是不切實際的看法，在可見的將來，至少是言之過早的論調。問題在於，圖書報刊業界是否要積極起來回應？雜誌在這方面的應變能力較強，反應較快，表現也較出色，一個適應了新技術和新需求的新期刊時代也將來臨。圖書和報紙，現階段似乎仍在摸索之中，關鍵是要對應新技術的挑戰，以迎接新時代的步伐，堅守本身的崗位，而非一味向新技術靠攏。把報紙停辦諉過於電子傳媒，不一定是主要甚至真正的理由。

隨着大眾傳播事業的進展，早期的大報館已採集團式經營，最新的例子，是 2016 年初由《大公報》、《文匯報》整合組建的香港大公文匯傳媒集團在港正式成立。《大公報》

創於 1902 年，迄今已有一百一十多年歷史；《文匯報》創於 1948 年，亦已有六十多年。這兩家在中國報業史上佔重要席位的報章企業組成傳媒集團，「是順應媒體融合發展的潮流，為實現資源整合、優勢互補、錯位發展而採取的主動轉型和自我革新舉措。」據稱，在集團的管理下，《大公報》、《文匯報》將按照不同的定位整合現有資源，各自出報，同時將統籌採編和技術力量。[156]

新聞集團同時出版銷售報章和免費報章，有較大的優勢，首先是成本可以減輕，其次是可藉此對沖廣告損失；相對來說，獨立經營免費報章成本高昂，不會投資在獨家新聞或者需要深入調查的報道，而且由於讀者群分散，吸引廣告商亦比較困難。銷售報章內容較豐富和詳細，篇幅較多，質素較高，不可能完全被免費報章取代。[157]

從現時香港的報業生態來看，銷售報章也好，免費報章也好，必須要有自己的特色和空間。換言之，報紙的定位和對象要清晰，綜合性報紙讀者較多，競爭也較大，銷數高的只有兩三種，其他同類報紙要日銷十萬份並不容易，這些報紙應該在多元化的前提下，突顯其獨有的專長，相對於專門性質的報紙，讀者群仍然是龐大的。部份報紙以立場和觀點著稱，也有一定的市場。概括地說，香港現時的銷售報紙，大致可以分為綜合性報紙、多元化報紙、專門類報紙和政論式報紙四

---

156 〈香港大公文匯傳媒集團成立〉，《文匯報》，2016 年 2 月 3 日，A2 版。
157 〈香港報業發展蓬勃〉，《浸大領域》2012-2013 年第 1 期，頁 10-15。

類，平均每類約有三種。經常維持在十二種左右，是客觀的現實。免費報紙以銷售報紙的半數為宜，類別大致亦相若，《頭條日報》走綜合性報紙路線，《都市日報》以服務地鐵乘客為主，《am730》形象傾向年輕化，《晴報》較受女性讀者歡迎，《英文虎報》主要面向英語讀者等，但總的來說，形象和面貌仍然不甚清晰。免費期刊受歡迎的現象，正在日漸增加。

第二節　現時香港期刊的出版狀況

一、五花八門的香港期刊

香港公開發售的期刊，數量比報紙多幾倍。常見的是娛樂週刊，俗稱「八卦週刊」，報攤和便利店大都有售賣，銷量也很可觀。歷史悠久的《明報週刊》，已刊行四十多年；1990 年代冒起的，有《壹週刊》和《東週刊》。新聞專題方面，有《亞洲週刊》等；財經專訊方面，有《經濟導報》等。此外，以年輕人為對象的旅遊、飲食刊物，及以女性為對象的時裝、家居刊物等，都較普遍和流行。《東方新地》號稱是「全港最受歡迎女性雜誌」，2012 年每期平均銷量達十一萬三千餘本，採一書三冊形式，包括親子刊物《Sunday Kiss》和潮流刊物《Sunday More》。

月刊方面，《明報月刊》刊行逾五十年，2014 年起贈《明月》附冊；《信報財經月刊》創辦已四十年，間亦附送特刊。兩刊至今都受器重，在知識界維持一定影響力。已有九十年

歷史的《良友畫報》仍然出版，而以訂閱方式流通。綜合性月刊甚多，以時事和政論為主；其他還有《讀者文摘》、《資本雜誌》等，不勝枚舉。《亞洲週刊》維持一刊一冊的傳統，以內容緊貼時局為賣點。

週刊、月刊之類的普及雜誌，大多數在報攤和便利店售賣；一些專門性質的期刊則於書店登場，主要是文學、藝術及政評，此外還有人文、學術類的期刊，與中國內地、台灣地區出版的刊物並列，英文、日文等外國期刊，為數亦很可觀。至於大專院校編印的各類學報，則多只在學術界流通。

2015年1月，《今日中國》（月刊）創刊，該刊以「立足港澳，洞察中國」為標語，強調是「華人精英的中國讀本，面向全球華語世界發行」。除中文本外，另有英語別冊（Supplement）。中文為主、英文為輔的出版形式，是香港期刊的一個新面貌。

二、雜誌重整和革新面貌

2015年7月《成報》休刊期間，坊間仍有發售成報傳媒集團出版的《港澳新聞》第十九期（2015年6月22日出版），封面並有「知識分子專題雜誌」字樣。照此期推算，《港澳新聞》應創於2015年2月16日，是一份走專題新聞路線的刊物，內容並不限於港澳兩地，中國內地以至亞洲、歐美各地新聞都有。

踏入 2015 年，《成報》創刊七十五週年，致力革新版面，成報出版社亦於 4 月間出版《一起走過馬場的日子》、《成報鑽禧娛樂大家》及《成報頭條新聞精選》等書籍。7 月間，《成報》因母公司清盤而不能出印刷版，只出網絡版，但該報發言人聲稱報社本身並無財政問題，決心繼續出版，後來宣佈於 8 月 6 日復刊。

其後《忽然一週》宣告停刊，而將兩種附刊併入《壹週刊》中。2016 年 3 月下旬，壹傳媒集團旗下《FACE》雜誌出版「告別號」，《壹週刊》、《飲食男女》和《Me!》亦重組；女性消費雜誌《Me!》於 5 月 23 日出版最後一期印刷本，潮流雜誌《Ketchup》印刷本亦於 5 月底停刊，兩種雜誌仍保留網上版。直至 2017 年 9 月，《壹週刊》的動向仍令人關注。[158]

一刊兩冊甚至三冊的情況越來越普遍，名目繁多。例如《明報週刊》分為兩冊，一冊以傳統慣常的娛樂報道為主，有兩種大小不同開本給讀者選擇是其特色（2017 年間取消原先刊行的大開本）；一冊則刊登生活題材的專題文章，另有一冊名為《Ming's》，夾雜英文標題。附冊時或不同，印刷精美則一。《資本壹週》亦以一書兩冊方式，連同《資本創富》一起發售。可以預見，香港報業面臨轉型，競爭亦十分激烈，一個新期刊時代即將降臨。

---

158 《文匯報》，2016 年 5 月 19 日，頁 A14；《壹週刊》1438 號珍藏版（2017 年 9 月 28 日），頁 1-21。

三、新期刊時代的到來

2016 年 2 月 18 日，《E 週刊》創刊，採一書四冊形式，包括《e+ 娛樂》、《美食旅客》和《MODE》，據說一開始便成為三大暢銷週刊之一。網媒《香港 01》亦於 3 月 11 日推出週刊，估計每期印十萬份。業界一些意見認為，紙媒只要辦得好，是有生存空間的；市場上成功的網媒，大部份是由紙媒轉化的，原因是紙媒的出版是經過多重認證，有較高的公信力，體制亦較為完善。[159] 紙媒和網媒兼備，報紙與雜誌聯營，是業界保持優勢的營運模式，資本雄厚的報社且同時印行免費報刊。在新期刊時代，週刊、月刊之類的雜誌有較大拓展空間，或會反過來鞏固所屬報紙的地位，獨立營運的週刊，相信越來越多。

《香港 01》全稱《香港 01 週報》，逢星期五出版，採一報兩刊形式，兩刊分別命名《本土》（*Being HK*）和《世界》（*Being Global*）。該刊宣稱「社會撕裂，大家都輸，是時候改變了」，〈編者的話〉有這樣的幾段文字，令人覺得清新：

> 丙申猴年，非常突然，民怨沸騰之際，世界還沒有停下來。除了街頭的勇氣怒氣，社區裏還有人與人的接壤，如此如彼的民間小企劃，分享的不止物資，還有經驗、智慧，各種社區小企劃的點滴累積的嘗新力量。……

---

159 〈2016 傳媒風雲此長彼消大混戰〉，《都市日報》，2016 年 2 月 22 日，頁 1。

> 如同每位在社區徒手深耕的人，我們相信一切美好的
> 事情，都要慢慢學習。把想法主題化成文字和照片的
> 過程不易妥當，有賴各位讀者提點與回應，開拓彼此
> 視角。莫因善小而不為，一步一腳印，創造社區。……

該文又指出：

> 《香港 01》網頁上的社區新聞和這本雜誌的《本土》，
> 正是站在如此一個科技條件改變政經地景的社區時代，
> 希望找到為各種街頭巷尾小企劃努力的有心人，建立
> 連結，尋找知音。[160]

紙媒兼辦電子版、網站的例子所在多有，由網媒發展為紙媒，這是一個不可忽視的實例，亦彰顯了這種報刊的特色：圖文互動，有時甚至以照片為主；文字流暢可讀，令人覺得親切。是否宣示新一代香港報刊的出現，還需俟以時日。

　　兒童刊物方面，其發展空間和趨勢是值得注意的。2016年 3 月，《兒童的學習》（月刊）創刊，以小學至初中學生為對象，強調「愛語文」、「習通識」、「愛閱讀」，着意培養小朋友的課餘閱讀習慣，藉此提高語文能力和擴闊視野。創刊號有專題〈書籍風貌〉、故事〈蘇菲的奇幻之航〉，及「走上街頭看歷史」、「簡易小廚神」、「親子遊樂場」等欄目，還有英文漫畫和英文小說，中英文篇幅各佔一半。創於 2005

---

160 黃靜〈大時代與小努力〉，《香港 01・本土》0001（2016 年 3 月 11 日），頁 3。

年的《兒童的科學》（月刊），內容強調科普趣味，與《兒童的學習》重視語文通識可以相輔而行。1993 年創辦的《兒童快報》（週刊），宣稱是「家長及小朋友每週必讀親子恩物」，屬於一冊兩刊的典型例子，一邊是《兒童快報》，反轉來另一邊是《媽咪快報》，篇幅各佔一半。該刊於 2017 年中改為雙週刊。坊間所見的其他兒童刊物，主題多與迪士尼動畫或日本卡通片集有關，有的定期刊行，有的以特刊形式出版。童幼刊物趨於蓬勃，是可以預期的。

第三節　香港報刊事業的回顧和展望

一、香港報刊零售環境的轉變

戰後初期直至 1990 年代，香港的報紙和雜誌主要是通過「報攤」（俗稱「報紙檔」）售賣給讀者的。興盛的時候，大街小巷都有報攤，每天大清早，多數市民和學生還未上班、上學，街道上很少行人，報販收到送來報紙之後，三五個人在路旁疊放各種報紙，在繁忙時間就可以「開檔」了。

1990 年代以來，香港主要街道的小販逐漸減少，報攤少了，便利店兼售報刊的情況越來越普遍。時至今日，作為香港特色之一的街邊報攤已難得一見了，而且擺放大量雜誌，報紙反而聊備一格，銷量較少的報紙甚至欠奉。具規模的報攤逢星期日及大節日又休息，讀者只能到便利店去購買。

但便利店也有不便之處，因店舖面積一般較小，報刊只能擺放在門口位置或店內一個角落，報紙集中疊在一兩個報紙架內，有時甚至連版頭報紙名稱都看不見，以頭版新聞吸引讀者購買報紙的招數也削弱了。一些暢銷報紙有回收制度，便利店和報販可以放心入貨，所以時常一大疊放在較顯眼的位置，直至晚上都賣不完；銷量較少的報紙，則每天只入三、五份，賣完就算，有的便利店索性不賣。這樣的環境，造成暢銷的報紙相對處於優勢，銷量較有保障，甚至更多；銷量一般的報紙，情況就越來越差了。營商環境的改變，在一定程度上影響了個別報紙的起伏，整體來說，則對香港報業造成打擊。作為一個發達的資訊社會，盛載資訊的報紙反而受到冷遇，走高級路線的商場，連便利店也被擠掉，即使名義上有，卻變成售賣化妝品、藥物、禮品之類的「專門便利店」了。

　　外國較先進的城市，設有報紙和雜誌的售賣機，解決了佔地和人手問題，香港應該嘗試引進。英文書店售賣大量雜誌的情況，中文書店未見普及，書店亦可考慮引入一些專門性質或文化水平較高的報紙，給予這類報紙有多一個與讀者「邂逅」的機會。出版社和書店不在報紙上定期（如每週或每月）刊登新書廣告，對報紙和書商兩者都是損失，喜歡閱讀的人士不能在報紙上得到書刊資訊，讀報的趣味自然大減了；書店、出版社不在報紙刊登廣告，書籍銷量必然打個折扣。少數報紙即使設有「讀書」、「閱讀」之類的專版，大

體都是刊登兩三篇相關文章，象徵式介紹三幾本新書，而且往往是外文或外地的出版物，介紹的書刊只常反映編者的喜好，欠缺全面性和時效性。

在 20 世紀前期，書店同時出版期刊的情況很普遍，例如商務印書館曾有「雜誌王國」之稱，刊行的期刊不下三數十種；中華書局盛時有「八大雜誌」，與商務印書館在這方面一競雄長；三聯書店亦以刊行讀書類、生活類雜誌見長，其前身的三家書店都各刊行過數以十計的報刊。出版社在自己辦的期刊上刊登出版資訊和新書介紹，有助於推廣業務；在其他報刊上登廣告，由於費用高昂，1980 年代以來並不多見，多少影響了出版業的發展。報館若能給予出版廣告一些優惠，相信有助改善「印刷家族」彼此的經營條件。

在中文詞彙裏，早期流行「書刊」的說法，書籍和刊物常擺放在一起，屬於有密切聯繫的出版物。戰後以來，書店出版物漸集中於書籍和課本的出版，刊行雜誌的事務，漸漸落入報社手中，於是「報刊」一詞就普遍起來了，時至今日，不少主要的雜誌都由報社編印。綜合性報紙多出版綜合性雜誌、時事性雜誌，專門性報紙則印行專門性質較強的期刊；但以某類讀者興趣為對象的流行雜誌，或專門性、專題式的期刊，仍以獨立出版社編印的居多，此類雜誌在報攤和便利店的銷售環境一般不太理想，書局應該對一些具知識性和有水準的刊物給予較大的擺放空間。近年報社兼出圖書的情況漸見普遍，甚至成立屬於報紙自己的出版社。因為報紙和雜

誌按時出版，有定期和恆常的工作節奏，而且容易累積大量文稿，改編為圖書較為容易；一般的出版社主要靠作者提供書稿，編印程序快則三幾個月，有時拖延一兩年或更長時間，在講求效率的現代社會是較緩慢的。出版社如想改變這狀況，要回復到兼出期刊一途。

二、香港報業面臨的挑戰和機遇

2016 年 5 月，位於中環必列啫士街的香港新聞博覽館正式動工，預計 2018 年完成裝修和開放給市民參觀，香港終於有一個向公眾介紹報刊、新聞及各種傳媒的展示場館。可以相信，這是宣示一個新階段的開始，時代不停在變，以報刊為首的傳播媒介的步伐與時並進，報刊文化能否健康發展是傳媒生態環境的指標，與香港前景是息息相關的。回顧百多年來的香港報業，現時正處於關鍵時刻，雖然面臨巨大挑戰，下列幾個形勢令人保持樂觀：

1、港滬競爭與互補：在近代中國報業史上，香港與上海關係最為密切，競爭也最激烈，互爭雄長。概括地說，19 世紀香港報業領先於上海，20 世紀前期上海報業超過香港，20 世紀後期香港報業達於巔峰；21 世紀初年，香港報業仍佔優勢，會否被上海超越，抑或演成港滬互補、合作和各展所長的新局面？

2、傳媒競爭與分工：隨着資訊科技的發展，傳統傳播媒介尤其是報紙備受挑戰，部份為網絡報紙所取代，但今後的

趨勢仍是眾見紛紜。「無紙化」時代是否真的成為主流？報紙與其他傳媒相信仍處於分工合作的階段。

3、中外競爭與興替：「中國因素」在全球化競爭中是矚目的話題，中文作為新的國際性語文，正日益提升其地位和影響；但香港在「國際性等同英語化」的觀念下，越來越背離全球的趨勢（教育界尤其如此）。報紙的興衰與教育取態息息相關，現時香港的教育語文政策影響了報紙在學校的流通，影響了學界對報紙的評價，並且影響了學生的閱讀習慣。

4、香港社會的優勢：現時香港具備中國各大城市仍然缺少的優勢，尤其是中西文化與生活共融的特色；同樣，香港的中國文化成份和華人生活特色，又是外國的大城市所無，是外國人認識中國文化和進入中國社會的平台。

有一點應予特別指出，影響香港報紙進程的，還取決於新聞報道的模式，模式轉換是報紙式微的根本原因。扼要地說，香港報業經歷了商業模式、政論模式、資訊模式（信息模式）、故事模式四個階段。《華僑日報》及其前身總共一百三十八年的變化，可以作為典型的個案，《香港船頭貨價紙》是商業模式的嚆矢，《香港中外新報》具有政論模式的色彩，《華僑日報》創辦之初，兼具社團報紙的功能，以「在商言商」為宗旨，為讀者提供全面的知識和報道，該報停辦，資訊模式遂為故事模式所取代。[161]

---

161 丁潔著《〈華僑日報〉與香港華人社會》，頁 192。

資訊模式與故事模式這兩種報道手法，其最大分別在於：資訊模式是提供新聞事實中包含的重要信息，目的是把事情告知讀者，訴諸讀者的理智，使他們作出判斷；故事模式的重點卻不在告知，而是通過講一個故事來引起讀者共鳴，訴諸讀者的情感，激發他們的情緒。[162] 資訊模式的報道平舖直敍，不及故事模式來得吸引；但故事模式只能較短暫地受讀者歡迎，激情過後就興趣大減。以前每天固定購買報紙的讀者較多，現時很多人是知道有某些事情發生後，才購買當天的報紙，沒有恆常的閱報習慣。香港報紙要維持優勢，不能單靠故事模式，必須加強資訊模式，讓讀者在客觀資訊上作出判斷，讀者可以選擇自己認同或以此向人表達的故事模式。換言之，現代社會需要的報道，方式已不是講故事給讀者聽，而是提供素材給讀者自己講故事，報紙與讀者之間要有互動。講故事的角色，電視節目更優以為之。年輕一代喜歡電子遊戲機的原因，是他們可以參與其中，去改變故事，甚至繪出屬於自己的結局或紀錄。

　　圖書報刊同為印刷文化，部份內容和功能為電子媒體所取代，是時代發展的必然趨勢，但並不會因此而消失；反之，圖書與報刊可以借助電子媒體促進其傳播，加強其影響，在21世紀肯定是相輔相成的。亞洲地區人口眾多，像香港這樣人口密集的城市，文化現象與歐美地區不盡相同，所以有異

---

162 張軍芳著《報紙是「誰」──美國報紙社會史》（北京：中國傳媒大學出版社，
　　 2008 年），頁 154-163。

於西方的發展形態，加上長遠以來中國文化的熏陶，包括報刊在內的華文出版前景是樂觀的。

　　總的來說，香港報刊是本地社會文化特有形態下的產物，在海內外華人社會是獨一無二的，這主要表現於以下幾個方面：第一，香港是兩岸四地的印刷出版中心之一，所有中文出版物，包括報刊、圖書，不論繁體、簡體，不同立場、政見、觀點，都可以在香港通行。第二，兩岸四地出版的報紙，以及海外華人報紙，香港都可以在當天或次日看到；香港出版的報紙亦多外地版，同日在海外華人社會印行。換言之，香港至今仍是海內外華人社會資訊最發達和自由的地區。第三，在香港，可以迅速購買和閱覽各種語文的報刊，中文、英文、日文以至東、西方國家的多種語文都有。中外的大城市，罕有其匹。中國社會都市化的情況正在迅速發展，香港報業的經驗是很珍貴的。

　　因此，可以肯定地指出，香港在中文圖書出版、中外文化交流以至國際資訊流通等方面，其重要性是毋庸置疑的。短期的波動或所不免，長遠的發展仍是令人樂觀的。圖書方面應加強對澳門、台灣地區和海外各國華文讀者的推廣，以及開拓中國內地文化市場；報紙方面要在香港本地穩住陣腳，並保持作為海外華文報業橋頭堡的地位；期刊方面只要發揮創意和創新精神，內容更多元化，配合社會的知識需求，必定會發出更耀目的光輝。

附錄 香港報刊大事年表

1840 年（庚子）

- 6 月，中英鴉片戰爭爆發。

1841 年（辛丑）

- 1 月 26 日，英軍佔領香港島。
- 5 月 1 日，英文《香港公報》（又譯《香港鈔報》；*Hongkong Gazette*）第一號出版。這是英國人馬儒翰（亦作小馬禮遜，John Robert Morrison）在英軍支持下創辦的雙週刊，在澳門印行。

1842 年（壬寅）

- 3 月 17 日，英文《華友西報》（又譯《中國之友》；*The Friend of China*）創刊，週二刊，馬儒翰、懷特（James White）、卡爾（John Carr）、塔蘭特（William Tarrant）等擔任主筆。第二期起，在澳門發刊的《香港公報》併入本刊之中。
- 4 月 15 日，英國人宣佈在香港開辦郵局。
- 8 月 29 日，清朝政府與英國簽訂《南京條約》，其中一項是將香港島「割讓」給英國。

1843 年（癸卯）

- 6 月，英文《東方地球報》（*Eastern Globe*）創刊，週刊。
- 本年，英文《廣州紀錄報》（*The Canton Register*）遷至香港，易名《香港紀錄報》（*Hongkong Register*）繼續出版。該報於 1839 年自廣州遷至澳門出版。
- 中英《五口通商章程》及《虎門條約》簽訂。

1844 年（甲辰）

- 10 月，英文《中國叢報》（*Chinese Repository*）自澳門遷至香港出版。

1845 年（乙巳）

- 2 月 20 日，英文《中國郵報》（*The China Mail*）創刊，初為週刊，後改為日刊。創辦人兼主筆為英國出版商蕭德銳（Andrew Shortrede）。英商德臣（Andrew Dixson）參加該報創辦，並任主筆。該報後歸德臣所有，因此一般稱為《德臣西報》或《德臣報》，是香港重要報紙之一。
- 8 月 30 日，英文《中國之外友》（*The Overland Friend of China*）創刊。
- 本年，英文《香港紀錄報》（*The Hongkong Register*）增出附刊《大陸紀聞與行情》（*The Overland Register and Price Current*）。
- 英文《中國郵報》（*The China Mail*）創刊，日出對開三張，銷行二千四百份，為威爾遜（D. C. Wilson）所有，編輯白納脫（G. C. Burnett）。
- 英文《全華郵報》（*Overland China Mail*）創刊，週報，銷行一千份。

1847 年（丁未）

- 本年，英文《德臣西報》（*The China Mail*）資助容閎、黃勝（平甫）、黃寬三名學生赴美國留學。其後黃勝因病退學，返回香港，在該報擔任印刷、管理等方面的工作。

1850 年（庚戌）

- 6 月 17 日，英文《狄克遜氏香港紀事報》（*Dixions Hongkong Recorder*）創刊，簡稱《香港紀事報》（*The Hongkong Recorder*）。

1853 年（癸丑）

- 9 月 3 日，香港最早的中文雜誌《遐邇貫珍》（*Chinese Serial*）創刊，每月出十六開本一冊，每冊十二至二十四頁不等，竹紙鉛印。
- 9 月 24 日，英文《香港政府公報》（亦作《香港轅門報》；*The Hongkong Government Gazette*）創刊，週刊，由香港政府編輯出版，俗稱「憲報」。
- 本年，前香港法院首席法官奚禮儀（C. B. Hillier）接任《遐邇貫珍》主筆。

1854 年（甲寅）

- 12 月，《遐邇貫珍》第一次刊出「時論」，評論清軍攻打上海小刀會事件，揭露清方將領謊報軍情和誇大戰功。

1855 年（乙卯）

- 8 月 1 日，英文《香港航運錄》（*Hongkong Shipping List*）創刊。
- 本年，《遐邇貫珍》增出附刊《佈告篇》，隨報發行，每期四頁，專載商情及船期。

1856 年（丙辰）

- 5 月，《遐邇貫珍》主編理雅各（James Legge）以「事務過繁，無法兼顧」，宣佈停辦該刊，共計出版三十三期。
- 本年，英法聯軍之役（亦稱第二次鴉片戰爭）爆發，至 1860 年結束。戰事使香港與中國內地的關係大受影響。

1857 年（丁巳）

- 10 月 1 日，英文日報《孖剌西報》（又譯《孖剌報》；*The Daily Press*）創刊，首任主編為美國人賴登（George M. Ryden），繼任主編為英國商人孖剌（Yorick J. Murrow）。這是香港最早的英

文日報，出版至 1919 年停刊。

- 11 月 3 日，《香港船頭貨價紙》創刊，是英文《孖剌西報》的中文版，每週二、四、六發行，內容以船期、商品價格、行情、商業信息和廣告為主，是中國最早的經濟類報紙和中國最早以單頁報紙形式兩面印刷的中文報紙。按：《香港船頭貨價紙》是《香港中外新報》前身。

1858 年（戊午）

- 本年，英文《孖剌西報》（*Daily Press*）主編賴登（G. M. Ryder）以該報所刊評論攻擊怡和洋行，被香港法院以誹謗罪判處有期徒刑六個月，該報主編改由孖剌擔任。
- 英文《香港航運錄》（*Hongkong Shipping List*）停刊。
- 英文《香港紀錄報》（*The Hongkong Register*）停刊。
- 清政府分別與英、法簽訂《天津條約》。

1859 年（己未）

- 1 月 14 日，《狄克遜氏香港紀事報》（*Dixions Hongkong Recorder*）停刊。

1860 年（庚申）

- 10 月 24 日，中英兩國簽訂《北京條約》，清政府將九龍半島界限街以南地區及昂船洲「割讓」給英國。
- 本年，英文《中國之友》（*The Friend of China*）自香港遷至廣州出版。
- 英文《香港政府公報》的中文版創刊，香港政府主辦，週刊。

1861 年（辛酉）

- 8 月 10 日，英文《德臣西報》（*China Press*）增出中文副刊《香港新聞》，以報道船期、貨價為主要內容。

- 本年，《香港新聞》在日本東京刊行，係《香港船頭貨價紙》的日本翻印版，加有日文註解。按：在日本刊行的《香港新聞》是否即《德臣西報》增出的中文副刊《香港新聞》，抑係《孖剌西報》中文版《香港船頭貨價紙》的翻印，二者關係如何，有待查證。

▉ 1863 年（癸亥）

- 本年，《中國之友》（*The Friend of China*）由廣州遷至上海出版。

▉ 1864 年（甲子）

- 本年，蘇格蘭人尼古拉‧但尼士主辦的英文日報《香港晚郵報及船期錄》（*Hongkong Evening Mail and Shipping List*）創刊。該報後來與《德臣西報》合併。
- 中國境內最早的中文日報《近事編錄》創刊，西方傳教士羅郎也（Noronha）主辦，王韜一度擔任主編，1883 年產權歸中國人，旋停辦。

▉ 1866 年（丙寅）

- 本年，英文《中國之友》（*The Friend of China*）改為晚報，繼續出版。

▉ 1868 年（戊辰）

- 3 月 7 日，英文《中國雜誌》（*The Chinese Magazine*）創刊。
- 本年，《孖剌西報》附出的中文雜誌《香港新聞》停刊。

▉ 1869 年（己巳）

- 11 月 1 日，英文《每日廣告報》（又名《香港廣告報》；*The Daily Advertiser*）創刊。1873 年易名《香港時報》（*The Hongkong Times*）。

- 本年，英文《中國之友》（*The Friend of China*）易名《中國之友及船期雜誌》（*The Friend of China and Shipping Gazette*）在上海繼續出版，旋即停刊。

1871 年（辛未）

- 3 月 18 日，英文《德臣西報》（*The China Mail*）附出的中文版《中外新聞七日報》創刊，主編陳藹廷。至 1872 年 4 月 6 日停刊。

1872 年（壬申）

- 4 月 17 日，《香港華字日報》（通稱《華字日報》）創刊，主編陳藹廷，發行六千份，初創時每隔兩日出八開四版一張，十年後改為日刊。
- 8 月 2 日，英文《中國滑稽報》（又稱《中國笨拙》；*China Punch*）創刊於香港。

1873 年（癸酉）

- 5 月 1 日，英文日報《香港廣告報》（*The Daily Advertiser*）易名《香港時報》（*The Hongkong Times*）繼續出版。

1874 年（甲戌）

- 2 月 4 日，《循環日報》創刊，王韜主編，日出對開四大張，發行一萬五千份，是華人社會第一份公開宣傳變法的報紙。

1875 年（乙亥）

- 本年，《循環日報》增出月報一種，擇重要時事匯為一冊，每年取費一元，出版不到一年即停刊。

1876 年（丙子）

- 2 月 1 日，英文週報《德臣西報》（*The China Mail*）與《香港晚郵報及船期錄》（*Hongkong Evening Mail and Shipping List*）合併，改為日報，用 *The China Mail* 的名義繼續出版，每星期三增出英文週刊一種，每期約三十頁。
- 7 月，英文月刊《遠東》（*The Far East*）創刊，布萊克（J. R. Black）編輯，該刊圖畫極多，在香港、上海及東京三處發行。
- 本年，英文《香港時報》（*The Hongkong Times*）停刊。

1877 年（丁丑）

- 本年，英文半月刊《香港天主教紀錄報》（*The Hongkong Catholic Register*）創刊，是天主教教會組織最早在中國出版的定期刊物。
- 英文月刊《遠東》（*The Far East*）停刊。

1878 年（戊寅）

- 本年，《循環日報》為爭取讀者，特將每晨出版的日報提前於頭一天傍晚印好送出，成為香港當時僅有的中文晚刊日報。

1879 年（己卯）

- 1 月，《香港政府憲報》第一號開始，英文、中文並刊。
- 本年，陸驥純創辦《維新日報》，鼓吹君主立憲。1909 年易名《國民日報》。

1880 年（庚辰）

- 本年，基督教徒主辦的《郇報》創刊，出版僅月餘即停刊。

■ 1881 年（辛巳）

- 2 月底開始，英文、中文並刊的《香港政府憲報》，只以英文發表，不再刊載中文。
- 6 月 15 日，英文《香港電訊報》（通稱《士蔑西報》；*Hongkong Telegraph*）創刊，為弗蘭克林（E. P. Franklin）所有，編輯人雪克斯（Alfred Hicks）。每晚出版對開三張，星期日休刊，銷行三千份，後增至約四千四百份。

■ 1882 年（壬午）

- 本年，《循環日報》取消每晚提前出版第二天日報的辦法，恢復每晨出報。

■ 1883 年（癸未）

- 5 月，王韜的政論文匯編《弢園文錄外編》出版，收錄他在《香港華字日報》、《近事編錄》和《循環日報》等報刊撰寫的大量政論，是中國第一部報刊政論文集。
- 本年，西人羅郎也將所辦的中文日報《近事編錄》產權轉移給華人。該報每年訂費亦由五元減至四元，旋以銷路不佳停刊。

■ 1884 年（甲申）

- 2 月 6 日，《申報》開始在歐洲及香港兩地約聘外籍記者採訪有關「法越交涉事件」新聞。
- 3 月 13 日，法軍大舉進犯越南北寧、太原等地，英文《德臣西報》記者以「法人不聽其在彼訪事」而被迫撤回香港。

■ 1885 年（乙酉）

- 本年，《粵報》（又名《香港粵報》）創刊，創辦人羅鶴朋，除出版日報外，兼營印刷業務。

■ 1886 年（丙戌）

- 本年，《粵報》為盧敬之購進，繼續出版。先後擔任督印人的還有黃子葵、黃南廬、溫俊臣等，三年後停刊。

■ 1889 年（己丑）

- 本年，文摘性期刊《日報特選》（*Extracts from Newspapers*）創刊，由中華印務總局發行，刊期不詳，每期二十頁，毛邊紙鉛印。分京報、中外新報、廣報、海防日報及中外新聞等欄。

■ 1892 年（壬辰）

- 3 月 13 日，楊衢雲、謝纘泰、羅文玉等成立輔仁文社（亦稱輔仁書報社），以開通民智、熱愛祖國為宗旨。

■ 1896 年（丙申）

- 本年，《環球日報》（又名《環球報》）創刊，英商投資，成為當時主要日報之一。

■ 1897 年（丁酉）

- 本年，《香港新報》（日報）創刊，黎少東主編。

■ 1898 年（戊戌）

- 6 月 9 日，中英《拓展香港界址專條》在北京簽署；8 月 8 日，在倫敦換文。並通過第二年的劃界談判，英國向清政府租借九龍界限街以北、深圳河以南的領土，為期九十九年，稱為新界地方。

1899 年（己亥）

- 2 月 2 日，《香港通報》（又名《通報》）創刊，館址在香港中環海旁門牌二十六號，督印人張筱邨。自創刊日起，即與廣州《嶺海報》合作，統一收費，不久改為各自單獨發行。
- 6 月，皇仁書院校刊《黃龍報》創刊。出版至今，是香港歷史最悠久的校刊。
- 秋，孫中山派陳少白、王質甫從日本到香港，籌辦革命黨人的機關報。
- 本年，《郇報》（又名《中國郇報》）創刊，週刊，廖卓庵主編，是基督教會主辦的期刊。
- 《東報》創刊，是日本人主辦的中文報紙，督印張少春、張鶴臣。
- 《香港晨報》創刊，督印人李賢士。

1900 年（庚子）

- 1 月 25 日，近代中國第一份革命報紙《中國日報》創刊，社址在香港中環士丹利街二十四號，初為興中會的機關報，1905 年同盟會成立後轉為同盟會機關報。日出對開兩張，早期還增出《中國旬報》一種，每十日出版一次。報紙先後由陳少白、馮自由、謝英伯主持，至 1903 年因經費困難，添招外股，與裕文堂（印書局）合辦。
- 5 月 13 日，《中國日報》增刊《中國旬報》自即日出版的第十一期起，增設「鼓吹錄」一欄，專刊詩詞、戲曲、諧文等文藝作品，配合日報進行民主革命宣傳，是革命派報刊上最早出現的文藝附刊。
- 8 月，《中國旬報》第十九期刊出章太炎〈請嚴拒滿蒙人入國會狀〉、〈解辮髮〉兩文，和他寫給《中國日報》編者的〈來書〉，末附編者按語，是《中國日報》創刊以來所發表的第一批激烈的反清文字。
- 本年，英文《德臣西報》主筆英國人尼古拉．但尼士辭職，由柏內特繼任。
- 英文《士蔑西報》（Hongkong Telegraph）由鄧肯（Chesney Duncan）、法蘭西斯（T. T. Francis）接辦，組成有限公司，大部份股份為華人所持有。

■ 1901 年（辛丑）

- 2 月，《中國日報》增刊《中國旬報》出至第三十七期後停刊。
- 春，《中國日報》館址由香港士丹利街遷到永樂街，鄭貫公經孫中山介紹由日本抵港任該報記者。
- 本年，《郇報》（又名《中國郇報》）停刊。

■ 1902 年（壬寅）

- 1 月 18 日，孫中山乘日輪八幡丸號自日本抵達香港，寓上環永樂街《中國日報》報社三樓，進行革命聯絡活動；24 日，離開該報館返回日本。
- 4 月 26 日，《中國日報》為響應原定是日在東京舉行的「支那亡國二百四十二年紀念會」，在香港永樂街報社內舉行相應集會，陳少白、鄭貫公等主持。
- 9 月，《中國日報》發表社論〈謹擬各報館公共章程〉，對報紙如何處理論說、來稿和新聞編輯工作的一些問題提出意見。

■ 1903 年（癸卯）

- 春，《中國日報》聘馮自由為駐日記者，加強留日學生界消息的報道。
- 3 月 18 日，英國出版商克銀漢（A. Cunningham）組成南華早報有限公司。11 月 7 日，英文《南華早報》（*South China Morning Post*）創刊，為香港第一家以一般居民為讀者對象的「大眾化」英文報紙，日出對開一張，售價每份一角，初創時銷約六百份。該報是香港最重要的英文報紙，出版至今。
- 12 月 29 日，《世界公益報》創刊，社址在香港歌賦街三十二號，鄭貫公、崔通約、譚民三等聯合主辦，鄭貫公任總編輯，日出對開兩張，約四萬八千字，與《中國日報》同為同盟會在香港的重要輿論陣地。該報並出版附張《世界一噱報》。
- 本年，《實報》創刊，潘飛聲主編，言論「婉約」而不「偏激」，副刊多風花雪月之作。1908 年改名《真報》。

1904 年（甲辰）

- 2 月 20 日，香港《商報》創刊，日刊，社址在香港上環新海旁十三號，出有附張《商報消閒錄》。
- 3 月 5 日，《中國日報》發表評論〈忠告香港《商報》〉；3 月 7 日，《中國日報》發表評論〈特別忠告香港《商報》〉，嘲諷《商報》報道錯誤。
- 3 月 17 日，《中國日報》刊出即將創刊的《廣東日報》的〈定期出紙普告〉。
- 3 月 31 日，《廣東日報》創刊，社址在香港士丹利街二十六號開智社內，總編輯兼督印人鄭貫公，與《中國日報》同屬革命派的言論機關，有附刊《無所謂》，日出兩頁，隨報附送。
- 本年英文《中央郵報》（*Ceneral Post*）創刊。

1905 年（乙巳）

- 1 月，《世界公益報》改組，譚民三辭去司理職務，由莫梓幹繼任；主編鄭貫公自行告退，編輯事務改由李大醒、黃世仲、黃耀公等負責。
- 3 月 31 日，《廣東日報》發表社論〈書本報出世一週年之紀念日及視報界之前途〉，重申該報宗旨為「發揮民族主義，提倡革命精神」。
- 4 月 7 日，《廣東日報》改組，總編輯兼督印人鄭貫公去職，改由李漢生接任。
- 5 月 5 日，《廣東日報》增闢附刊《一聲鐘》，以文藝作品支持反美華工禁約及抵制美貨運動；5 月 23 日，《廣東日報》在「言論界」欄發表長篇論說〈敬告會議對付美約之諸君〉，歷數美國方面虐待華工，主張對美方進行抵制。
- 6 月 3 日，《20 世紀之支那》在日本東京創刊，香港地區委託《中國日報》擔任代派工作。
- 6 月 4 日，《唯一趣報有所謂》（通稱《有所謂報》）創刊，鄭貫公任編輯發行人，該報分莊諧兩部。
- 7 月 3 日，《廣東日報》刊出大醒所作論說〈上海人鏡學社上各會書書後〉，認為當前抵制美約，只能依靠國民，不能依靠清政

府：7月7日，刊出大醒所作論説〈袁世凱以一身為國民之公敵〉。

- 7月22日，《有所謂報》刊出鄭貫公等所寫的〈本報抵制美約非常要告〉（公啟），宣佈自即日起拒刊美貨廣告。
- 7月31日，《廣東日報》在附刊《一聲鐘》中刊出署名隴西三郎所寫的班本（即戲文本），介紹計劃創辦的《拒約新報》。
- 8月4日，《廣東日報》發表大醒所作評論〈敬告我同業之資本家〉，號召滬、津、省、港等地報館一體拒刊美商及美貨廣告。
- 8月12日至23日，《有所謂報》連續十一天分五次刊載鄭貫公所寫的長篇論説〈拒約須急設機關日報議〉，力主創辦抵制美約的機關報紙。
- 8月21日，《廣東日報》刊出廣州《拒約報》（又名《美禁華工拒約報》）的出版預告；8月23日，《廣東日報》發表社論，對《大公報》刊載「古燕平心子」反對拒約運動的來論一事表示不滿。
- 8月，《中國日報》刊〈荷屬爪哇各埠情況調查〉，敍述海外華工被迫害的情況。
- 8月，《世界公益報》因載漫畫〈龜抬美人圖〉被香港政府將主筆驅逐出境。
- 9月5日，《有所謂報》刊出署名「粵商拒約人」的來稿，對《嶺海報》破壞反美華工禁約運動的宣傳進行反擊。
- 9月6日，《有所謂報》在副刊中刊出鳳萍舊主所作班本〈生祭三志士〉，對香港《商報》、廣州《嶺海報》向當局密告革命黨人猛烈抨擊。
- 10月7日，孫中山自橫濱乘法郵船赴安南途經香港，邀集陳少白等人商談，並對《中國日報》、《有所謂報》在抵制美貨問題上意見分歧進行調解。
- 11月9日，《廣東日報》發表評論〈咄咄天津官場對於大公報〉，評論《大公報》近日言論及官方弛禁一事。
- 12月18日起，以《廣東日報》、《有所謂報》為一方，《中國日報》為另一方，因在抵制美貨方法問題上意見分歧而展開罵戰。
- 年底，《廣東日報》附刊《一聲鐘》停刊。
- 本年，香港成立報界公會。

1906 年（丙午）

- 1 月，《中國日報》由香港荷里活道遷至上環德輔道，繼續出版。
- 2 月 8 日，《日日新報》創刊，發行所在香港上環新海旁十三號。該報自稱「以發揮民族為唯一之方針」，出版後不久即對廣東當局強收粵漢鐵路權發表激烈評論。
- 春，粵督岑春煊下令禁止《中國日報》、《世界公益報》、《維新日報》、《日日新報》等港報在內地發行。
- 4 月，《廣東日報》停刊。
- 5 月 12 日，即將創刊的《少年報》在是日出版的《有所謂報》上刊出〈少年報出世之廣告〉，介紹該報宗旨及辦報原則。
- 5 月 27 日，廣州《珠江鏡》報遷至香港出版，社址在香港德輔道中九號三樓，日出一張，星期日休刊，何言任總編輯，陳鳴談任總撰述。
- 5 月 28 日，《香港少年報》（又名《少年報》、《少年日報》）創刊，社址在香港海旁干諾道一百零八號，日出一張半，每月初二、十六日休刊，總編輯黃世仲。該報反滿、革命色彩強烈。
- 6 月 1 日，上海《新聞報》改組為有限公司，在香港註冊，美國人福開森（John C. Ferguson）任公司總董事。
- 7 月 9 日，廣東地方政府發佈命令，禁止香港《世界公益報》、《中國日報》、《珠江鏡》報等七家報紙在廣州發售。
- 7 月 10 日，《珠江鏡》報發佈傳單，宣佈「暫行停印」。
- 7 月 25 日，章太炎以個人名義在《民報》刊出〈告白〉，感謝「香港各報館暨廈門同志賀電」。
- 7 月 29 日，《東方報》（又名《東方日報》；*Eastern News*）創刊，發行所在香港德輔道中一百三十七號頂樓，印刷人黎新。這是《有所謂報》停刊後，報館編輯發行人員另行創辦的一家報紙。
- 8 月 16 日，兩廣總督岑春煊以香港《東方報》於 15 日所刊〈鐵路公司久不出數論〉等論說，攻擊廣東地方當局把持粵漢鐵路權，札飭廣東巡警局禁止該報在省內發行。
- 11 月 3 日，《醒國魂報》創刊，發行所在香港中環機利文新街三十六號三樓。
- 11 月 14 日，《中國日報》就萍鄉起義事印發題為「革命軍大勝利」的傳單，報道有關消息。

- 12 月 7 日，兩廣總督周馥以香港各報鼓吹革命排滿主義，嚴申禁令，不准銷入廣東省地。
- 本年，《國民日報》創刊。

1907 年（丁未）

- 1 月 13 日，《東方報》因被禁在內地發行，銷路銳減，經濟出現困難，被迫停辦。
- 2 月，《小説世界》創刊，旬刊，所載小説等文藝作品多以反清反帝、鼓吹民族獨立為中心內容。
- 2 月，《香山報》創刊，編輯部在香港威靈頓街一百六十二號。
- 3 月 9 日，《中國日報》刊有〈大江七日報之暢銷〉消息一則，介紹該報情況。
- 3 月 19 日，《中國日報》發表社論〈清廷之示禁書報〉，指責清朝當局禁錮言論，限制報紙出版。
- 8 月，香港議政局通過《禁止報章登載煽惑友邦作亂之文字》專律；香港政府公佈第十五條法例，規定凡在香港發行的報紙、書籍、文字、圖畫，「流入中國內地而能使全國發生叛亂的」，「為顧全邦交起見，得加以取締。」這是香港當局第一次限制中文書報言論的措施。在此之前不久，香港華民政務司曾以「違例」為詞，將《中國日報》代銷的《民報》特刊《天討》全部沒收。
- 9 月 9 日，《中國日報》刊出〈代理南洋中興日報〉廣告。
- 10 月 10 日，香港政府正式頒佈條款，禁止在香港刊印、發售、佈告、分派「滋擾中國治安，或鼓動人民在中國行惡之報紙書籍等件」，違者最高處兩年監禁或五百元罰款。
- 12 月 5 日，《社會公報》創刊，社址在香港德輔道中六十一號三樓，日出一張半，總編輯兼督印人黃耀公，以宣傳民主革命為主要內容。
- 本年，《人道新報》創刊，陳春生主辦。

1908 年（戊申）

- 1 月，區鳳墀、李維楨、尹文楷、林紫虬創辦《新小説叢》，由林紫虬主編，是文藝性質的月刊，以介紹外國偵探小説為主。

- 2 月 25 日,《民報》第十九期刊出該社再次發佈的〈代派香港中國日報〉告白。
- 11 月 14 日,《中國日報》發表論說〈促日本外交家之反省〉,對所傳日本政府應奉天巡撫奉派赴美特使唐紹儀要求對《民報》實行限禁一事,進行抨擊。
- 本年,《人道日報》創刊,督印人李孟哲。
- 《真報》創刊,主編陳自覺,其前身是《實報》,言論較《實報》為激烈。
- 《維新日報》由劉少雲接辦,接辦後兩年改名《國民日報》繼續出版,仍為保皇黨作鼓吹,民國成立後停刊。
- 《德華朔望報》半月刊創刊。

1909 年（己酉）

- 9 月 1 日,日本人松島宗衛主辦的日文《香港日報》創刊。
- 本年,《時事畫報》復刊,仍由謝英伯、潘達微、鄭侶泉、何劍士等人擔任編輯,出版十餘期後停刊。《時事畫報》是最早在香港出版的中文畫報。
- 《維新日報》改名《國民新報》繼續出版,劉少雲主編。

1910 年（庚戌）

- 3 月,《華字日報》因報道有關新軍起義的消息,被兩廣總督袁樹勳飭關道禁止進口。
- 春,馮自由辭去《中國日報》社長職務,前往加拿大從事革命宣傳活動,《中國日報》的工作改由謝英伯主持。
- 本年,《女界星期錄》週刊創刊,洪舜英、洪美英主編。

1911 年（辛亥）

- 5 月,《中國日報》由盧信接任主編。
- 10 月,廣州惠州總兵陸提秦發佈告示,禁閱《世界公益報》等港澳地區出版的革命報紙。

- 10 月，《新漢報》創刊，盧博浪、李孟哲主筆，南北議和後停刊。
- 11 月 9 日，《新漢日報》創刊，社址在香港永樂街四十五號，總經理黃世仲，主筆盧博浪、李孟哲。該報對各地軍政府的活動作了較詳細的報道。
- 11 月 18 日，香港印刷工人為抗議香港當局逮捕該業職工同盟會職員，舉行同盟罷工，香港中、英文報紙全部停刊。
- 11 月 25 日，同盟會南方支部機關報《中國日報》由香港遷廣州出版。
- 本年，革命派報刊《新少年報》創刊，除正刊外，還出有附刊《新少年諧報》一種。
- 《中國軍事日報》創刊，徐桂主編。
- 《人道雜誌》創刊。

■ 1912 年（壬子）

- 本年《國民新報》（前名《維新日報》）停刊。

■ 1913 年（癸丑）

- 2 月 8 日，《大光報》創刊，尹文楷主辦，日出對開四張。該報是基督教方面主辦的時事性大型日報。
- 9 月 3 日，《實報》主筆陳仲山在評論中支持「二次革命」，被香港當局指為「印發煽亂新聞，煽動中國內地居民作亂」，遭香港警方逮捕。
- 12 月，《香江雜誌》月刊創刊。
- 本年，《商報》更名《共和報》繼續出版，由霍公實任主筆。

■ 1914 年（甲寅）

- 12 月 15 日，廣東都督龍濟光禁止香港《共和報》、《大光報》、《人報》三家報紙進口。
- 12 月，《真報》主筆毛仲瑩以宣傳反袁，在回內地探親期間被粵督誘捕槍殺。
- 本年，商務印書館在香港設分館。

1915 年（乙卯）

- 10 月中旬，中華革命黨的機關報《現象報》創刊，日出八開八版一冊，銷約二、三千份，發行人梁智亭，總編輯鄧寄芳，出版不久即停刊。
- 本年，《真報》停刊。

1916 年（丙辰）

- 本年，仇景創辦《小説晚報》，是香港正式有晚報之始，但從報紙名稱看來，並不是以報道新聞為主要內容。

1917 年（丁巳）

- 本年，《世界公益報》停刊。報館設備被收購，改名《公益報》繼續出版，半年後停刊。

1918 年（戊午）

- 春，《香江晨報》創刊，社長兼總編輯夏重民。該報積極支持護法軍政府，日銷約四千份。

1919 年（己未）

- 本年，一批華商集資承頂了停刊的《中外新報》，創辦《香港華商總會報》，成為華商總會的機關報。

1921 年（辛酉）

- 6 月 17 日，日文日報《南支那新報》在香港創辦；翌年因創辦人平井真澄往廣州辦《廣州日報》而停刊。一説《南支那新報》刊行約兩年半，至 1923 年 9 月關東大地震後停刊。
- 冬，《香江晚報》創刊，督印人兼總編輯為黃燕清，副編輯為謝章玉。

■ 1922 年（壬戌）

- 2 月 2 日，英文《大光日報》（*Great Light*）出版十週年紀念號。
- 本年，美國聯合通訊社開始在中國活動，在香港亦設有分社及通訊員。

■ 1924 年（甲子）

- 7 月 19 日，《新聞報》改名《中國新聞報》。該報原是陳炯明出資創辦，陳秋霖主編，鼓吹「聯省自治」；後陳秋霖發表聲明，與陳炯明脫離關係，改換報名，並刊出公開信，勸陳炯明不要與人民為敵。
- 7 月，《青島時報》（*Tsingtao Times*）創刊，在香港註冊，主筆黎爾德。
- 本年《香港日曜先驅報》（*Hong Kong Sunday Herald*）創刊，每期二十頁，銷行約三千份，編輯白納脫（G. C. Burnett），附有新聞照片，為星期日唯一的英文報。
- 本年前後，《香港學生》出版，以反帝反封建軍閥為主旨。

■ 1925 年（乙丑）

- 6 月 5 日，《華僑日報》創刊，岑維休、岑協同、陳楷等主辦，是香港主要的日報之一。其前身為《香港華商總會報》。
- 7 月 8 日，《工商日報》創刊，發行一萬份，日出對開四張，由港商洪興錦、王德光與報人潘惠儔、黎工佽等合力經營，總經理胡秩五。

■ 1926 年（丙寅）

- 11 月，《銀光》創刊，是香港最早的電影雜誌。
- 本年，《超然報》創刊，發行四千份，日出對開三張，社長由《華字日報》社長兼任，論調穩健，注意調查記事。

■ 1927 年（丁卯）

- 本年，《南強日報》創刊，是《華僑日報》系統內的報紙。
- 《南中報》創刊，晚報，是《華僑日報》的聯營報紙之一。
- 新聞學社成立，是香港第一所新聞學校。學制兩年。該校至 1931 年停辦。

■ 1929 年（己巳）

- 5 月 6 日，《香港小日報》創刊，聶榮臻等所辦，至 9 月 5 日被港府查禁；翌年出版一週年紀念刊《香港小日報彙刊》後，該報再被港府查禁。
- 10 月 8 日，香港廣播電台正式啟播。該電台成立於 1923 年，原為私人所辦，1928 年由香港政府接收，交郵政局管轄。
- 12 月，哈瓦斯社開始正式在中國活動，總社設在西貢，向遠東各重要城市設置特派員，駐香港的特派記者是羅拉哈（M. Noronha）。
- 12 月，《工商日報》由何東接辦。
- 本年，《香江晚報》停刊。

■ 1930 年（庚午）

- 11 月，《工商日報》同時出版《工商晚報》。
- 本年，林柏生在香港創辦《南華日報》，發行七千份，日出對開四張，總經理陳光文。

■ 1931 年（辛未）

- 6 月，《東方日報》創刊，發行五千份，日出對開三張，社長陳雁聲。

■ 1932 年（壬申）

- 本年，《中興報》創刊，發行四千份，日出對開三張，社長為胡

漢民之女胡木蘭。

- 《新中日報》創刊，發行六千份，日出對開三張，社長歐陽川，着重宣傳政治經濟建設。
- 《評論報》（*The Critic*）創刊，為 R. T. Barvett 所有。

■ 1933 年（癸酉）

- 4 月，國民黨中央通訊社香港分社成立，在香港正式發送新聞稿。
- 4 月，香港文藝研究會成立並創辦《前哨》；同年秋，香港文藝研究會易名新興讀書會，並於翌年春創辦《新泉》。
- 9 月，香港《天南日報》在北平成立華北總發行處，由馮千里負責。
- 本年，《天光報》創刊，與《工商日報》同一系統。

■ 1934 年（甲戌）

- 本年，陳銘樞創辦《大眾日報》，主張抗日救國。發行九千份，日出對開兩張，總經理蔣光亮。該報其後由福建省政府接辦，不久宣佈停刊，所有器材設備為桂系軍人收購，於 1936 年創辦《珠江日報》，作為第五路軍的機關報。
- 《香港午報》創刊，發行五千份，日出對開兩張。
- 香港教師會成立，出版學報《教育曙光》（*New Horizons in Education*），一年一期。

■ 1935 年（乙亥）

- 5 月 1 日，《成報》創刊，內容以小說、雜文為主，重視副刊。

■ 1936 年（丙子）

- 6 月 7 日，《生活日報》創刊，鄒韜奮任社長兼主編，社址設在香港利源東街二十號，是略大於四開的中型報紙，日出外埠兩張八版，本埠加一張，為十二版，逢週日出《生活日報星期增刊》三張十二版。《生活日報》於 7 月 31 日停刊，星期增刊改名《生

活日報週刊》；8 月 16 日出至第十一期後，遷往上海改名《生活星期刊》繼續出版。

- 截至 7 月，香港仍在出版的報紙為二十四種，包括中文報二十種和英文報四種，另週刊三種，通訊社四家。
- 11 月 7 日，《天文台》報創刊，創辦人陳孝威。初為半週刊，後改為雙日刊。該刊以軍事評論著名，最高銷數曾達十萬份。

■ 1937 年（丁丑）

- 1 月 15 日，《天演日報》創刊，由華僑集資創辦。
- 12 月，香港生活新聞學院開辦。

■ 1938 年（戊寅）

- 1 月 1 日，《星島日報》的專刊《青年記者》週刊發刊，由中國青年新聞記者學會香港分會主編。
- 1 月，《良友畫報》因淞滬抗戰爆發從上海遷至香港出版，由馬國亮主編，助編李青、丁聰，從第一三三期起至第一三八期止。該畫報於 1939 年 2 月遷回上海在「孤島」復刊。
- 3 月 1 日，《申報》從上海遷至香港出版。同年 10 月 10 日上海版復刊。港版出至 1939 年 7 月 10 日停刊。
- 3 月，《星報》創刊。羅吟圃主持社論，王德馨編電訊版，陳福榆編體育版，姚蘇鳳、范基本編副刊。
- 4 月 1 日，《立報》出版，薩空了任總編輯及總經理；9 月，總編輯易人，太平洋戰爭爆發後停刊。
- 4 月，《東方畫刊》創刊，八開本，月刊，是商務印書館香港分館出版的綜合性攝影畫報。
- 8 月 1 日，《星島日報》創刊，綜合性報紙，由胡文虎兄弟出資經營，金仲華任總編輯。香港淪陷後，該報被日軍接管，改名為《香島日報》。
- 8 月 13 日，《大公報》香港版創刊，日出對開三張，主持者有張季鸞、胡政之、金誠夫、徐鑄成；11 月 15 日，《大公報》香港館增刊《大公晚報》，每日午後出版半大張，有時增出兩次。
- 8 月 13 日，《星島晚報》創刊，由星島報業有限公司創辦，郭步

陶為編輯主任。

- 8 月,民族革命通訊社香港分社成立,社長林煥平。
- 11 月 11 日,《星島晨報》創刊,由星島報業有限公司創辦,葉啟芳主編。
- 11 月,《大地》畫報創刊,綜合性時事畫報,八開本,雙月刊,創辦人為馬國亮等,編輯為丁聰等人。
- 12 月 29 日,汪精衛在《南華日報》上公開發表通電,主張向日本投降求和;31 日,《南華日報》發表了該報社長林柏生寫的社論〈汪先生之重要建議〉。
- 本年,中國電影製片廠在香港成立了大地影業公司。
- 商務印書館在香港創辦《健與力》,該館出版的《東方雜誌》、《教育雜誌》、《兒童世界》、《少年雜誌》改在香港編印。

■ 1939 年（己卯）

- 4 月 24 日,中國新聞學院在香港創立,中國青年新聞記者學會香港分會倡議主辦,許世英、陶行知任該學院正副董事長,郭步陶任院長,一度因戰事停辦,至中華人民共和國成立前夕結束。
- 5 月 1 日,《成報》創刊,初為三日刊,後為日報,由何文法、何文元、汪玉亭、陳平等出資合辦。
- 5 月 14 日,《星島週報》正式發行,由星島報業有限公司創辦。
- 6 月 6 日,《國民日報》創刊,主持人有陶百川、陳訓畬等。
- 7 月,《今日中國》畫報創刊,八開本,月刊,用英、法、俄、中四種文字說明。
- 8 月 13 日,汪精衛控制的三家報紙《南華日報》、《天演日報》和《自由日報》的全部工人八十二人,以個別辭工的方式離開報館,變相罷工,使這三家報紙被迫停刊兩個多月;11 月,辭職工人組織回國服務團,參加抗戰工作。
- 8 月,香港當局設立新聞檢查處,同時開始郵件檢查。
- 本年,香港國際新聞社併入桂林的的國際新聞社;上海淪陷後,香港分社與桂林總社、重慶辦事處的發稿業務,對外有英文《遠東通訊》,對華僑有《祖國通訊》、《國新通訊》,對內地有《國際新聞通訊》等。

1940 年（庚辰）

- 1 月 11 日，因廣州發現偽造的香港《大公報》，是日《大公報》香港版發表〈揭發日偽陰謀〉予以報道。
- 5 月，汪偽在南京建立中央電訊社，後在香港設特派員。
- 10 月 10 日，《大觀電影》創刊，大觀聲片有限公司出版。

1941 年（辛巳）

- 3 月 15 日，《大公報》在桂林出分版。香港淪陷後，該報在香港的人員撤至桂林。
- 3 月，《今日中國》畫報停刊，共出十八期。
- 春，香港中國通訊社在九龍創立，社長喬冠華；12 月，太平洋戰爭爆發後停辦。
- 4 月 8 日，《華商報》創刊，對開，晚報，廖承志主持籌辦，社長范長江，總編輯胡仲持。該報於 12 月 10 日日軍攻佔香港前夕停刊。
- 4 月至 5 月，宋慶齡主辦的《保衛中國大同盟》、張鐵生主辦的《世界知識》相繼出刊，至 12 月日軍進攻香港時停刊。
- 5 月 17 日，鄒韜奮創辦的上海《大眾生活》週刊在香港復刊，鄒韜奮自任主編，平均每期發行十萬份；12 月 6 日，出至第三十期後因太平洋戰爭爆發停刊。
- 7 月，《東方畫刊》停刊，共出版四十期。
- 9 月 15 日，《大公報》社董監事聯合辦事處在重慶成立，胡政之任主任，統一領導該報重慶、香港、桂林三館，正式成立社評委員會，香港版以金誠夫、徐鑄成為委員。
- 9 月 18 日，中國民主政團同盟的機關報《光明報》創刊，梁漱溟任社長，薩空了任督印人和總經理，俞頌華任總編輯；該同盟在報上發表〈成立宣言〉及〈對時局主張綱領〉10 條。12 月 14 日起停刊，1946 年 8 月及 1948 年 3 月兩度復刊，出版旬刊及半月刊。
- 11 月，《大地》畫報停刊，共出十八期。
- 12 月 8 日，日本空軍襲擊香港，日本陸軍從深圳進攻香港；11 日，九龍棄守；13 日，英軍全部退至港島；18 日，日軍在港島東部登陸；

25 日，港督楊慕琦向日軍投降。

- 12 月 13 日，《大公報》香港版因日軍侵佔九龍，宣告停刊。
- 12 月 25 日，《華字日報》停刊，先後出版七十七年。
- 12 月 25 日，《天文台》報因香港淪陷停刊。
- 12 月，太平洋戰爭剛爆發時，港英政府下令封閉親日和親汪的《香港日報》、《南華日報》、《天演日報》等；香港淪陷後，這些報紙紛紛復刊，《華僑日報》繼續出版。
- 12 月，民族革命通訊社香港分社在日軍侵佔香港後即告結束。
- 12 月，《成報》在日本侵佔香港時停刊，抗戰勝利後復刊。
- 12 月，國際新聞社香港分社在香港淪陷後停止了活動。
- 本年，香港的大觀影片公司攝製了反映保衛中國大同盟為救濟中國難民而發動的「一碗飯運動」新聞紀錄片《一碗飯運動》，大觀影片公司是拍攝新聞紀錄片較多的一家公司，幾年間約拍過十多部，其中有《廣州抗戰記》等。
- 《國民日報》在香港淪陷後停刊，抗戰勝利後復刊。

■ 1942 年（壬午）

- 6 月，大同圖書印務局成立，出版《大同畫報》和《新東亞》月刊，兩份刊物均出版不足一年便告停刊。
- 6 月後，香港中文報紙只剩下五家：《香港日報》、《南華日報》、《華僑日報》、《香島日報》（即《星島日報》與《華字日報》合併後改名）和《東亞晚報》。

■ 1943 年（癸未）

- 4 月，《大同週報》創刊。

■ 1945 年（乙酉）

- 3 月，《東亞晚報》停刊。
- 4 月，《華僑晚報》創刊。
- 7 月 5 日，《香島月報》創刊，只出版兩期。
- 8 月，第二次世界大戰結束。

- 11 月 13 日，《正報》創刊，由饒彰風主持，初為四開四版，三日刊，後改為兩日刊，該報日發行八千份，最高時達兩萬多份。
- 12 月 23 日，《新生晚報》創刊，是李宗仁所辦。

■ 1946 年（丙戌）

- 1 月 4 日，《華商報》（日刊）復刊，由晚報改為早報，總經理薩空了，總編輯劉思慕，其副刊初名《熱風》，後改為《茶亭》。
- 1 月，《願望》週刊創刊，陳建功任社長，出至十九期停刊。
- 年初，國際新聞社在上海、香港兩地恢復工作，香港分社由高天負責，社員有薩空了、劉思慕等，社址設在香港堅道二十號底層。
- 2 月 5 日，《工商時報》復刊，董事長何東，總經理胡秋五，總編輯龍實秀。
- 2 月 9 日，《伶星》（香港版）出版。
- 2 月 15 日，《工商晚報》復刊。
- 3 月 1 日，中國農工民主黨機關報《人民報》創刊，四開四版，日刊，社長李伯球，總主筆黃藥眠；4 月 1 日，遷廣州出版，改為週刊，後改為半月刊；8 月底被迫停刊，其負責人撤退到香港。
- 5 月，香港中國新聞學院復校，由葉啟芳任院長；9 月，劉思慕任院長。
- 6 月 29 日，廣州文化出版社、廣州書報雜誌供應社、現代出版社等十三家文化機構，以及香港《華商報》廣州分社、《正報》廣州營業處、《人民報》和蔡廷鍇發起的《現代日報》籌備處，遭到國民黨當局的查封。
- 7 月 21 日，《正報》出至第一一零期時改為兩開版面，旬刊；10 月 19 日，再改為週刊。
- 8 月，民盟中央機關報《光明報》復刊，薩空了任代理督印人，以旬刊形式出版二十二期。
- 9 月，香港中國新聞學院增設函授班。
- 本年，《成報》復刊。

■ 1947 年（丁亥）

- 1 月 1 日，《經濟導報》（*Economic Reporter*）週刊創刊，以報

道中國經濟為重點，創辦人許滌新等，董事長兼社長謝明幹。

- 1 月 30 日，《群眾》週刊在香港版出版，章漢夫任社長，旨在開展對海外的宣傳工作。
- 7 月，民盟中央機關報《光明報》暫時停刊。
- 9 月 13 日，《華商報》以「陝北中共電台宣佈大反攻已展開」為題在頭版頭條加以報道。
- 10 月，黃谷柳的長篇小說《蝦球傳》由《華商報》連載發表，是影響較大的通俗新文藝作品。

■ 1948 年（戊子）

- 1 月 29 日，《群眾》週刊第二卷第三期刊登卓雲的文章〈大公報的「中間路線」〉，批駁該報 1 月 8 日的社評〈自由主義的信念〉。
- 1 月，《中國學生叢報》創刊；8 月，停刊。
- 2 月 26 日，《群眾》週刊第二卷總第五十七期刊載題為〈大公報向上海學生挑戰〉的文章，批駁《大公報》社論〈關於冬令救濟〉。
- 3 月 1 日，民盟中央機關報《光明報》再次復刊，陸詒任督印人兼主編。
- 3 月 15 日，《大公報》復刊，社址設在香港利源東街十五號，日出對開兩張，滬、津、渝、港四版同時發行，發行總數每日為二十萬份，由胡政之主持。費彝民為督印人。
- 6 月，茅盾、巴金等編輯的《小說》月刊創刊。
- 9 月 9 日，《文匯報》復刊，社址設在香港荷李活道，日出對開兩張，由李濟深任董事長。
- 10 月，香港中國新聞學院增設函授學院。
- 11 月 10 日，《大公報》香港版發表社評〈和平無望〉，立場有所改變。
- 11 月 13 日，《正報》自動停刊。
- 本年，《伶星》改版為《伶星日報》，刊行至 1954 年結束。

■ 1949 年（己丑）

- 1 月 1 日，香港版《大公報》發表社評〈展望中華民國三十八年〉，指出這應是舊中國開創新中國劃時代的一個大年代。

- 3月1日，英文《虎報》（*Hong Kong Standard*）創刊，發行人胡文虎，是其所屬的星系報業集團的報刊之一。
- 春，《國民日報》再次停刊。
- 4月，香港國際新聞社停止活動。
- 6月，《民生評論》半月刊創刊。
- 8月4日，《香港時報》創刊，日出對開三張，主辦人許孝炎，是國民黨在香港的主要宣傳機關，社址在香港告士打路六十四至六十六號。
- 8月，《香港日報》創辦。
- 9月，中國民主政團同盟機關報《光明報》終刊。
- 10月15日，《華商報》停刊，全體工作人員到廣州，參加《南方日報》的創辦。
- 10月20日，《群眾》週刊香港版出至第一四三期停刊。
- 本年，《超然報》創刊，日報。
- 華南新聞社創辦《香港經濟年鑑》。

■ 1950年（庚寅）

- 7月8日，《七彩週報》創刊；其後改組，更名《彩虹》繼續出版。
- 8月1日，《長城畫報》創刊，1961年出至第一一九期。
- 10月5日，香港《大公報》創辦了姐妹報紙《新晚報》，以白領階層為主要讀者對象。
- 10月9日，《天文台》報復刊。

■ 1951年（辛卯）

- 1月22日，《小説世界》創刊。
- 11月15日，《星島週報》創刊。
- 11月，《新青年週刊》創刊。
- 本年，香港政府通過《刊物管制綜合條例》，對刊物的出版及內容、報刊和印刷品的印刷、出版、發售、發行、輸入、統制、登記與領照營業等都作出規定，是香港有史以來最嚴厲的管制條例。

■ 1952 年（壬辰）

- 3 月 15 日，《今日世界》創刊。
- 7 月，《中國學生週報》創刊。
- 7 月，《電影圈》（香港版）創刊。
- 10 月 1 日，中國新聞社（簡稱「中新社」，9 月 14 日成立於北京）開始發稿，以海外華僑、港澳台同胞和外籍華人為主要對象。
- 10 月 11 日，《香港商報》創刊，對象以中下層市民為主，主銷香港、澳門地區，部份銷往廣東及福建省。
- 12 月，《南國電影》創刊。
- 本年，在「三一事件」中《大公報》、《文匯報》、《新晚報》三報被指控，《大公報》被迫一度停刊。
- 《人人文學》（月刊）創刊，至 1955 年停辦。

■ 1953 年（癸巳）

- 1 月 15 日，《兒童樂園》（半月刊）創刊。
- 1 月，《祖國》週刊創刊，主持人徐東濱。
- 1 月，《天下》畫報創刊。
- 5 月，《亞洲畫報》創刊，督印人是張國興。
- 本年，《新晚報》副刊試闢「武俠小說連載」專欄，約請陳文統（筆名梁羽生）、查良鏞（筆名金庸）在《新晚報》上發表連載，銷路大開。
- 《新生晚報》在香港首家啟用傳真機（時稱自動電訊打字機），直接與美聯社聯絡，電訊傳送時間比一般快約兩小時。
- 伍聯德創辦以兒童為對象的《小良友》。

■ 1954 年（甲午）

- 4 月 1 日，《文學世界》（月刊）創刊，出至第一卷第十二期停刊，兩年後改以季刊形式復刊。
- 5 月，《大觀畫報》創刊，共出版了六期。
- 本年，香港報業公會成立，香港十六家主要報紙均為其成員，該會由《南華早報》、《華僑日報》、《星島日報》和《工商日報》

四家報社倡議組成，由該四家報社負責人輪流擔任主席。

- 《良友畫報》在香港復刊。該畫報是 1926 年 2 月伍聯德在上海創辦。
- 《人人文學》停刊，共出三十六期。
- 本年起，《成報》銷量居全香港中文日報之首，並保持了二十多年，直到 1970 年代末才被《東方日報》超越。

▊ 1955 年（乙未）

- 1 月，《小畫報》（半月刊）創刊。
- 3 月 11 日，香港報業公會舉行第一屆週年聚餐會。
- 4 月 10 日，《香檳》（半月刊）創刊。
- 4 月 13 日，香港政府三讀通過有關限制報章刊載審理風化案件的猥褻報道。
- 8 月 15 日，《幸福》畫報創刊。
- 9 月 5 日，《工商晚報》以「適應社會經濟情況」作為理由，每份報紙的零售價由一角減為五仙。
- 9 月 15 日，《中聯畫報》創刊，至 1960 年代中停刊，共出六十二期。
- 10 月 26 日，香港政府修訂《管制出版條例》。
- 10 月，《國際電影》（香港版）創刊，出版至 1970 年代初。
- 本年，《新青年週刊》出至一六八期後停刊。
- 三育圖書公司、環球出版社出版大量武俠小說。

▊ 1956 年（丙申）

- 5 月 5 日，《晶報》創刊，創辦人、首任社長鍾萍，總編輯陳霞子。
- 6 月 14 日，香港出版人發行人協會成立，並於 7 月 14 日召開首次會員大會。
- 7 月 15 日，《新畫報》創刊。
- 本年，香港中國通訊社成立，該社主要業務是向香港、澳門地區及海外華文報刊提供新聞及副刊文稿，包括發行《中國通訊》、《通訊副刊稿》、專稿等。
- 《幸福電影》創刊。

■ 1957 年（丁酉）

- 1 月 1 日，《鄉土》（半月刊）創刊，督印人是吳其敏。
- 4 月，《新青年週刊》復刊。
- 5 月 29 日，麗的呼聲（香港）有線公司開辦「麗的映聲」中英文黑白有線電視，是香港最早的電視台，初期只設有英文台，播放的僅是一些個人的小型節目，1963 年才加設中文台。
- 5 月，《大眾文摘》月刊創刊，總編輯白志安。
- 6 月，《文藝世紀》月刊創刊，出版至 1969 年底停辦。
- 7 月，《春秋》月刊創刊。

■ 1958 年（戊戌）

- 1 月，《環球電影》創刊，僅出版數期。
- 4 月 1 日，中國出版的《人民日報》開始在香港發售。
- 4 月，《展望》月刊創刊。
- 7 月，《銀河畫報》創刊。

■ 1959 年（己亥）

- 3 月 5 日，《野馬小說週刊》創刊，發行人沈寶新，總編輯查良鏞。
- 3 月，《武俠世界》月刊創刊。
- 5 月 20 日，《明報》創刊，由查良鏞、沈寶新創辦，在港報中首家開闢「中國消息版」。
- 8 月 26 日，香港商業電台（簡稱香港商台）開始廣播，是香港私營商業電台之一，設有中、英文各一台，自製中文節目。
- 10 月 5 日，《新報》創刊，羅乃豪創辦，初創時以藍領階層及小市民為主要讀者對象。
- 10 月 15 日，《邵氏影友俱樂部》創刊。
- 本年，利源書報社成立。
- 香港政府公共關係辦公室改稱政府新聞處，擴大工作範圍，提供有關政府的消息給報社、廣播電台。

■ 1960 年（庚子）

- 本年初，著名小報《響尾蛇》創刊。
- 7 月 29 日，香港第一份夜報《新聞夜報》創刊，該報強調要網羅每日最後的香港及國際新聞。
- 9 月，《婦女與家庭》創刊，至 1980 年代，出版了近三百期。
- 11 月 1 日，香港第一份彩色印刷的報紙《天天日報》創刊，香港二天堂藥廠韋氏家族創辦。
- 本年，香港報紙總數達六十四種，其中每日出版的報紙有三十八種（三十四種中文，四種英文）。
- 《星島日報》全面展開分類廣告業務。
- 《電視週刊》創刊，至 1977 年改名《麗的電視週刊》。
- 《兒童報》（週報）創刊，後於第二零一期起為雙週刊，1966 年出至第二七二期停刊。

■ 1961 年（辛丑）

- 7 月，《娛樂畫報》創刊。
- 8 月 2 日，立法局三讀通過《1961 年誹謗修訂法案》。
- 本月，《星島日報》出版美國海外版。

■ 1962 年（壬寅）

- 4 月，《中國評論》週刊創刊。
- 6 月，《華僑文藝》（月刊）創刊；翌年 7 月改為《文藝》雙月刊，出版至 1965 年 1 月停刊。
- 9 月 1 日，颱風「溫黛」襲港，報界發起募捐運動。

■ 1963 年（癸卯）

- 3 月 1 日，《快報》創刊，該報由胡仙投資經營，以一般市民為讀者對象。
- 3 月，文藝半月刊《好望角》創刊。

- 6 月，香港商業電台增設面向青年聽眾的第二個中文台。
- 8 月，《香港時報》改組。
- 11 月 10 日，東南亞中文報業研討會開幕，舉行為期六日的研討會。
- 本年，香港中文大學設立新聞與大眾傳播系。
- 香港政府新聞處開始使用電傳打字機和傳真通訊，將中文稿件直接傳真至各大報館。

■ 1964 年（甲辰）

- 3 月 1 日，《少年報》（月刊）創刊，是《兒童報》副刊。
- 4 月，《亞洲週刊》（*Asia Weekly*）創刊。
- 7 月 25 日，《新觀察》（半月刊）創刊。
- 7 月起，《攝影藝術》月刊改出《攝影畫報》，成為在香港和海外行銷的中文攝影月刊。
- 9 月，《華僑日報》首先設立無線電採訪車隊。

■ 1965 年（乙巳）

- 2 月 16 日，《現代雜誌》創刊，蘇明璇主持。
- 2 月，《影劇》畫刊創刊。
- 3 月 15 日，英文《星報》（*The Star*）創刊，創辦人胡仙。
- 3 月，美國《讀者文摘》（*Reader's Digest*）在香港出版中文版，該刊由讀者文摘遠東有限公司（香港）和讀者文摘亞洲有限公司（台北）出版。
- 8 月，《中國民主論壇》創刊。
- 12 月，《當代文藝》（月刊）創刊，徐速主編。
- 本年，香港報紙達到五十二家，銷數九十萬份。
- 香港中文大學新亞書院開辦四年制新聞系課程。

■ 1966 年（丙午）

- 1 月 1 日，《香港影畫》創刊。
- 1 月，《明報月刊》創刊，內容偏重於對內地政治、經濟、文化

的評論和分析。
- 3 月 15 日，《大華》（半月刊）創刊，由高貞白（伯雨）自資刊印，出至第四十二期停刊。
- 本年，香港報社總數達四十四家。
- 東南亞中文報紙研討會議在香港舉行，議決成立世界中文報業協會，以提倡新聞自由為宗旨，促進全球中文報紙合作，共謀報業經營和技術改進。星系報業董事長胡仙擔任籌委會主席。

1967（丁未）

- 4 月，《人物》月刊創刊，主持人許冠三。
- 5 月 1 日，香港《大公報》增出海外航空版。
- 5 月 4 日，《文匯報》、《大公報》、《新晚報》宣佈退出報業公會。
- 5 月 31 日，香港《大公報》創辦英文版，每週三、六中午出版。
- 8 月 9 日，《香港夜報》、《新午報》、《田豐日報》三家報紙被判停刊。
- 8 月 29 日，報業公會首次舉辦「最佳新聞圖片年獎」，《南華早報》記者陳橋獲最優等獎。
- 11 月 1 日，《萬人雜誌》創刊，萬人傑主編。
- 11 月 15 日，《香港電視》雙週刊創刊。
- 11 月 19 日，香港電視廣播有限公司（簡稱無綫電視）開播，設中、英文台，不收費。
- 《新燈日報》創刊，只登電影電視內容和言情小説。

1968 年（戊申）

- 1 月，《環球電影》復刊。
- 3 月 18 日，《知識分子》半月刊創刊，主持人繆雨。
- 4 月 14 日，第三屆亞洲報業會議開幕；亞洲報業基金會第一屆大會在香港舉行。
- 8 月 1 日，珠海書院開設新聞系。
- 8 月，《人物》月刊改名《人物與思想》，旋停刊。
- 9 月，香港浸會學院成立傳理學系。

- 11 月 17 日，《明報週刊》創刊。
- 11 月 18 日至 20 日，本年成立的世界中文報業協會在香港召開大會暨舉行第一屆年會。全球八十九家報社加入成為會員，包括香港、台灣等地區和新加坡、馬來西亞、泰國、菲律賓等國家。《星島日報》董事長胡仙當選為報協首任主席，總幹事為孫述憲。
- 12 月 16 日，《現代雜誌》停刊。
- 本年，香港新聞記者協會成立，是新聞從業人員的工會組織。

■ 1969 年（己酉）

- 1 月 22 日，《東方日報》創刊，由馬惜珍創辦，初時為四開四版小報，後改為對開大報。
- 8 月 19 日，世界中文報業協會在香港設立「世界中文報業協會基金」。
- 8 月 25 日，《真報》等報紙發起的香港華人報業協會成立，《真報》社長陸海安當選為首任主席。
- 本年，《電視日報》創刊，內容以報道影視藝人動向和娛樂新聞為主。
- 英文報紙《星報》創辦中文版，每晚出報。

■ 1970 年（庚戌）

- 2 月 1 日，《七十年代》月刊創刊，總編輯李怡。該誌於 1984 年 5 月 1 日改名為《九十年代》。
- 4 月 11 日，因成本高漲，十三間中文報紙的負責人舉行聯會，通過其中九份報紙逢賽馬賽狗日調整報紙售價，每份兩角。
- 5 月，國際新聞協會在香港舉行第十七屆年會。《星島日報》董事長當選為主席。
- 7 月 1 日，《大華》復刊號出版，改為月刊，督印人高貞白（伯雨）。
- 本年，香港中英文日、晚報數達七十多家。
- 香港電台成立公共事務電視部，專門製作配合港英當局各項政策的電視片，免費提供給商營電視台播放。
- 《文學報》（月刊）創刊，至翌年 10 月停刊，共出十五期。

1971 年（辛亥）

- 1月1日，《南北極》創刊，初為週刊，不久改為月刊。
- 3月1日，《南華早報》調整報價至四角，《星報》及《明報晚報》調整至兩角；部份以賽馬賽狗內容為主的報紙，逢賽馬賽狗日每份改售兩角。
- 9月10日，《掌故》月刊創刊，總編輯岳騫（何家驊）。
- 12月，英文《南華早報》的股票在香港證券交易所上市，是香港第一家上市的報社。

1972 年（壬子）

- 1月10日，《足球世界》創刊。
- 4月1日，《嘉禾電影》創刊。
- 7月，星島報業有限公司的股票正式上市，成為香港第二家公開發售股票的報業機構。
- 8月1日，《星島晚報》、《快報》、《明報》和《成報》聯合調整報紙售價為每份兩角。
- 8月，香港三大報刊（《華僑日報》、《工商日報》及《星島日報》）發行人均有股份的商業電台集團投得新中文電視台承辦權，定名為「佳藝電視」。
- 10月1日，《南華晚報》調整報紙售價為每份兩角。
- 10月16日，綜合性時事月刊《廣角鏡》創刊，每月16日出版，歷任總編輯為李國強、曹驥雲等。
- 11月12日，《東西風》創刊。
- 12月1日，《文林月刊》創刊。
- 12月，《祖國》週刊停刊。
- 本年，《東方日報》由對開一張四版改為對開兩張八版，突出香港新聞，銷路漸增。
- 香港星系報業有限公司改組為星島報業有限公司，胡仙任董事長。
- 《星島日報》首先採用美製四色柯式印刷機及電腦植字系統。

■ 1973 年（癸丑）

- 2 月 1 日，《新體育》（月刊）創刊。
- 2 月 23 日，香港政府新聞處逢星期五舉行「與記者見面」招待會，安排政府各部門負責人與報界溝通。
- 4 月，香港麗的呼聲電台停業。
- 4 月，《中華月報》創刊，主持人徐東濱。
- 7 月 3 日，《信報》創刊，是香港第一家以財經新聞為主要內容的中文日報，以金融界、經濟界和工商界人士為讀者對象，社長林山木（筆名林行止）。
- 12 月，香港麗的電視中文台開播，以無線彩色播出；次年 4 月，英文台也改為無線彩色。
- 本年，香港政府頒佈《證券法例》，對經濟記者報道的準確性有更嚴格要求。

■ 1974 年（甲寅）

- 1 月 15 日，《突破》創刊，初為雙月刊，出版至第十一期改為月刊。
- 1 月，《十月評論》雙月刊創刊，主持人陳昌。
- 2 月，《東南風》月刊創刊，主持人司馬長風。
- 3 月 1 日，由於紙價暴漲，香港四十家中文報紙聯同調整售價為每份三角，其後平均每年調整售價一次。
- 3 月 11 日，《大公報》、《文匯報》及《香港商報》的報紙售價改為每份三角。
- 7 月 20 日，《中國學生週報》停刊，辦刊歷時二十二年。
- 8 月，擁有一百二十九年歷史的英文報紙《中國郵報》（《德臣西報》）宣告停刊。
- 10 月 3 日，英聯邦報業會議首次在香港舉行。
- 10 月，梁披雲與李秉仁、吳羊璧等人創辦《書譜》雜誌。
- 11 月 1 日，《大大月報》創刊。
- 本年，《正午報》停刊。

1975 年（乙卯）

- 6 月 15 日，《風雷月刊》試刊號出版。
- 7 月 7 日，《萬人日報》創刊。
- 7 月 24 日，香港政府三讀通過《嚴厲取締色情刊物》新法案。
- 9 月 7 日，香港佳藝電視有限公司開播，只設中文台，商營。
- 9 月 16 日，《中文學習》（月刊）創刊。
- 10 月 24 日，《大拇指》創刊，初為週刊；1977 年 2 月第五十四期開始，改為半月刊。
- 11 月，《亞洲週刊》（*Asia Weekly*）停刊。
- 本年，漫畫報《生報》、《喜報》、《活報》創刊，均為日報。

1976 年（丙辰）

- 1 月 8 日，《益智》半月刊創刊。
- 1 月，《新生晚報》停刊。
- 9 月 30 日，《號外》雙週報創刊。
- 本年，香港報社總數達一百一十一家。

1977 年（丁巳）

- 3 月，《信報財經月刊》創刊，內容以香港、中國內地和國際財經、金融、貿易動向為主，作者多為專家學者及財經界人士。
- 5 月，《電視週刊》改名《麗的電視週刊》；出版至 1982 年 9 月，改名為《亞洲電視》，至 1995 年停刊。
- 6 月 21 日，香港報業從業員聯合新聞社舉行成立典禮。
- 7 月 10 日，《龍報》（日報）創刊。
- 8 月 24 日，東西方傳播研究學者在香港中文大學舉行會議。
- 8 月 1 日，《鏡報》創刊，月刊，為綜合性時事讀物，社長徐四民，總編輯林文。
- 8 月 1 日，《新觀察》月刊創刊，主持人依華。
- 8 月，《天天日報》由妙麗集團接手經營，劉天就任社長。
- 9 月，香港中文大學開辦新聞學系碩士課程。

- 11 月 1 日，《觀察家》月刊創刊，創辦人許行。
- 11 月 1 日，《爭鳴》月刊創刊，總編輯溫輝。
- 本年起，《東方日報》銷量居香港各報之首。

■ 1978 年（戊午）

- 3 月，《武俠小說週刊》創刊。
- 8 月 22 日，香港佳藝電視有限公司停業。
- 10 月，《地平線》月刊創刊，以港台及海外華人為主要讀者對象。
- 12 月，香港舉辦世界中文報業協會第十一屆年會，主題是「中文排字之電腦化」。
- 本年，香港報社總數達一百二十八家。
- 《星島日報》率先利用衛星線路傳真方式，傳發該報海外版。

■ 1979 年（己未）

- 1 月 1 日，《突破少年》創刊。
- 1 月 11 日，《電影雙週刊》創刊，總編輯是舒琪。
- 3 月 7 日，香港政府公佈成立新聞業訓練委員會，成員包括報界、廣播署、教育司署、新聞處及勞工處代表。
- 11 月 1 日，全港中文報紙聯合調整售價為每份五角。

■ 1980 年（庚申）

- 2 月 27 日，《中報》創刊，創辦人傅朝樞，總編輯胡菊人。
- 2 月，《中報》的附屬刊物《中報月刊》創刊，總編輯胡菊人。
- 3 月，香港電台首創全日二十四小時廣播。
- 7 月，《中國旅遊》雜誌創刊，月刊，以介紹中國風光名勝和民間風情為主旨，有中、英文版及中英文對照版。
- 9 月 15 日，《國際先鋒論壇報》（*The International Herald Tribute*）亞洲版在香港發行。
- 10 月，《當代》月刊創刊，社長兼總編輯丁望。

1981 年（辛酉）

- 1 月 4 日，《羊城晚報》增設港澳、海外版，週刊，週日出版。
- 1 月，《奪標》雜誌創刊，雙週刊，為體育雜誌。
- 6 月 1 日，《百姓》半月刊創刊，為政治、時事綜合性刊物，社長陸鏗，主編胡菊人。
- 6 月 1 日，《K-100 畫報》創刊。
- 6 月，《經濟一週》創刊，專門報道和分析香港經濟、金融、地產、股票動向。
- 8 月，《當代》月刊停刊。
- 9 月 1 日，《觀察家》月刊停刊。
- 11 月 1 日，全港六十三家中文報紙聯合調整售價為每份八角。
- 本年，香港政府添置二十五部激光圖片文字傳訊機供新聞界使用，報社僅需支付使用費。

1982 年（壬戌）

- 本年，《星島日報》捐款給香港浸會學院興建星島傳理中心，推動新聞學教育。

1983 年（癸亥）

- 11 月 1 日，全港主要中文報紙調整售價，由每份八角增至一元。
- 12 月 19 日，新華社在香港設立亞太總分社。

1984 年（甲子）

- 2 月，《地平線》月刊改名《華人月刊》。
- 4 月，商務印書館香港分館創辦《書海》季刊。1987 年 12 月出版第十六期後停刊。
- 5 月 1 日，《七十年代》月刊更名《九十年代》。
- 5 月中旬，中英文《星報》停刊。
- 5 月，《香港市場》週刊創刊，十六開二十六頁。
- 8 月，《軍事家》月刊創刊，社長黃璧川，總編輯謝霖蒼。

- 9 月 3 日，新華社主辦《瞭望》週刊海外版，從是日出版的總第三十六期起，在美國紐約和香港印刷發行，社長穆青，總編輯陳大斌。
- 11 月 30 日，《工商晚報》停刊。
- 12 月 1 日，《工商日報》停刊。

■ 1985 年（乙丑）

- 1 月 5 日，《香港文學》月刊創刊，社長兼總編輯為劉以鬯。
- 4 月 1 日，《香港地產》創刊，半月刊，總編輯邱定漢。
- 4 月 9 日，《文化新潮》創刊。
- 5 月 26 日，新聞行政人員協會成立。
- 5 月，《經濟與法律》雙月刊創刊，十六開，每期八十頁。
- 7 月 1 日，中國《人民日報》海外版正式在香港發行。
- 8 月 12 日，英文《中國日報》開始通過衛星向香港傳送版面。
- 12 月，《世界中國詩刊》（季刊）創刊，藍海文主編。

■ 1986 年（丙寅）

- 1 月 6 日，《瞭望》月刊海外中文版在香港改版出版。
- 10 月 8 日，《明報電視》（週刊）創刊。
- 11 月 1 日，全港主要中文報紙售價每份由一元增至一元五角。
- 本年，《動向》月刊創刊。
- 《今天日報》創刊。

■ 1987 年（丁卯）

- 1 月 11 日，《開放月報》創刊，社長許國，總編輯金鍾。
- 2 月，香港政府通過《管制淫褻及不雅物品條例》，取代《不良刊物條例》。
- 4 月，《中報》及附屬刊物《中報月刊》停刊。
- 12 月，美國時代出版公司屬下的《亞洲週刊》在香港創刊，十六開本，週刊，彩色印刷，總編輯邱立本。
- 本年，《香港中國近代史學會會刊》創刊。

1988 年（戊辰）

- 1 月 26 日，《經濟日報》創刊，社長馮紹波，總編輯麥華章。
- 3 月 15 日，《大公報》舉行在香港復刊四十週年紀念活動。
- 5 月 27 日，香港書刊業商會成立。
- 8 月 1 日，《海內外經濟信息報》在長春創刊，由香港中吉集團、吉林日報社合辦。
- 9 月 1 日，聯合出版（集團）有限公司正式成立，包括三聯書店、中華書局、商務印書館等十五家成員機構，內有出版、印刷、唱片、報館及置業公司等，成為本港最大的出版集團。
- 9 月 9 日，香港《文匯報》在香港世界貿易中心舉行慶祝該報創刊四十週年酒會。
- 11 月 1 日，因紙價上升，全港主要中文報紙售價每份由一元五角增至二元。
- 12 月，《次文化雙週刊》創刊，其後改為《次文化月刊》。

1989 年（己巳）

- 9 月 17 日，《兒童日報》創刊，但只維持了一年多便停辦。
- 11 月 25 日，《當代時事週刊》創刊，社長李子誦，總編輯程翔。後易名《當代月刊》。
- 本年年底，《詩雙月刊》創刊。

1990 年（庚午）

- 1 月，《開放月報》改名《開放》，仍為月刊。
- 3 月 15 日，綜合性時事刊物《壹週刊》創刊，主編張劍虹。
- 5 月 1 日，中文政論刊物《七十年代》月刊改名為《九十年代》。
- 10 月 1 日，全港主要中文報紙售價調整至每份二元五角。
- 10 月 1 日，綜合性月刊《紫荊》創刊，社長兼總編輯陳洪。
- 11 月 24 日，《檔案》新聞雙週刊創刊，創辦人黃毓民。
- 12 月起，香港政府禁止香港電視台、電台播放煙草廣告。
- 本年，聯合出版（集團）有限公司收購《香港商報》及《晶報》，發展傳媒業務。

■ 1991 年（辛未）

- 3 月 22 日，《明報》上市。
- 3 月，《當代時事週刊》出至第六十六期後改為《當代月刊》，旋停刊。
- 8 月，《中港經濟》月刊創辦。
- 10 月 1 日，全港主要中文報紙售價調整至每份三元。
- 10 月，香港中文大學中國文化研究所創辦《21 世紀》，是學術性雙月刊。
- 本年，《華僑日報》被英文《南華早報》收購。
- 《香港商報》獲批准在中國內地發行，成為香港第三份在內地發行的報紙。
- 《晶報》停刊。

■ 1992 年（壬申）

- 1 月 5 日，《中國時報週刊》創刊，社長胡鴻仁，總編輯杜念中，為台灣中國時報集團在香港出版的綜合性時事政治刊物，內容兼顧兩岸三地及國際性的重大新聞議題。其後改名為《中時週刊》。
- 3 月 10 日，《中華文摘》月刊創刊，中國新聞出版社出版，社長兼總編輯王瑾希。
- 5 月 4 日，《香港聯合報》創刊，是台灣聯合報系在香港辦的報紙，日報，社長張作錦，總編輯徐榮華。
- 10 月 1 日，全港主要中文報紙售價調整至每份三元五角。
- 11 月 12 日，珠海書院亞洲研究中心創辦《亞洲研究》。
- 本年，聯合電子出版有限公司成立，開拓多媒體電子出版物的新領域。
- 《壹本便利》週刊創刊。
- 《華南經濟新聞》創刊。

■ 1993 年（癸酉）

- 2 月 17 日，《香港時報》停刊，先後出版四十四年。
- 2 月，《東週刊》創刊。

- 4 月，《粵劇曲藝》月刊創刊。
- 4 月，《華南經濟新聞》創刊，出版至 1995 年底停刊。
- 10 月 1 日，全港主要中文報紙售價調整為每份四元。
- 11 月 8 日，《現代日報》創刊，由《明報》企業集團主辦。
- 11 月 24 日至 26 日，六十名來自海峽兩岸及香港的資深新聞工作者及新聞學者在香港舉行新聞研討會。
- 本年，《香港筆薈》創刊。
- 《世界華文詩報》創刊。
- 《今天日報》停刊。
- 《兒童快報》創刊。

1994 年（甲戌）

- 2 月 1 日，《華人月刊》創刊，社長陳國華，主編竺承心。
- 2 月 1 日，英文《東快訊》（*Eastern Express*）出版，使香港英文報紙「兩分天下」的局面有了變化。
- 2 月 1 日，《明報》企業創辦了一家國際性華語衛星電視網絡公司「傳訊電視網絡有限公司」（CTN），通過人造衛星提供「中天」、「大地」兩個頻道。
- 2 月 17 日，《經濟日報》和香港《經濟導報》聯合在北京召開對外經濟宣傳座談會。
- 6 月 1 日，《百姓》雜誌出至第四十四期後停刊。
- 9 月，《中國書評》創刊。
- 10 月 1 日，全港主要中文報紙售價調整為每份五元。
- 本年，香港青年寫作協會創辦《滄浪》，是文學刊物。
- 《現代日報》停刊。

1995 年（乙亥）

- 1 月 12 日，《華僑日報》停刊，先後出版七十年。
- 4 月 3 日，上海解放日報社編輯組版、香港《星島日報》印刷發行的《解放日報・中國經濟版》創刊。
- 5 月 10 日，香港《文匯報》在武漢成立辦事處。
- 6 月 20 日，《蘋果日報》創刊，創辦人黎智英，創刊初期銷達

二十二萬份。

- 9 月 1 日，《星島日報》通過國際電腦網絡上網，網上的《星島日報》稱《星島電子日報》，成為香港第一份電子報紙。
- 10 月 12 日，《深星時報》創刊，是香港星島報系屬下的星島（中國）有限公司在香港註冊創辦的報紙，該報與《深圳特區報》合作，由後者每日提供兩版深圳新聞，出版後允許在內地發行，主要刊載深圳、香港兩地的各種新聞信息。
- 12 月 12 日，創刊於 1969 年的《電視日報》停刊。
- 12 月 16 日，《香港聯合報》停刊。
- 12 月 16 日，《快報》停刊（翌年恢復出版）。
- 12 月 30 日，《中國時報週刊》出至第二零八期後停刊。
- 本年，中文報紙之間展開減價大戰，降價幅度最大的報紙報價由每份五元降至一元，使整個報業的收入都受到影響，四家報紙因此停刊。
- 《忽然一週》創刊。
- 《有線電視》月刊創刊。
- 《音響天地》月刊創刊。

■ 1996 年（丙子）

- 1 月 30 日，新華社香港專線正式運作，主要任務是加強國內新聞和國際新聞對港、台、澳地區的供稿，以滿足新聞市場的需求。
- 3 月 18 日，《癲狗日報》創刊，創辦人黃毓民。
- 3 月 19 日，英國《金融時報》在香港印行。
- 5 月 14 日，《東快訊》改走財經路線，成為香港第一份英文財經日報。
- 5 月 28 日，香港新聞工作者聯合會在香港成立。
- 9 月，《南北極》停刊。
- 10 月 11 日，香港政府新聞主任協會訪問團訪問中國記協。
- 10 月，《快報》恢復出版。
- 12 月 28 日，《星島晚報》停刊，先後出版五十八年。
- 本年，《香港社會科學學報》（季刊）創刊。
- 《我們詩刊》創刊。

■ 1997 年（丁丑）

- 1 月 1 日，中央電視台成立以北京為中心、香港為重點，以海內外各大城市為配合的立體報道網絡。
- 2 月 8 日，歐洲東方中文電視台開始播放二十一集紀錄片《細說香江》，歐洲二十二個國家近百萬華人通過這一紀錄片了解香港的歷史和近況。
- 2 月 28 日，香港《文匯報》電子版正式上網，世界各地讀者均可通過互聯網絡免費閱讀當天該報的主要新聞內容。
- 3 月，香港《大公報》舉辦名為「報業千秋」的歷史版面展，共展出該報歷史上的一百二十多幅版面，拉開慶祝該報創刊九十五週年的序幕。
- 4 月，《開卷有益》（雙月刊）創刊。
- 5 月 13 日，《快報》宣佈逢星期日調低售價至每份一元。
- 5 月 20 日，《TVB 週刊》創刊。
- 6 月 15 日，香港歷史上規模最大的新聞及廣播中心正式啟用，中心位於香港灣仔會議展覽中心七樓，佔地九千平方米，緊鄰香港政權交接儀式的舉行地點：灣仔會議展覽中心新翼，中心內設有一百五十多個電子傳媒工作間、八十多個文字傳媒工作間和六百多個供新聞從業人員使用的工作座位。
- 7 月 1 日，中華人民共和國香港特別行政區成立。香港各報全力進行有關回歸的報道。
- 7 月 27 日，《新晚報》停刊，先後出版四十七年。
- 10 月 6 日，《中國日報・香港版》（*China Daily Hong Kong Edition*）創刊，是香港回歸祖國後經中央政府批准的第一份在香港出版發行的內地英文報紙，每週一至週五出版對開十六版，每週六出版對開十二版，每週日出版對開八版。
- 10 月 10 日起，《癲狗日報》改名《癲狗週刊》。
- 12 月 1 日，第四屆海峽兩岸及港澳新聞研討會在香港舉行，來自內地、台灣、香港、澳門的九十餘名新聞界人士對共同感興趣的問題進行了討論。
- 本年，聯合出版（集團）有限公司出版巨型畫冊《香港》，並獲香港特別行政區長官辦公室選定為致送外賓的禮品圖書。

1998 年（戊寅）

- 1 月，香港青年協會創辦《青年研究學報》。
- 3 月 16 日，《快報》停刊。
- 5 月，《九十年代》停刊，共出版三百四十期。
- 6 月 7 日，香港創辦全球第一份中文和英文點字報紙。
- 6 月，《虎報》宣佈逢星期五每份售價減至三元。
- 9 月，《香港書評》創刊。
- 9 月，《快報週刊》創刊。

1999 年（己卯）

- 3 月 18 日，《太陽報》（日報）創刊。
- 本年，《當代文藝》（雙月刊）創刊。

2000 年（庚辰）

- 4 月，《文學世紀》（月刊）創刊。
- 7 月 25 日，香港報業評議會成立。
- 10 月，《香港詩刊》（雙月刊）創刊。
- 10 月，《香港視藝》（雙月刊）創刊。
- 11 月，《爐峰文藝》（雙月刊）創刊。

2001 年（辛巳）

- 2 月 20 日，《公正報》停刊。
- 3 月 21 日，《A 報》停刊。
- 4 月 1 日，香港特區政府通過《知識產權修訂條例》，影印報章亦在監管之列，香港報業公會十一個會員與《信報》同意推行集體授權影印。
- 10 月，《亞洲電視》復刊，一度易名為《亞視雙週刊》，出版至 12 月停刊。

■ 2002 年（壬午）

- 4 月 15 日，免費日報《都市日報》創刊，逢星期一至星期五出版，在地鐵站內派發。
- 6 月 17 日，《大公報》百年報慶。

■ 2003 年（癸未）

- 6 月，《香港中國近代史學報》創刊，其前身是《香港中國近代史學會會刊》。
- 9 月，英國《金融時報》推出亞洲版。
- 11 月 6 日，《南華早報》刊登百年報慶廣告。

■ 2004 年（甲申）

- 8 月 30 日，《觀察星報》（週報）創刊。
- 本年，聯合出版（集團）有限公司成立香港聯合書刊物流有限公司。

■ 2005 年（乙酉）

- 7 月 12 日，免費日報《頭條日報》創刊，逢星期一至星期五（其後連同星期六）出版。
- 7 月 30 日，免費日報《am730》創刊，逢星期一至星期五出版。

■ 2006 年（丙戌）

- 1 月 21 日，免費週報《快線週報》創刊，逢星期六出版。
- 4 月 27 日，免費週刊《都市流行》（*Metropop*）創刊，逢星期四出版。

■ 2007 年（丁亥）

- 9 月 10 日，免費日報《英文虎報》（*The Standard*）開始刊行，逢星期一至星期五出版。

2009 年（己丑）

- 5 月 20 日，《明報》慶祝成立五十週年。
- 5 月，《突破書誌》（雙月刊）創刊。

2010 年（庚寅）

- 本年，《知識》（月刊）創刊，是青少年校園文摘。

2011 年（辛卯）

- 7 月 27 日，免費報紙《晴報》創刊，逢星期一至星期五出版。
- 本年，免費報紙《爽報》創刊。出版至 2013 年停刊。

2012 年（壬辰）

- 8 月 20 日，《新晚報》以免費晚報刊式刊行。出版至 2014 年 3 月 28 日停刊。
- 8 月，《新少年雙月刊》創刊。
- 11 月 30 日，免費週報《好報》創刊。

2013 年（癸巳）

- 本年，免費報紙《爽報》停刊。

2014 年（甲午）

- 3 月 28 日，免費報紙《新晚報》停刊。
- 10 月 15 日，《香港書法》（半年刊）創刊。

2015 年（乙未）

- 1 月，《今日中國》（月刊）創刊。
- 2 月，《港澳新聞》創刊。

- 7 月,《新報》停刊。
- 9 月,《手創》雙月刊創刊。
- 本年年底,免費招聘刊物《*Jobmarket Express*》創刊,逢星期二、五出版。

▇ 2016 年(丙申)

- 1 月,《大公報》、《文匯報》整合組建的大公文匯傳媒集團正式成立。
- 1 月,《明報月刊》出版創刊五十週年誌慶特大號。
- 2 月 18 日,《E 週刊》創刊。
- 3 月 11 日,《香港 01 週報》創刊。
- 3 月中旬,《兒童的學習》(月刊)創刊。
- 3 月 31 日,《太陽報》停刊。
- 4 月 1 日,亞洲電視停播,結束長達五十九年的廣播歷史。
- 4 月 6 日,ViuTV 啟播。
- 4 月 8 日,《3 週刊》出版最後一期後宣佈停刊。
- 5 月,女性消費雜誌《Me!》、潮流雜誌《Ketchup》印刷版停刊,網上版則保留。
- 本年《忽然一週》停刊,兩種附刊併入《壹週刊》中。

▇ 2017 年(丁酉)

- 3 月,《鏡報》月刊慶祝創刊四十週年。
- 4 月,《信報財經月刊》慶祝創刊四十週年。
- 6 月,《國際中文教育學報》半年刊創刊。
- 8 月,《超訊》月刊創刊。
- 本年,免費招聘刊物《*Recruit*》週刊慶祝創辦二十五週年。

www.cosmosbooks.com.hk

書　　名	香港報刊與大眾傳播	
作　　者	周佳榮	
責任編輯	陳幹持	
美術編輯	郭志民	
出　　版	天地圖書有限公司	
	香港皇后大道東109-115號	
	智群商業中心15字樓（總寫字樓）	
	電話：2528 3671　傳真：2865 2609	
	香港灣仔莊士敦道30號地庫／1樓（門市部）	
	電話：2865 0708　傳真：2861 1541	
印　　刷	亨泰印刷有限公司	
	柴灣利眾街德景工業大廈10字樓	
	電話：2896 3687　傳真：2558 1902	
發　　行	香港聯合書刊物流有限公司	
	香港新界大埔汀麗路36號中華商務印刷大廈3字樓	
	電話：2150 2100　傳真：2407 3062	
出版日期	2017年12月／初版